FRIEDRICH GOTTLIEB KLOPSTOCK

Der Messias

Gesang I–III

Text des Erstdrucks von 1748

STUDIENAUSGABE

HERAUSGEGEBEN VON
ELISABETH HÖPKER-HERBERG

PHILIPP RECLAM JUN. STUTTGART

Universal-Bibliothek Nr. 721 [3]

Gesamtherstellung: Reclam, Ditzingen. Printed in Germany 1986
ISBN 3-15-000721-6

Inhalt

Der Messias

Erster Gesang.

Sing, unsterbliche Seele, der sündigen Menschen Erlösung,
Die der Messias auf Erden in seiner Menschheit vollendet,
Und durch die er Adams Geschlechte die Liebe der Gottheit
Mit dem Blute des heiligen Bundes von neuem geschenkt hat.
Also geschah des Ewigen Wille. Vergebens erhub sich
Satan wider den göttlichen Sohn; umsonst stand Judäa
Wider ihn auf; er thats, und vollbrachte die grosse Versöhnung.
Aber, o Werk, das nur Gott allgegenwärtig erkennet,
Darf sich die Dichtkunst auch wohl aus dunkler Ferne dir nähern?
Weihe sie, Geist Schöpfer, vor dem ich im stillen hier bete;
Führe sie mir, als deine Nachahmerinn, voller Entzückung,
Voll unsterblicher Kraft, in verklärter Schönheit, entgegen.
Rüste sie mit jener tiefsinnigen einsamen Weisheit,
Mit der du, forschender Geist, die Tiefen Gottes durchschauest;
Also werd ich durch sie Licht und Offenbarungen sehen,
Und die Erlösung des grossen Messias würdig besingen.
Sterbliche, kennt ihr die Ehre, die euer Geschlechte verherrlicht,
Da der Schöpfer der Welt, als Erlöser, auf Erden gekommen:
So hört meinen Gesang, ihr besonders, ihr wenigen Edlen,
Theure gesellige Freunde des liebenswürdigen Mittlers,
Ihr mit der Zukunft des grossen Gerichts vertrauliche Seelen,
Hört mich, und singt den ewigen Sohn durch ein göttliches Leben.
Nah an der heiligen Stadt, die sich itzt durch Blindheit entweihte,
Und die Krone der hohen Erwählung unwissend hinwegwarf,

Ehmals die Stadt der Herrlichkeit Gottes, der heiligen Väter
Pflegerinn, nun ein Altar des Bluts von Mördern vergossen;
Hier wars, wo der Messias von einem Volke sich losriß,
Das ihn zwar itzo verehrte, doch nicht mit jener Gemüthsart,
Die vorm schauenden Angesicht Gottes untadelhaft bleibet.
Jesus verbarg sich vor diesen Entweihten. Zwar lagen hier Palmen
Des ihm begegnenden Volks; zwar klang dort ihr lautes Hosanna;
Aber umsonst. Sie kannten den nicht, den sie König nannten,
Und den Gesegneten Gottes zu sehn, war ihr Auge zu dunkel.
Gott kam selber vom Himmel herab. Die gewaltige Stimme:
Er ist verherrlicht, und soll von neuem verherrlichet werden!
War die Verkündigerinn der gegenwärtigen Gottheit.
Doch sie waren, dich, Gott, zu verstehn, zu niedrige Sünder.
Unterdeß nahte sich Jesus dem Vater, der wegen des Volkes,
Zu dem die Stimme geschah, voll Zorn zum Himmel hinaufstieg.
Vor ihm wollt er noch einmal sein göttlich freyes Entschliessen,
Seine Geliebten, die Menschen, zu heiligen, feyerlich kund thun.

Gegen die östliche Seite Jerusalems liegt ein Gebirge,
Welches schon oft den göttlichen Mittler auf seinen Gipfeln,
Wie ins Heilige Gottes, verhüllt, wenn er einsame Nächte
Unter dem Anschaun des Vaters in grossen Gebeten durchwachte.
Nach dem Gebirge begab er sich itzt. Johannes alleine
Folgt ihm bis zu den Gräbern der Seher, in heiligen Grotten,
Wie sein göttlicher Freund, die Nacht im Gebete zu bleiben.
Von da erhub sich der Mittler zur obersten Spitze des Berges.
Indem umgab ihn vom hohen Moria ein Schimmer der Opfer,

Die den ewigen Vater noch itzt vorbildend versöhnten.
Um und um nahm ihn der Ölbaum ins Kühle. Gelindere Lüfte,
Gleich dem Säuseln der Gegenwart Gottes, umflossen sein Antlitz.
Der dem Messias auf Erden zum Dienste gegebene Seraph,
Gabriel ist sein himmlischer Name, stand eben am Eingang
Zwoer umdufteten Cedern, und dachte dem Heile der Menschen
Und dem Triumphe der Ewigkeit nach, als itzt der Erlöser
Seinem Vater entgegen vor ihm im stillen vorbeygieng.
Gabriel wuste, daß nun die Zeit der Erlösung herankam.
Diese Betrachtung entzückt ihn, er sprach mit zärtlicher Stimme:
Willst du die Nacht, o Göttlicher, hier im Gebete durchwachen?
Oder verlangt dein ermüdeter Leib nach seiner Erquickung?
Soll ich zu deinem unsterblichen Haupt ein Lager bereiten?
Sieh, itzt streckt schon der Sprößling der Ceder den grünenden Arm aus,
Und die weiche balsamische Staude. Beym Grabmal der Seher
Wächst dort unten das ruhige Moos im kühlenden Erdreich.
Soll ich hieraus, o Göttlicher, dir ein Lager bereiten?
Wie ist dein Leib, o Erlöser, ermüdet! Wie vieles erträgst du
Hier auf Erden aus brünstiger Liebe zum Menschengeschlechte!
Also sagt er. Der Mittler belohnt ihn mit segnenden Blicken,
Und stand voll Ernst auf der Höhe des Bergs am benachbarten Himmel.
Gott war daselbst. Hier betet er. Unter ihm tönte die Erde,
Und ein wandelndes Jauchzen durchdrang die Pforten der Tiefen,
Als sie von ihm die gewaltige Stimme tief unten vernahmen.

Denn es war nicht mehr die Stimme des Fluchs, die Stimme von Stürmen
Furchtbar verkündiget, und in donnernden Wettern gesprochen,
Die die Erde vernahm. Sie hörte des Segnenden Rede,
Der mit unsterblicher Schöne sie einst zu verneuen beschlossen.
Um und um lagen die Hügel in lieblicher Abenddämmrung,
Gleich als wären sie schon neuerschaffen, und blühend, wie Eden.
Jesus redte. Nur er und der Vater durchschauten den Inhalt,
Unbegränzt: Dieß nur vermag die Stimme des Menschen zu sprechen:
Göttlicher Vater, die Tage des Heils und des ewigen Bundes
Nähern sich mir, die Tage, zu grössern Werken erlesen,
Als selbst die Schöpfung, die du durch deinen Sohn ehmals vollbrachtest.
Sie verklären sich mir so schön und herrlich, als damals,
Da wir die Reihe der Zeiten durchschauten, und sie in der Zukunft,
Durch mein göttliches Anschaun vorzüglich bezeichnet, erblickten.
Dir nur ist es bekannt, mit was für Einmuth wir damals,
Du, mein Vater, und ich, und der Geist die Erlösung beschlossen.
In der Stille der Ewigkeit, einsam, und ohne Geschöpfe,
Waren wir beysammen. Voll unsrer göttlichen Liebe,
Sahen wir auf Menschen, die noch nicht waren, herunter.
Ach das arme Geschlecht! Ach unsre Geschöpfe, wie elend
Waren sie, sonst unsterblich, nun Staub, von der Sünde verstellet!
Vater, ich sah ihr Elend, du meine Thränen. Da sprachst du:
Laßt uns das Bild der Gottheit von neuem im Menschen erschaffen!

Also erfanden wir unser Geheimniß, das Blut der Versöhnung,
Und die zum ewigen Bilde verneuerte Schöpfung der Menschen.
Hier erkohr ich mich selbst, dieß göttliche Werk zu vollenden.
Ewiger Vater, das weißt du, das wissen die Himmel, wie brünstig
Mich seit diesem Entschluß nach meiner Erniedrung verlangte!
Erde, wie oft warst du, in deiner niedrigen Ferne,
Mein erwähltes geliebtestes Augenmerk! Und du, o Canan,
Heiliges Land, wie oft hieng mein sanftthränendes Auge
An dem Hügel, den ich vom Blute des Bundes schon voll sah.
Und, o wie bebt mir mein Herz von süssen wallenden Freuden,
Daß ich so lange schon Mensch bin, daß schon so viele Gerechte
Zu mir sich sammeln, und nun bald alle Geschlechte der Menschen
Durch mich geheiliget werden! Hier lieg ich, göttlicher Vater,
Noch mit den Zügen der Menschheit, nach deinem Bilde, gezieret,
Betend vor dir: Bald aber wird mich dein tödtend Gerichte
Blutig entstellen, und unter den Staub der Todten begraben.
Schon hör ich dich, du Richter der Welt, allein und von ferne
Kommen, und unerbittlich in deinen Himmeln dahergehn.
Schon durchdringt mich ein Schauer, dem ganzen Geistergeschlechte
Unempfindbar; und wenn du sie auch im grimmigen Zorne
Tödtetest, unempfindbar! Schon seh ich den nächtlichen Garten
Vor mir liegen, schon sink ich vor dir in niedrigen Staub hin,

Lieg, und bet, und winde mich, Vater, im Todesschweisse.
Siehe, da bin ich, mein Vater. Ich will dein grimmiges Zürnen,
Deine Gerichte will ich mit tiefem Gehorsam ertragen.
Du bist ewig! Kein endlicher Geist hat das Zürnen der Gottheit,
Und den Unendlichen furchtbar und tödtend, gedacht und empfunden.
Gott nur konnte die Gottheit ertragen. Hier bin ich, mein Vater,
Tödte du mich, nimm mein ewiges Opfer zu deiner Versöhnung.
Noch bin ich frey, noch kann ich dich bitten, so thut sich der Himmel
Mit Myriaden von Seraphim auf, und führet mich jauchzend,
Vater, zu deinem unsterblichen Thron im Triumphe zurücke.
Aber ich will leiden, was keine Seraphim fassen,
Was kein denkender Cherub in tiefen Betrachtungen einsieht;
Ich will leiden, den furchtbarsten Tod will ich Ewiger leiden!
Weiter sagt er und sprach: Ich hebe gen Himmel mein Haupt auf,
Meine Hand in die Wolken, und schwöre dir bey mir selber,
Der ich Gott bin, wie du: Ich will die Menschen erlösen!
  Jesus sprachs, und stand auf, und in seinem Antlitz war Hoheit,
Und erbarmender Ernst, und Seelenruh, als er vor Gott stand.
  Und, unhörbar den Engeln, nur sich und dem Sohne vernommen,
Sprach der ewige Vater, und wandte sein ernstes Gesichte
Gegen den Messias: Ich breite mein Haupt durch die Himmel,
Meinen Arm durch die Unendlichkeit aus, und sag: Ich bin ewig!
Sag, und schwöre dir, Sohn: Ich will die Sünde vergeben!

Also sprach er, und schwieg. Indem die Ewigen sprachen,
Gieng durch die ganze Natur ein ehrfurchtvolles Erbeben.
Seelen, die itzt wurden, die noch nicht zu denken begonnen,
Zitterten, und empfanden zuerst. Ein gewaltiger Schauer
Faßte den Seraph, ihm schlug sein Herz, und um ihn lag wartend,
Wie vorm nahen Gewitter die Erde, sein furchtsamer Weltkreis.
Nur in die Seelen zukünftiger Christen kam sanftes Entzücken,
Und ein süßbetäubend Gefühl des ewigen Lebens.
Aber sinnlos, und nur zur Verzweiflung allein noch empfindlich,
Sinnlos, wider Gott was zu denken, entstürzten im Abgrund
Ihren Thronen die höllischen Geister. Als jeder dahinsank,
Stürzt auf jeden ein Fels, brach unter jedem die Tiefe
Ungestüm ein, und donnernd erklang die unterste Hölle.
Jesus stand noch vor Gott, und die Leiden seiner Erlösung
Fiengen itzt an. Und Gabriel lag auf seinem Gesichte
Fern und anbetend, von neuen Gedanken gewaltig erhoben.
Seit den Jahrhunderten, die er durchlebt, (so lang als die Seele
Sich die Unendlichkeit denkt, wenn sie sich in feurigem Fluge
Wie aus dem Körper verliert,) seit diesen Jahrhunderten hatt er
So erhabne Gedanken noch nie empfunden. Die Gottheit,
Ihre Versöhnten, die ewige Liebe des göttlichen Mittlers,
Alles eröffnet sich ihm. Gott bildete diese Gedanken
In dem Geiste des Seraphs. Gott selber dachte sich itzo,
Als den Erbarmer erschaffener Wesen. Der Seraph erhub sich,
Stand, und erstaunt, und betet, und unaussprechliche Freuden
Zitterten durch sein Herz, und Licht und blendendes Glänzen

Gieng von ihm aus. Die Erde zerfloß in himmlischem Schimmer
Unter ihm, wie es ihm vorkam. Ihn sah der göttliche Mittler,
Wie er den Gipfel des ganzen Gebirges mit Klarheit erfüllte.
Gabriel, rief er, verhülle dich itzt, du dienst mir auf Erden.
Mache dich auf, dieß Gebet vor meinen Vater zu bringen,
Daß die edelsten unter den Menschen, die seeligen Väter,
Daß der versammelte Himmel der Zeiten Fülle vernehme,
Nach der er sich so brünstig gesehnt. Hier kannst du mit Glanze,
Als der Gesandte des hohen Messias, vor Gott erscheinen.
Schweigend, mit göttlich erheiterten Minen, erhub sich der Seraph.
Jesus sah ihm in Niedrigkeit nach, doch erblickt er von ferne
Schon sein ganzes Betragen vorm Sitze der Herrlichkeit Gottes,
Eh noch der eilende Seraph des Himmels Gränzen erreichte.
Itzo erhuben sich neue geheimnißvolle Gespräche
Zwischen ihm und dem Vater, von hohem tiefsinnigen Inhalt,
Selbst Unsterblichen dunkel, Gespräche von Dingen, die künftig
Gottes Erlösung vor allen Erlösten verherrlichen werden.
Unterdeß war der Seraph zur äussersten Gränze des Himmels
Aufwärts gestiegen. Hier füllen nur Sonnen den heiligen Umkreis.
Hell, gleich einem vom Lichte gewebten ätherischen Vorhang
Zieht sich ihr Glanz um den Himmel herum. Kein dunkler Planete
Naht sich des Himmels verderbendem Blick. Entfliehend und ferne
Geht die bewölkte Natur vorüber: die Erden fliehn mit ihr
Klein und unmerkbar dahin, wie unter dem Fusse des Wandrers

Niedriger Staub, von Gewürmen bewohnt, aufwallet und hinsinkt.
Um den Himmel herum sind tausend offene Wege,
Lange, nicht auszusehende Wege, von Sonnen umgeben.
Hier schöpft mit goldnen Schalen der Seraph das festliche Feuer,
Welches sein fliegendes Haupthaar umfließt, wenn er schnell von Gott eilt,
Und als Schutzgeist zu einer unsterblichen Seele gesandt wird,
Die, dem Geschlecht der Menschen zur Ehre, vom Schöpfer gebildet
Jugendlich wächst, und voll Muth sich vor ihre Gespielinnen vordrängt,
Und schon erhabner und göttlicher fühlt. Auch verklärt hier die Seele
Ihren von Luft nach dem Tode zusammengeflossenen Körper.
  Durch den glänzenden Weg, der gegen die Erde sich kehret,
Floß, nach der Erden Erschaffung, vom himmlischen Urquell entspringend,
Ein verklärter ätherischer Strom nach Eden herunter.
Auf ihm, oder an seinem von Wolken erhobnen Gestade,
Kam dazumal bald Engel, bald Gott, zum vertraulichen Umgang,
Zu den Menschen. Doch schnell ward der Strom zurücke gerufen,
Als sich durch Sünde der Mensch von Gottes Freundschaft entfernte.
Denn die Unsterblichen wollten nicht mehr, in sichtbarer Schönheit,
Gegenden, die die Verwüstung des Todes entstellte, besuchen.
Damals wandten sie schauernd sich weg. Denn die stillen Gebirge,

Wo noch die Spur des Ewigen war; die rauschenden Haine,
Die das Säuseln der Gegenwart Gottes sonst sanft beseelte;
Seelige friedsame Thäler, vordem von der Jugend des Himmels
Liebreich besucht; die schattichten Lauben, wo ehmals die Menschen,
Überwallend von Freuden und süssen Empfindungen, weinten,
Daß sie Gott ewig erschuf; Die Erde lag unter dem Fluche,
Ihren vordem unsterblichen Kindern ein allgemein Grabmal.
Aber dereinst, wenn sich die Weltgebäude verjüngen,
Und aus der Asche des grossen Gerichts triumphirend hervorgehn,
Wenn Gott alle Bezirke der Welten mit seinem Himmel
Durch gleich allgegenwärtiges Anschaun zusammen vereinbart,
Alsdann wird der ätherische Strom vom himmlischen Urquell
Wieder mit hellerer Schöne zum neuen Eden sich senken.
Niemals wird dann sein Gestade von hohen Versammlungen leer seyn,
Die auf Erden den Umgang der neuen Unsterblichen suchen.
Dieß ist der heilige Weg, durch den itzt Gabriel fortgieng,
Und sich von fern dem Himmel der göttlichen Herrlichkeit nahte.
Mitten in dieser Versammlung der Sonnen erhebt sich der Himmel,
Rund, unermeßlich, das Urbild der Welten, die Fülle
Aller sichtbaren Schönheit, die sich, gleich flüchtigen Bächen,
Um ihn, durch den unendlichen Raum nachahmend ergiesset.
Also dreht er sich, unter dem Ewigen, um sich selber.
Indem er wandelt, ertönen von ihm, auf Flügeln der Winde,
An die Gestade der Sonnen die sphärischen Harmonien

Hoch hinüber. Die Lieder der göttlichen Harfenspieler
Schallen mit Macht, wie beseelend, darein. Dieß vereinbarte Tönen
Führt vorm unsterblichen Hörer manch hohes Loblied vorüber.
Wie sich sein freudiger Blick an seinen Werken ergetzet,
Also vergnügte sein göttliches Ohr itzt dies hohe Getöne.
Die du himmlische Lieder mich lehrst, Gespielinn der Engel,
Seherinn Gottes, du Hörerinn hoher unsterblicher Stimmen,
Melde mir, Muse von Tabor, das Lied, das die Himmel itzt sangen.
Sey uns gegrüsset, du heiliges Land der Erscheinungen Gottes!
Hier erblicken wir Gott, wie er ist, wie er war, wie er seyn wird,
Siehe, den Seeligen ohne Verhüllung, frey, ohne die Dämmrung
Fern nachahmender Welten. Dich schauen wir in der Versammlung
Deiner Erlösten, die du des seeligen Anblicks auch würdigst.
Wie unendlich vollkommen bist du! Zwar nennt dich der Himmel,
Und der Unaussprechliche wird Jehova geheissen!
Unsere Lieder, von Schwung und Harmonien begeistert,
Suchen dein Bild; doch umsonst. Auf deine Verklärung gerichtet,
Können Gedanken sich nur von deiner Gottheit besprechen.
Ewiger, du bist allein in deiner Grösse vollkommen!
Jeder Gedanke, mit dem du dein herrliches Wesen durchschauest,
Ist viel erhabner und heiliger, als die stille Betrachtung,
Auf erschaffene Dinge von dir hernieder gelassen.
Dennoch entschlossest du dich, auch ausser dir Wesen zu sehen,

Und auf sie dein beseelendes Hauchen hernieder zu lassen.
Erst erschufst du den Himmel, dann uns, des Himmels Bewohner.
Fern wart ihr damals von eurer Geburt, du jüngerer Erdkreis,
Und du Sonn, und du Mond, der seligen Erde Gefährten.
Erstgebohrner der Schöpfung, wie war dir bey deinem Hervorgehn?
Da, nach undenklicher Ewigkeit, Gott zu dir sich herabließ,
Und dich zum heiligen Wohnplatz von seiner Herrlichkeit weihte.
Dein unermeßlicher Kreis, zum neuen Daseyn gerufen,
Formte sich noch in seine Gestalt; die schaffende Stimme
Wandelte noch mit dem ersten Getöse krystallener Meere;
Ihre gleich irdischen Welten zusammengebirgten Gestade
Hörten sie, doch kein Unsterblicher nicht: Da standest du, Schöpfer,
Auf dem neuen erhabenen Throne dich selber betrachtend,
Einsam und ernst. O jauchzet der denkenden Gottheit entgegen!
Damals, ja damals erschuf er euch, Seraphim, Geistergeschöpfe,
Voll von Gedanken, voll mächtiger Kräfte, des Ewigen Bildung,
Die er in euch von ihm selber erschafft, anbetend zu fassen.
Halleluja, ein feyrendes Halleluja, o Erster,
Sey dir von uns unaufhörlich gesungen! Zur Einsamkeit sprachst du:
Sey nicht mehr! Und zu den Wesen: Entwickelt euch, Halleluja!
Unter dem Liede, das nach dem erhabenen Dreymalheilig,
Allzeit gesungen wird, hatte des Mittlers hoher Gesandte
Eine der nächsten Sonnen am Himmel helleuchtend betreten.

Überall schweigen die Seraphim itzt, und feyren den Anblick,
Mit dem der ewige Vater ihr heiliges Loblied belohnte.
Indem erschien der Seraph auf dieser Sonne dem Himmel.
Gott sah ihn an, der Himmel mit Gott. Er betete kniend.
Zweymal die Zeit, in welcher ein Cherub den Namen Jehova,
Und das anbetende Dreymalheilig der Ewigkeit ausspricht,
Ward er des Anschauns der Gottheit gewürdigt. Drauf kam ihm der Thronen
Erstgebohrner, ihn feyrlich vor Gott zu führen, entgegen.
Gott nennt ihn seinen Geliebten; der Himmel Eloa. Vor allen,
Die Gott erschuf, ist er groß, der nächste dem Unerschaffnen.
Denkt er, so ist ein Gedanke von ihm so schön, als die Seele,
Als die ganze Seele des Menschen von Staube gebildet,
Wenn sie, ihrer Unsterblichkeit würdig, gedankenvoll nachsinnt.
Sein umschauender Blick ist schöner, als Frühlingsmorgen,
Lieblicher als die Gestirne, da sie vorm Throne des Schöpfers
Jugendlich neu, und voll Licht, mit ihren Tagen, vorbeyflohn.
Gott schuf ihn erst. Aus einer helleuchtenden Morgenröthe
Schuf er ihm einen ätherischen Leib. Ein Himmel von Wolken
Floß um ihn, da er wurde: Gott hub ihn mit offenen Armen
Aus den Wolken, und sagt ihm segnend: Da bin ich, Erschaffner!
Seraph Eloa sah itzt auf einmal den Ewigen vor sich,
Schaut ihn entzückungsvoll an, und stand, und schaut ihn begeistert
Wiederum an, und sank, verloren in Gottes Anblick.
Endlich redt er, und sagte dem Ewigen alle Gedanken,
Die er empfand, die neuen unsterblichen Rührungen alle,

Die sein grosses Herz durchwallten. Erst werden die Welten
Alle vergehn, und neu aus ihrem Staube sich schwingen,
Ganze Jahrhunderte werden dann erst in die Ewigkeit eingehn,
Eh der erhabenste Christ so göttliche Rührungen fühlet.
Itzt kam Eloa von seinem Sitze zum Engel des Mittlers
Auf neu erwachenden Strahlen in seiner Schönheit hernieder,
Ihn zum Altare des Mittlers zu führen. Er gieng noch von ferne,
Als er schon Gabriel kannte. Wie groß war Eloa Entzückung,
Von den Unsterblichen einen zu sehn, mit dem er vor diesem
Alle Bezirke der Schöpfungen Gottes, und ihre Bewohner
Sah, und mit dem er unnachahmbarere Thaten vollführte,
Als das Geschlecht der Menschen mit seinen Edelsten ausübt.
Itzo verklärten sie sich schon liebreich gegen einander.
Schnell, mit brünstig eröffneten Armen, mit herzlichen Blicken
Eilten sie gegen einander. Sie zitterten beyde vor Freuden,
Als sie sich umarmten. Wie Brüder erzittern, die beyde
Tugendhaft sind, und beyde den Tod fürs Vaterland suchten,
Wenn sie, vom Heldenblute noch voll, sich nach ewigen Thaten
Wiedersehn, und sich vor ihrem noch göttlichern Vater umarmen.
Gott sah sie fern, und segnete sie. So giengen sie beyde,
Herrlicher noch durch die Freundschaft, dem himmlischen Thron entgegen.
Also kamen sie weiter bis ans Allerheiligste Gottes.
Nah bey der Herrlichkeit Gottes, auf einem himmlischen Berge,
Ruht des Allerheiligsten Nacht. Ein lichthelles Glänzen
Wacht inwendig um Gottes Geheimniß. Das heilige Dunkel
Deckt nur das Innre vorm Auge der Engel. Bisweilen eröffnet

Gott den dämmernden Vorhang durch majestätische Donner
Vor dem Blicke der himmlischen Schauer. Sie sehen, und feyren.
Itzo stand auf einmal, bey des Allerheiligsten Eingang,
Wie ein Berg Gottes, der Altar des Mittlers, vor Gabriels Auge
Wolkenlos da. Er sah ihn, und gieng, in festlicher Schönheit,
Priesterlich zum Altar, und trug zwo goldene Schalen
Voll vom heiligen Räuchwerk, und stand tiefsinnig am Altar.
Neben ihm stand Eloa, und rief aus seiner Harfe
Göttliche Töne, den opfernden Seraph zum hohen Gebete
Vorzubereiten. Der hört ihn, und durch die allmächtige Harfe
Hub sich sein Geist voll Andacht empor. Wie der Ocean aufwallt,
Wenn über ihm die Stimme des Herrn in Sturmwinden wandelt.
Gabriel sah Gott an, und sang mit mächtiger Stimme.
Nunmehr hörte der ewige Vater, es hörte der Himmel
Deine Gebete, Messias. Gott selber zündte das Opfer
Wunderbar an; ein heiliger Rauch stieg mit dem Gebete
Still begleitend vom Altar; dann hub er sich weiter, und wallte,
Wie von unsern Gebirgen ein ganzer Himmel, zu Gott auf.
Bis itzt hatte Gott stets die Erde nachdenkend betrachtet.
Denn sein Sohn besprach sich noch immer aus vollem Gemüthe
Mit ihm von der erhabenen Seligkeit seiner Erlösten.
Aber itzt füllte sein freundlicher Blick den Himmel von neuem.
Jeder begegnete feyrend und still dem göttlichen Blicke.
Alles erwartet die Stimme des Herrn. Die himmlische Ceder
Rauscht itzt nicht, der Ocean schwieg am hohen Gestade.
Gottes geistiger Wind hielt zwischen den ehernen Bergen

Unbeweglich, und wartete mit verbreiteten Flügeln,
Auf die Herabkunft der göttlichen Stimmen. Ein Donnerwetter
Stieg, da er wartete, schnell, vom Allerheiligsten nieder.
Doch Gott redte noch nicht. Die heiligen Donnerwetter
Waren Verkündiger einer annahenden göttlichen Antwort.
Als dieß geschah, that Gott vorm Angesichte der Thronen
Offenbarend sein Heiligthum auf, den wartenden Himmel
Zu den hohen Gedanken des Ewigen vorzubereiten.
Und da wandte sich Urim voll Ernst, mit göttlichem Tiefsinn,
Cherub Urim, des ewigen Geistes vertraulichster Engel,
Zu dem hohen Eloa, und sprach: Was siehst du, Eloa?
Seraph Eloa stand auf, gieng langsam vorwärts, und sagte:
Dort an den goldenen Pfeilern, da sind labyrinthische Tafeln
Voll vom Schicksal; dann Bücher des Lebens, die unter dem Hauche
Mächtiger Winde sich öffnen, und Namen künftiger Christen,
Neue belohnende Namen, des Himmels Unsterblichkeit, aufthun.
Wie sich die Bücher des Weltgerichts hier, gleich wehenden Fahnen
Kriegender Seraphim furchtbar eröffnen! Ein tödtender Anblick
Für die niedrigen Seelen, die wider Gott sich empörten!
O wie Gott sich enthüllt! ach, Urim, in heiliger Stille
Schimmern die Leuchter im Silbergewölk! So gebieret der Morgen
Thau auf den Bergen, so glänzen die Erben der ewigen Kindschaft,
Tausend bey tausend, der wahren Gemeinen vorbildende Leuchter.
Zähle sie, Urim, die heilige Zahl. Die Welten, sprach Urim,
Tugenden, die Thaten der Geister, selbst Gottes Gedanken,

Wenn er sich, einen grossen Tag, uns offenbarend eröffnet,
Sind uns zählbar: allein die Folgen der grossen Erlösung,
Gottes Erbarmungen nicht. Eloa sprach weiter: Ich sehe
Gottes Gerichtsstuhl! Wie schrecklich bist du, Weltrichter, Messias!
Schau das Antlitz des hohen Gerichtsstuhls! Es tödtet von ferne!
Und die zur Rache gerüstete Glut! Ein lebendiger Sturmwind
Wälzet die Räder in fliehenden Wolken. Ach schone, Messias,
Schone, Weltrichter, mit deinem Verderben von ferne bewaffnet!
Also besprachen Eloa und Urim sich unter einander.
Siebenmal hatte der Donner das heilige Dunkel eröffnet,
Und die Stimme des Ewigen kam sanftwandelnd hernieder:
Gott ist die Liebe. Der war ich vorm Daseyn meiner Geschöpfe;
Da ich die Welten erschuf, war ich auch der; itzt, bey der Vollendung
Meiner geheimsten erhabensten That, bin ich eben derselbe.
Schaut den Ewigen an, ihr vorerwählten Gerechten,
Heilige Kinder. Erkennet mein Herz, ihr wart mir das Liebste
Meiner Gedanken, als ich dem künftigen Heile nachdachte.
Euch hat herzlich verlangt, ich bin euer göttlicher Zeuge,
Endlich die Tage des Heils, und meinen Messias zu sehen.
Seyd mir gesegnet, ihr Kinder der Gottheit vom Geiste gebohren!
Weinet nicht, Kinder, hier bin ich, ein Vater, das Wesen der Wesen,
Siehe, der Erst und der Letzte, ein ewig treuer Erbarmer.
Der ich von Ewigkeit bin, den keine Geschöpfe begreifen,
Ich, die Gottheit, ich lasse zu euch, mich väterlich nieder.

Dieser Bote des Friedens, von meinem Sohne gesendet,
Ist nur um eurentwillen zum hohen Altare gekommen.
Wäret ihr nicht zu Zeugen der grossen Erlösung erkohren,
O so hätten wir uns in entfernter Stille besprochen,
Einsam, geheim, unerforschlich. Doch ihr, mein theures Geschlechte,
Sollt die Tage mit Wonn und unsterblichem Jauchzen vollenden!
Ich, und mein Himmel, wir wollen den ganzen verborgenen Umfang
Meiner Erlösung durchschaun, mit viel verklärteren Blicken
Wollen wir diese Geheimnisse sehn, als eures Erlösers
Fromme, weichmüthige Freunde, die noch in Dunkelheit irren,
Oder als seine verruchten Verfolger. Die hab ich schon lange
Aus den heiligen Büchern vertilgt; und meinen Erlösten
Send ich mein Licht, sie sollen nun bald das Blut der Versöhnung
Nicht mehr mit weinendem Auge betrachten. Sie werden es sehen,
Wie sich vor ihnen sein Strom ins ewige Leben verlieret.
Alsdann sollen sie hier, im Schoosse des Friedens getröstet,
Feste des Lichts und der ewigen Ruh triumphirend begehen.
Seraphim, und ihr Seelen, erlöste Väter des Mittlers,
Fangt ihr die Feste der Ewigkeit an. Sie sollen von itzo
Mit der Unendlichkeit dauern. Die heiligen Kinder der Erde
Werden sich allgemach alle zu euch vollendet versammeln,
Bis sie zusammen dereinst, mit neuen Leibern umgeben,
Nach vollbrachtem Gericht zu meiner Seligkeit kommen.
Unterdeß geht von mir aus, des hohen Thrones Bewohner,
Meldet den Herrschern der Schöpfungen Gottes, daß sie sich zur Feyrung
Dieser erwählten verehrungswürdigen Tage bereiten.
Und ihr Frommen des Menschengeschlechts, und ihr Väter des Mittlers,

(Denn von jenem Gebein der Sterblichkeit, das ihr im Staube
Sterbend zurücke gelassen, entstammt der hohe Messias,
Gottes und Menschensohn,) auch euch ist die Freude bestimmet,
Die ich allein bey mir, mit meiner Gottheit Gedanken,
Ganz empfind; unsterbliche Seelen, auf, eilt zu der Sonne,
Welche den Kreis der Erlösung umleuchtet. Hier sollt ihr von ferne
Eures Erlösers und Sohns Versöhnung und Thaten betrachten.
Laßt euch diesen Lichtweg hinab. Aus allen Bezirken
Sieht euch meine Natur mit verneuter Schönheit entgegen.
Denn ich der Herr will selbst, nach dieser Jahrhunderte Kreislauf,
Einen Ruhetag Gottes, den zweyten erhabenen Sabbath,
Bey mir feyren. Der ist mir viel höher, als jener berühmte,
Jener von euch, ihr Geistergeschöpfe, seraphische Schaaren,
Heilig besungene Tag, den ihr, nach Vollendung der Welten,
Einst am Schöpfungsfeste begiengt. Ihr wißt es, o Geister,
Wie sich die neue Natur, in liebenswürdiger Schöne,
Damals erhub, wie die Morgensterne mit eurer Gesellschaft
Vor mir, dem Schöpfer, sich neigten. Allein itzt soll mein Messias,
Mein unsterblicher Sohn, viel grössere Werke vollenden.
Eilt, verkündigt dieß meinen Geschöpfen. Mein Sabbath erhebt sich,
Itzt mit dem freyen Gehorsam und Leiden des grossen Messias.
Ich, der Herr, nenn ihn den Sabbath des Heils und des ewigen Bundes.

Gott sprachs. Überall faltete noch die tiefe Verwundrung
Heilige Hände vor ihm. Stillschweigend sahe der Himmel
Zum Allerheiligsten Gottes hinauf. Dem Gesandten des Mittlers

Winkte Gott; da stieg er zur obersten Stufe des Thrones.
Allda empfieng er, an Uriel und die Beschützer der Erde
Wegen der Wunder beym Tode des Mittlers, geheime Befehle.
Unterdeß waren die Thronen von ihren Sitzen gestiegen.
Gabriel folgte. Da er dem Altare der Erde sich nahte,
Hört er von fern aus den hohen Gewölben herwallende Seufzer,
Die mit weinendem Laut das Heil der Menschen verlangten,
Und die der Opferpriester am Altar dem Ewigen brachte.
Dieß ist der Altar, von dem du, des neuen Bundes Prophete,
An dem Gestade der Patmus die himmlischen Bildungen sahest;
Hier wars, wo sich in hohen Gewölben der Märtyrer Stimme
Kläglich erhub; hier weinten die Seelen mit Thränen der Engel,
Daß der erhabene Richter den Tag der Rache verzögre.
Als itzt zu diesem Altare der Erde der Seraph hinabstieg,
Eilt ihm Adam, der Opferpriester am Altar, entgegen,
Nicht ungesehn; ein ätherischer Leib helleuchtend gebildet,
Hüllte den seligen Geist in eine verklärte Behausung.
Seine Gestalt war so schön, wie du vor des Schöpfers Gedanken
Göttliches Bild, als er Adam zu schaffen gedankenvoll da stand,
Und im gesegneten Schoosse der paradiesischen Fluren
Unter ihm heiliges Erdreich zum werdenden Menschen sich loswand.
Also gebildet kam Adam zum Seraph. Ein liebliches Lächeln
Machte sein Antlitz wie göttlich, er sprach mit verlangender Stimme:
Sey mir gegrüsset, begnadigter Seraph, du Friedensbote.
Da die Stimme von deiner erhabnen Gesandschaft erschallte,
Hub sich mein Geist jubilirend empor. Du theurer Messias,

Könnt ich dich auch in jener holdseligen menschlichen Schönheit,
Wie der Seraph hier, sehn! Ach in jener Gestalt der Erbarmung,
In der du mein gefallnes Geschlecht zu versöhnen beschlossen!
Führe du mich zu den göttlichen Fußstapfen meines Erlösers,
Meines Erlösers und Freundes, ich will ihn nur ferne begleiten!
Ruhestatt jenes Gebets, wo mein Mittler niedergefallen,
Dürft ich dich sehn, und daselbst die zärtlichen Thränen hinweinen!
Ach, ich war ja vordem dein erstgebohrner Bewohner,
Mütterlichs Land, o Erde, nach dir seh ich sehnlich hernieder.
Deine vom Donnerworte des Fluchs zerstörten Gefilde
Wären mir in der Gesellschaft des Mittlers, den eben der Körper
Jenes Todes umhüllt, den ich dort im Staube zurückließ,
Lieblicher, als dein Gefilde nach himmlischen Auen erschaffen,
O Paradies, verlorner Himmel! So sagt er voll Inbrunst.
Deine Verlangen will ich, du Erstling der Auserwählten,
Sprach der Seraph mit freundlicher Stimme, dem Mittler erzählen.
Ist es sein göttlicher Wille, so wird er dich zu sich berufen,
Du wirst ihn sehn, wie er ist, die erniederte Herrlichkeit Gottes.
Indem hatten die göttlichen Engel den Himmel verlassen,
Und sich überall schnell ins Weltgebäude vertheilet.
Gabriel nur kam allein zur seligen Erden hernieder,
Die der benachbarte Kreis vorübergehender Sterne
Still mit einem allgegenwärtigen Morgen begrüßte.

Ringsum erschallten zugleich die neuen Namen der Erde.
Gabriel hörte die Namen: Du Königinn unter den Erden,
Augenmerk aller Geschöpfe, vertrauteste Freundinn des Himmels,
Anderer Wohnplatz der Herrlichkeit Gottes, unsterbliche Zeuginn
Jener geheimen erhabenen Thaten des grossen Messias!
Also ertönte der Umkreis von englischen Stimmen belebet.
Gabriel hört es und kam mit verweilendem Fluge zur Erden.

Hier sank Schlummer und Kühlung noch in die Thäler hernieder,
Dunkle gesellige Wolken verhüllten noch ihre Gebirge.
Gabriel gieng in der Nacht, und suchte mit sehnlichen Blicken
Seinen Messias. Er fand ihn in einem niedrigen Thale,
Das sich zwischen den Gipfel des himmlischen Ölbergs hinabließ.
Hier war der göttliche Mittler, von tiefen Gedanken ermüdet,
Eingeschlafen. Natur, du mußtest zu seinem Haupte,
Also sagt er dir schlummernd, leichttragende Blumen erschaffen.
Gabriel sahe den Mittler in süssem luftigen Schlafe,
Stand voll Verwunderung still, und sah unverwandt nach der Schönheit,
Die die vereinbarte Gottheit der menschlichen Bildung ertheilte.
Ruhige Liebe, die Züge des göttlichen Lächelns voll Gnade,
Huld und Milde, noch Thränen der zärtlichen treuen Erbarmung,
Zeigten den Geist des göttlichen Mittlers in seinem Gesichte;
Doch war sein Abdruck daselbst in Zügen des Schlafes verdunkelt.
Also sieht ein reisender Seraph der blühenden Erde

Halbunkenntliches Antlitz an Frühlingsabenden liegen,
Wenn der Abendstern schon am einsamen Himmel heraufgeht,
Und aus dämmernden Lauben den Weisen, ihn anzuschaun, herwinkt.
Endlich redte der Seraph nach langer Betrachtung und Stille.
O du, der du allwissend bist, sprach er mit zärtlicher Stimme,
Der du mich hörst, obgleich dein sterblicher Leib hier ruhet,
Deinen Befehlen hab ich mit getreuer Sorgfalt gehorchet.
Als ich dieß that, so eröffnete mir der Erste der Menschen,
Wie er dein Antlitz zu sehn, unsterblicher Mittler, sich sehne.
Itzo will ich, nach deines erhabenen Vaters Entschliessung,
Gleich von hier, deine Versöhnung auch mit zu verherrlichen, eilen.
Unterdeß schweigt hier, o nahe Geschöpfe! den flüchtigsten Anblick
Dieser hineilenden Zeit, da euer Schöpfer noch hier ist,
Müßt ihr für seliger, als viel lange Jahrhunderte halten,
Da ihr den Menschen mit reger sorgfältiger Ämsigkeit dienet.
Schweig, Getöse der Luft, in deinen aufrührischen Hölen,
Oder erhebe dich sanft mit stillem behutsamen Säuseln.
Und du, nahes Gewölk, o treufle du Segen und Wärme
Auf die kühlenden Schatten aus deinen Schössen herunter.
Rausche nicht, Ceder, schweig, heiliger Hain, vorm schlummernden Schöpfer!
Also verlohr sich mit sorgsamem Ton die Stimme des Seraphs.
Und drauf eilt er zu jener Versammlung der heiligen Wächter,
Die als Vertraute der Gottheit und ihrer verborgenen Vorsicht,
Mit ihm die Erde zugleich in geheimer Stille beherrschten.
Diesen sollt er noch itzt, vor seiner Erhebung zur Sonne,
Jenes Verlangen der seligen Geister, die nahe Versöhnung,
Und den zweyten erhabenen Ruhetag Gottes eröffnen.

Der du nach Gabriel itzt den Kreis der Erlösung beherrschest,
Göttlicher Schutzgeist der Mutter so vieler unsterblichen Kinder,
Die sie, wie ihre Begleiter, die schnellen Jahrhunderte, flüchtig,
Und unerschöpflich am Reichthum, den höhern Gegenden sendet,
Und dann des ewigen Geistes zerfallne vermorschte Behausung
Unter verlassenen Hügeln in traurige Dunkelheit einschließt;
O du dieser verherrlichten Erden erwählter Beschützer,
Seraph Eloa, verzeih dieß deinem zukünftigen Freunde,
Wenn er deinen seit Edens Erschaffung verborgenen Wohnplatz,
Von der heiligen Muse gelehrt, den Sterblichen zeiget.
Hat er sich jemals, voll einsamer Wollust, in tiefe Gedanken
Und in den hellen Bezirk der stillen Entzückung verlohren;
Hat mit Gedanken der Geister sich sein Gedanke vereinet,
Und die enthüllete Seele die Rede der Götter vernommen;
O so hör ihn, Eloa, wenn er, wie die himmlische Jugend,
Kühn und erhaben, nicht modernde Trümmern der Vorwelt besinget,
Sondern den Bürgern der göttlichen Erde dein Heiligthum aufthut.
In dem stillen Bezirk des unbetrachteten Nordpols
Herrschet die Mitternacht ewig einsiedlerisch. Dunkel und Wolken
Fliessen von ihr, wie ein sinkendes Meer, unaufhörlich herunter.
So lag unter der Finsterniß Gottes, von Mosen gerufen,
Ehmals der Nil, in vierzehn Gestade zusammen gedränget,
Und ihr, der Könige Grab, unsterbliche Pyramiden.

Niemals hat noch ein Auge, von kleinern Himmeln umgränzet,
Diese verlaßnen Gefilde gesehen, wo nächtliches Erdreich
Unbewohnt ruht, wo kein Laut von Menschenstimmen ertönet,
Wo kein Todter begraben liegt, wo kein Auferstehn seyn wird.
Aber zu tiefen Gedanken, und zur Betrachtung gewidmet,
Machen sie Seraphim herrlich, wenn sie auf ihren Gebirgen,
Orionen gleich, gehn, und in prophetischer Stille
Thränenvoll, der Menschen zukünftige Seligkeit anschaun.
Mitten in diesen Gefilden erhebt sich die englische Pforte,
Durch die der Erde Beschützer zu ihrem Heiligthum eingehn.

Wie zur Zeit des belebenden Winters ein heiliger Festtag
Über beschneyten Gebirgen nach trüben Tagen hervorgeht;
Wolken und Nacht entfliehen vor ihm, die beeisten Gefilde
Hohe durchsichtige Wälder entnebeln ihr Antlitz, und glänzen:
Also gieng Gabriel itzt auf den mitternächtlichen Bergen,
Und schon stand sein unsterblicher Fuß an der heiligen Pforte,
Die sich vor ihm, wie Flügel der rauschenden Cherubim, aufthat.
Schon war sie hinter ihm wieder geschlossen. Nun gieng der Seraph
In den Tiefen der Erde. Da wälzten sich Oceane
Um ihn mit langsamer Flut zum menschenlosen Gestade.
Alle Söhne der Oceane, gewaltige Flüsse,
Flossen, wie Ungewitter sich aus den Wüsten heraufziehn,
Fern und rauhtönend ihm nach. Er gieng, und sein heiliger Wohnplatz
Zeigte sich schon in der Nähe. Die Pforte von Wolken erbauet

Wich ihm itzt aus, wie auf blumichten Hügeln dem Morgen die Nacht weicht.
Unter dem Fuß des Unsterblichen floß die flüchtige Dämmrung
Wallend hinweg. Weit hinter ihm, an den dunkeln Gestaden,
Blieben wehende Flammen in seinem Fußtritt zurücke.
Nunmehr hatte der Seraph den heiligen Wohnplatz betreten.
Da, wo sich fern von uns die Erde zum Mittelpunkt kehret,
Wölbt sich in ihr ein weiter Bezirk voll himmlischer Lüfte.
Mitten darinnen erhebt sich mit flüssigem Schimmer bekrönet
Eine sanftleuchtende Sonne. Von ihr fließt Leben und Wärme
In die Adern der Erden empor. Die oberste Sonne
Bildet mit dieser vertrauten Gehülfinn den blumichten Frühling,
Und den feurigen Sommer, von sinkenden Halmen belastet,
Und dich, o Herbst, auf Traubengebirgen. In ihren Bezirken
Ist sie niemals nicht auf und niemals untergegangen.
Um sie lächelt ein ewiger Morgen in thauenden Wolken.
Unterweilen thut der, der die Himmel zusammen erfüllet,
Seine Gedanken den Engeln daselbst durch Zeichen in Wolken
Wunderbar kund; da erscheinen alsdann die Folgen des Schicksals.
Also entdeckt sich Gott, wenn nach wohlthätigen Wettern
Über besänftigten Wolken der Regenbogen hervorgeht,
Und dir, Erde, den Bund und die Fruchtbarkeit Gottes verkündigt.
Gabriel ließ itzo auf dieser Sonne sich nieder.
Um ihn versammelten sich der Königreiche Beschützer,
Engel des Kriegs und des Todes, die im Labyrinthe des Schicksals
Bis zur göttlichen Hand den führenden Faden begleiten;
Die im Verborgenen über die Werke der Könige herrschen,

Wenn sie damit triumphirend, als ihrer Schöpfung, sich brüsten.
Dann die Hüter der tugendhaften und wenigen Edlen,
Die den denkenden Weisen in seiner Entfernung begleiten,
Wenn er das Menschengewebe der irrdischen Seligkeit fliehet,
Und die Bücher der ewigen Zukunft im Stillen eröffnet.
Auch sind sie oft insgeheim bey einer Versammlung zugegen,
Wo der feurige Christ die Herabkunft Gottes empfindet,
Wenn ein brüderlich Volk, durch das Blut des Bundes geheiligt,
Seinem unsterblichen Lamme zu Sion ein Loblied erhebet.
Wenn die Seelen entschlafner Christen ihr todtes Antlitz
Und den Schweiß, und die traurigen Züge des siegenden Todes,
Und die bezwungne Natur auf ihrem Leichnam erblicken:
So empfangen sie diese Gefährten mit tröstendem Anblick:
  Lieber, wir wollen dereinst die Trümmern alle versammeln;
Eben diese Behausung der Sterblichkeit, dieses Gebeine,
Durch die Hand des gewaltigen Todes so traurig entstellet,
Soll mit dem Morgen des Richters zur neuen Schöpfung erwachen.
Kommt nur, des Himmels zukünftige Bürger, ein helleres Anschaun,
Selbst die Umarmung des göttlichen Mittlers erwartet euch liebreich.
  Auch die Seelen, die dem kaum gebohrnen Körper entflohen,
Sammelten sich um den Seraph herum. Sie flohen mit Weinen,
Mit dem zärtlichen Weinen der Kindheit. Ihr schüchternes Auge
Hatte die Oberfläche der Erde kaum staunend erblicket;

Darum durften sie sich auf den grössern Schauplatz der Welten
Noch ungebildet so bald hervorzutreten nicht wagen.
Ihre Beschützer begleiten sie zu sich, und lehren sie reizend,
Unter dem Klange belebender Harfen, in lieblichen Liedern:
Wie und woher sie entstanden; wie groß die menschliche Seele
Von dem vollkommensten Geiste gemacht sey; wie jugendlich heiter
Sonnen und Monde nach ihrer Geburt zum Schöpfer gekommen.
Euch erwarten vollendete Väter; ein herrliches Anschaun
Eures Erbarmers erwartet euch dort am ewigen Throne.
Also lehren sie diese der Weisheit würdige Schüler,
Jener erhabenen Weisheit, nach deren flüchtigen Schatten,
Durch ihr Glänzen geblendet, die irren Sterblichen eilen.
Itzo hatten sie häufig die schimmernden Lauben verlassen,
Und sich zu ihren Vertrauten, den Engeln der Erde, versammelt.
Gabriel that itzo der ganzen Geisterversammlung
Alles das kund, was Gott ihm befahl vom Messias zu sagen.
Diese blieb wie entzückt um den hohen göttlichen Lehrer,
Und ließ ihre Gedanken in tiefe Betrachtungen nieder.
Und ein liebenswürdiges Paar, zwo befreundete Seelen,
Benjamin und Dudaim, umarmten einander, und sprachen:
Ist das nicht, o Dudaim, der holde vertrauliche Lehrer?
Ists nicht Jesus, von welchem der Seraph dieß alles erzählte?
Ach, ich weiß es noch wohl, wie er uns inbrünstig umarmte,
Wie er uns an die klopfende Brust mit Zärtlichkeit drückte.
Eine getreue leutselige Zähre, die seh ich noch immer,
Netzte sein Antlitz, ich küßte sie auf, die seh ich noch immer.
Und drauf sagt er, o Benjamin, unsern umstehenden Müttern:
Werdet, wie Kinder, sonst könnt ihr das Reich des Vaters nicht erben.

Ja, so sagt er, Dudaim, und der ist unser Erlöser;
Durch den sind wir so selig, umarme mich, lieber Dudaim!
Also besprachen sie sich mit Zärtlichkeit unter einander.
Gabriel aber bereitete sich zur neuen Gesandtschaft,
Nahm sein helles Gewand, mit dem er beym Engel der Sonnen
Allzeit erschien. Ein festliches niederwallendes Glänzen
Floß, da er gieng, den Fuß des Unsterblichen prächtig herunter.
Also sehen des Mondes Bewohner den Tag der Erde,
Ihren Nächten zu leuchten, in stillen thauenden Wolken
Auf die Gipfel von ihren Olympen herunterwallen.
Also geschmückt stand Gabriel auf, und unter dem Nachruf
Jauchzender Engel und Seelen betrat er den freyeren Luftkreis.
Rauschend, wie Pfeile vom silbernen Bogen, zum Siege beflügelt,
Schoß er neben Gestirnen vorbey, und eilte zur Sonne.
Itzo sank er auf Uriels Burg schon schwebend hernieder.
Hier fand er auf der Zinne der Burg die Seelen der Väter,
Die unverwandt den feurigen Blick zu den Strahlen gesellten,
Welche den Tag in die canaanitischen Gegenden senden.
Unter den Vätern war einer von hohem denkenden Ansehn,
Adam, der Sohn der erwachenden Erd und der Bildungen Gottes.
Gabriel, er, und der Herrscher der Sonnen erwarteten sehnlich,
Unter Gesprächen vom Heile der Menschen, den Anblick des Ölbergs.

Zweyter Gesang.

Itzo stieg über die Cedernwälder der Morgen herunter.
Jesus erhub sich, ihn sahn in der Sonne die Seelen der Väter.
Als sie ihn sahn, da sangen zwo Seelen so gegeneinander,
Adams Seele, mit ihr die Seele der göttlichen Eva:
Schönster der Tage, du sollst vor allen künftigen Tagen
Festlich und heilig uns seyn, dich soll vor deinen Gefährten,
Kehrst du wieder zurück, die Seele des Menschen, der Seraph
Und der Cherub, beym Aufgang und Untergange, begrüssen.
Steigst du zur Erden herab; verbreiten dich Orione
Durch die Himmel; und gehst du beym Throne der Herrlichkeit Gottes
Heilig hervor, so wollen wir dir in feyrendem Aufzug
Jauchzend mit Hallelujagesängen entgegen segnen!
Dir, unsterblicher Tag, der du unsern getrösteten Augen
Gott, den Messias, auf Erden in seiner Erniedrung entdeckest!
Wie er so schön ist! O, unser Messias in menschlicher Bildung!
Wie sich in seinem erhabenen Ansehn die Gottheit enthüllet!
Selig bist du und heilig, die du den Messias gebahrest,
Seliger als Eva, die Mutter der Menschen. Unzählbar
Sind zwar die Söhne von ihr, doch zugleich unzählbare Sünder.
Aber du hast einen, nur einen göttlichen Menschen
Einen gerechten, ach einen unschuldigen theuren Messias,
Einen Sohn Gottes, unsterbliche Tochter der Erde, gebohren!
Zärtlich mit irrendem Blick seh ich zur Erden hernieder,
Dich, Paradies, dich seh ich nicht mehr. Du bist in den Wassern
Weggeschwemmt, in Wassern der allgegenwärtigen Sündflut.

Deiner erhabnen umschattenden Cedern, die Gottes Hand pflanzte,
Deiner friedsamen Lauben, der jungen Tugend Behausung,
Hat kein Sturmwind, kein Donner, kein Todesengel geschonet!
Bethlehem, wo ihn Maria gebahr, und ihn brünstig umarmte,
Sey du mir mein Eden; du Brunnen Davids, die Quelle,
Wo ich göttlich erschaffen zuerst mich sahe; du Hütte,
Wo er weinte, sey du mir die Laube der ersten Unschuld!
Ach hätt ich dich in Eden gebohren, du Göttlicher! hätt ich
Gleich nach vollbrachter entsetzlichen That dich, Sohn, gebohren!
Siehe, so wär ich mit dir zu meinem Richter gegangen;
Da, wo er stand, wo unter ihm Eden zum Grabe sich aufthat,
Wo der Erkentnisse Baum mir fürchterlich rauschte, wo Stimmen
Seiner Donner den Fluch uns und der Erde zuriefen,
Wo ich im bangen Erbeben dahinsank, und sterben wollte,
Da wär ich zu ihm gegangen; dich, Sohn, hätt ich weinend umarmet
Und an mein Herze gedrückt, und gesagt: Ach zürne nicht, Vater!
Zürne nicht mehr, ich habe den Mann Jehova gebohren!
Heilig bist du, und anbetenswürdig und ewig, o Erster!
Der du dir deinen göttlichen Sohn von Ewigkeit zeugtest,
Und ihn, nach deinem Bilde gezeugt, zum Erlöser der Menschen,
Meines von mir beweinten Geschlechts, erbarmend erwähltest.
Gott hat meine Thränen gesehen; ihr habt sie gesehen,
Seraphim, und sie gezählt; auch ihr, ihr Seelen der Todten,
Seelen meines entschlafnen Geschlechts, habt sie alle gezählet.
Wärest du nicht, o Messias, gewesen, die ewige Ruhe
Hätte mir selbst traurig, und ungenießbar geschienen.
Aber in deinem göttlichen Umgang, von deiner Erbarmung,

Stifter des ewigen Bundes, sanft überschattet, da lernt ich
Selbst in zärtlicher Wehmuth mehr Seligkeiten empfinden.

Und nun trägst du sein Bild, das Bild des sterblichen Menschen!
Gottmensch Erlöser, dich beten wir an! Vollende dein Opfer,
Das du für uns, unsterblicher Gott, zu vollenden herabstiegst.
Mache die Erde bald neu, die du zu verneuen beschlossest,
Dein und unser Geburtsland. Komm bald gen Himmel zurücke!
Komm, sey gegrüsset in deinen Erbarmungen, Gottmensch Erlöser!

Also ertönte mit mächtigem Klang die Stimme der Seelen
Durch die Gewölbe der englischen Burg. Der Messias vernahm sie
Fern in der Tiefe. Wie mitten in dichtrischen Einsiedleyen,
In zukünftige Folgen vertieft, prophetische Weisen
Dich von fern, sanftwandelnde Stimme des Ewigen, hören.
Jesus gieng den Ölberg hinab. An der Mitte des Ölbergs
Stand ein Palmbaum auf niedrigen Hügeln vor allen erhaben,
Von leichtschimmernden Wolken des Morgennebels umflossen.
Unter dem Palmbaum vernahm der Messias den Schutzgeist Johannes,
Raphael ist sein Nahme, der ihn hier betend verehrte.
Liebliche Winde zerflossen vom Ölbaum, und trugen die Stimme,
Die sonst keine Geschöpfe nicht hörten, zum Mittler hernieder.

Raphael komm, rief ihm der Messias mit freundlichem Anblick,
Wandle mir hier ungesehen zur Seite. Wie hast du die Nacht durch
Unsers lieben Johannes unschuldige Seele bewachet?

Was für Gedanken, die deinen Gedanken, o Raphael, glichen,
Hatte sie? Wo ist er itzt? Ich bewacht ihn, sagte der Seraph,
Wie man die Erstlinge deiner Erwählten, o Mittler, bewachet.
Seinen eröffneten Geist umschatteten heilige Träume,
Träume von dir. O hättest du ihn da schlummern gesehen,
Als er dich, Göttlicher, sah! Ein heiliges Frühlingslächeln
Füllte sein Antlitz. Dein Seraph hat auch in Edens Gefilden
Adam gesehn, da er schlief, und das Bild der werdenden Eva
Und des bauenden Schöpfers vor seine Gedanken herabkam.
Aber so schön war er nicht, wie dein göttlicher Jünger Johannes.
Doch itzt ist er dort unten in traurigen nächtlichen Gräbern,
Und klagt einen besessenen Mann, der im Staube der Todten
Fürchterlich bleich, wie ein bebend Gerippe, hin ausgestreckt lieget.
Jesus, du solltest ihn sehn, du solltest den zärtlichen Jünger
Neben ihm voller mitleidigen Kummers und Wehmuth erblicken,
Wie ihm vor Menschenliebe sein Herz erbarmend zerfliesset,
Wie er erbebt. Mir selbst drang eine wehmüthige Thräne
Zitternd ins Auge. Da wandt ich mich weg. Das Leiden der Geister,
Die du zur Ewigkeit schufst, ist mir stets durch die Seele gedrungen.
Raphael schwieg. Das Auge des Mittlers sah zürnend gen Himmel.
Grosser Vater, erhöre mich itzt! Der Menschenfeind werde
Deinen Gerichten ein ewiges Opfer, das jauchzend der Himmel,
Das voll Bestürzung und Schand und Schmach die Hölle betrachte!
Also sagt er, und näherte sich den Gräbern der Todten.
Unten am mitternächtlichen Ölberge waren die Gräber
In zusammengebirgte zerrüttete Felsen gehauen.

Dick und finster verwachsene Wälder verwahrten den Eingang
Vor dem Blicke des fliehenden Wandrers. Ein trauriger Morgen
Stieg, wenn über Jerusalem schon der Mittag sich senkte,
Zu den Gräbern noch dämmernd mit kühlem Schauer hinunter.
Samma, so hieß der besessene Mann, lag neben dem Grabe
Seines jüngsten geliebtesten Sohns in kläglicher Ohnmacht.
Satan ließ ihm die Ruh, ihn desto ergrimmter zu quälen.
Hier lag er bey den Gebeinen des Knabens in Moder und Asche.
Neben ihm stand sein anderer Sohn, und weinte zu Gott auf.
Jenen verstorbenen, welchen der Vater und Bruder beweinten,
Hatte vordem die zu zärtliche Mutter, durch Flehen erweichet,
Mit in die Gräber zum Vater hinab gebracht, welchen der Satan
Ungestüm und voll grimmiger Wut bey den Todten herumtrieb.
Ach mein Vater! so rief der kleine geliebte Benoni,
Und entfloh den Armen der Mutter, die ängstlich ihm nachlief;
Ach mein Vater, umarme mich doch! und hielt seine Hände,
Drückte sie an sein Herz. Der Vater umfaßt ihn, und bebte.
Da nun der Knabe mit kindlicher Inbrunst ihn zärtlich umhalste,
Da er mit stillem liebkosenden Lächeln ihn jugendlich ansah,
Warf ihn der Vater an einen entgegenstehenden Felsen,
Daß sein zartes Gehirn an blutigen Steinen herabrann,
Und die unschuldige Seele, mit leisem Röcheln, entflohe.
Nunmehr klagt er ihn trostlos, und faßt das kalte Behältniß

Seiner Gebeine mit sterbendem Arm. Mein Sohn, ach
Benoni!
Ach Benoni, mein Sohn! so sagt er, und jammernde
Thränen
Stürzen vom Auge, das bricht und langsam starrend erstirbet.
Also lag er und ängstete sich, da der Mittler hinabkam.
Joel, der andere Sohn, verwandte sein thränendes Antlitz
Von dem Vater, und sah den Messias im Grabmal
dahergehn.
Ach! mein Vater, erhub er voll froher Verwundrung die
Stimme,
Jesus, der grosse Prophet, kömmt in die Gräber hernieder.
Satan hört es, und sahe bestürzt durch die Öffnung des
Grabmals.
Also sehn Gottesläugner, der Pöbel, aus düstern Gewölben,
Wenn das hohe Gewitter am donnernden Himmel
heraufzieht,
Und der Rache gefürchtete Wagen in Wolken sich wälzen.
Satan hatte bisher nur Samma von ferne gepeinigt.
Aus den tiefsten entlegensten Enden des nächtlichen
Grabmals
Sandt er langsame Plagen hervor. Itzt erhub er sich wieder
Rüstete sich mit Todesschrecken, und stürzt auf Samma.
Samma sprang auf, dann fiel er von neuem ohnmächtig
darnieder.
Seine dem Tode noch kaum entgegenringende Seele
Trieb ihn, von dem mördrischen Feind zur Verzweiflung
empöret,
Felsenan. Hier wollt ihn vor deinen göttlichen Augen,
Grosser Messias, der Satan am schroffen Felsen
zerschmettern.
Doch du warest schon da, und deine voreilende Gnade
Trug dein verlassnes Geschöpf auf treuen allmächtigen
Flügeln,
Daß er nicht sank. Da ergrimmte der Geist des
Menschenverderbers

Und erbebte. Die kommende Gottheit erschreckt ihn von ferne.
Indem richtete Jesus sein helfendes Antlitz auf Samma.
Eine belebende göttliche Kraft, mit dem Blicke vereinbart,
Gieng von ihm aus. Da erkannte der arme verlassene Samma
Seinen Erlöser. Ins bleiche schon halbverweste Gesichte
Kam die Menschheit zurück, er schrie, und weinte gen Himmel.
Itzt wollt er reden, allein kaum konnt er von Freuden erschüttert
Bebend stammeln. Doch breitet er sich mit sehnlichen Armen
Nach dem Ewigen aus, und sah mit getrösteten Augen,
Voll von Entzückung, nach ihm von seinem Felsen herunter.
Wie die Seele trübsinniger Weisen, die, in sich gekehret,
An der Unsterblichkeit ihrer zukünftigen Dauer verzweifelt,
Innerlich bebt; der Ewigen schauert vor ihrer Zernichtung;
Aber itzt nahet sich ihr der weisern Freundinnen eine,
Ihrer Unsterblichkeit sicher, und stolz auf Gottes Verheissung,
Kömmt sie zu ihr mit tröstendem Blick. Die trübe Verlaßne
Heitert sich auf, und windet mit Macht vom jammernden Kummer
Ungestüm freudig sich los; nun jauchzt die ewige segnend,
Wie im Triumph, über ihrer verneuten unsterblichen Grösse.
Also empfand der besessene Mann die Beruhigung Gottes.
Und drauf sprach der Messias mit mächtiger Stimme zu Satan:
Geist des Verderbens, wer bist du, der du vor meinem Gesichte
Dieß zur Erlösung erwählte Geschlecht, die Menschen, so quälest?
Ich bin Satan, antwortet ein zorniges tiefes Gebrülle,
König der Welt, die oberste Gottheit unsclavischer Geister,
Die mein Ansehn zu etwas erhabnerm, als zu den Geschäften

Himmlischer Sänger bestimmt hat. Dein Ruf, o sterblicher Seher,
(Denn Maria wird wohl Unsterbliche niemals gebähren!)
Dieser dein Ruf drang, wer du auch bist, zur untersten Hölle.
Selbst ich verließ sie, sey stolz auf deines Königs Bemühung!
Dich, von himmlischen Sclaven verkündigten Heiland, zu sehen.
Doch du wurdest ein Mensch, ein götterträumender Seher,
Wie die, welche mein mächtiger Tod in die Erde begraben.
Darum gab ich nicht Acht, was die neuen Unsterblichen thaten.
Doch nicht müssig zu seyn, so plagt ich, das hast du gesehen!
Deine Geliebten, die Menschen. Da sieh des Todes Gestalten,
Meine Geschöpf, auf diesem Gesicht! Itzt eil ich zur Hölle.
Unter mir soll mein allmächtiger Fuß das Meer und die Erde,
Mir anständige Wege zu bahnen, gewaltsam verwüsten.
Dann soll die Höll im Triumph mein königlich Angesicht schauen.
Willst du was thun, so thu es alsdann. Ich kehre zurücke,
Hier auf der Welt mein erobertes Reich, als König, zu schützen.
Unterdeß stirb noch, Verlassner, vor mir! So sagt er, und stürzte
Stürmend auf Samma. Allein des ruhigschweigenden Mittlers
Stille verborgne Gewalt kam, gleich der Allmacht des Vaters,
Wenn er Welten geheim und still den Untergang zuwinkt,
Satan im Zorne zuvor; er floh, und vergaß im Entfliehen,
Unter allmächtigem Fusse das Meer und die Erde zu schlagen.
Unterdeß stieg Samma von seinem Felsen hernieder.
Also entfloh vom hohen Euphrates Nebucadnezar,
Da ihm der Rathschluß der heiligen Wächter die menschliche Bildung

Wiederum gab, und ihn zum Anschaun des Himmels erhöhte.
Gottes Schrecknisse giengen nicht mehr, mit dem Rauschen Euphrates,
Vor ihm in dunklen sinaischen Donnerwettern vorüber.
Nebucadnezar kam auf die stolzen Höhen zu Babel,
Nicht mehr als Gott; er lag, von da gen Himmel verbreitet,
Dankbar im Staube gebeugt, den Ewigern anzubeten.
Also kam Samma zu Jesu herab, und fiel vor ihm nieder.
Darf ich dir folgen, du heiliger Mann? ach laß mich mein Leben
Das du mir wieder geschenkt, bey dir, Mann Gottes, vollenden!
Also sagt er, und schlung sich mit brünstigen zitternden Armen
Um den Erlöser, der ihm, mit menschenfreundlichen Blicken,
Dieses erwiederte: Folge mir nicht, doch verweile dich künftig
Mehr als sonst um Golgathas Hügel, da wirst du die Hoffnung
Abrahams und der Propheten mit deinen Augen erblicken.
Indem Jesus zu Samma so sprach, da wandte sich Joel
Zu Johannes, und sagte zu ihm, mit schüchterner Unschuld:
Ach du lieber Mann, führe du mich zum grossen Propheten,
Daß er mich höre, du kennest ihn ja. Der zärtliche Jünger
Nahm ihn, und führt ihn zu Jesu, da sagt er in seiner Unschuld:

Gottes Prophet, so kann denn mein Vater und ich dir nicht folgen?
Aber, o darf ichs wohl sagen, warum verweilest du itzo
Hier, wo mein jugendlich Blut vor den Gräbern der Todten erstarret?
Komm doch, du göttlicher Mann, in meines Vaters Behausung.

Dich soll hier meine verlassene Mutter mit Demuth bedienen.
Milch und Honig, die lieblichsten Früchte von unseren Bäumen,
Sollst du geniessen; die Wolle der jüngsten Lämmer in Auen
Soll dich bedecken. Ich selber will dich, o Gottes Prophete,
Kömmt die Sommerszeit, unter die Schatten der Bäume begleiten,
Die mir mein Vater im Garten geschenkt. Mein lieber Benoni!
Ach Benoni, mein Bruder! dich laß ich im Grabe zurücke.
Ach nun wirst du mit mir die Blumen künftig nicht tränken!
Niemals wirst du am kühlenden Abend mich brüderlich wecken!
Ach Benoni! ach Gottes Prophet, da liegt er im Staube!
  Jesus sah ihn erbarmungsvoll an, und sprach zu Johannes:
Wische dem Jüngling die Zähren vom Antlitz; ich hab ihn viel edler
Und rechtschaffner, als viele von seinen Vätern, erfunden.
  Also sagt er, und blieb mit Johannes allein in den Gräbern.
Nah beym stillen Gebein des entschlafnen kleinen Benoni
Stand der König zu Salem, Melchisedek, marmorn gebildet,
Gottes Priester, Prophet und König. Er stand und schaute
Sterbend in sein Grabmal, nicht mit jenem traurigen Antlitz
Welches sterbende Sünder entstellt; nein, mit einem Gesichte,
Das sich mit männlichem Lächeln die Auferstehung der Todten,
Gottes Tag, und das Erwachen zum Bilde des Ewigen weissagt.
Um ihn schlug kein weinender Greis sein Vaterherz; um ihn
Jammerte keine verlassene Mutter; er stand ganz einsam

Vor der Gottheit, und horchte, gehorsam ins Grab sich zu legen.
Allda blieb mit seinem Johannes der göttliche Mittler.
Unterdeß gieng Satan, mit Dampf und Wolken umhüllet,
Durchs Thal Josaphat, über das todte Meer finster hinüber.
Von da kam er zum wolkichten Carmel, vom Carmel gen Himmel.
Hier durchirrt er mit grimmigem Blicke den göttlichen Weltbau,
Daß er noch durch so viele Jahrhunderte, seit der Erschaffung,
In der ersten von Gott ihm gegebnen Herrlichkeit glänzte.
Gleichwohl ahmt er ihm nach, und änderte seine Gestalten
Durch ätherisches Glänzen, damit nicht die Morgensterne
Überall, wo er den irrenden Fuß ins Weltgebäu setzte,
Über sein finstres Ansehn in stillem Triumphe sich freuten.
Doch dieß helle Gewand war ihm schon unerträglich; er eilte,
Aus den Bezirken der göttlichen Herrschaft zur Hölle zu kommen.
Itzo hatt er sich schon bey den äussersten Weltgebäuden
Stürmisch herunter gesenkt. Unermeßliche dämmernde Räume
Thaten vor ihm wie unendlich sich auf. Die nennt er den Anfang
Seiner von ihm durchherrschten Bezirke. Hier sah er von ferne
Flüchtigen Schimmer, so weit die äussersten Sterne der Schöpfung
Noch das unendliche Leere mit matten Strahlen durchirrten.
Doch hier sah er die Hölle noch nicht; die hatte die Gottheit
Fern von sich und ihren Geschöpfen, den seeligen Geistern,
Weiter hinunter in ewige Dunkelheit eingeschlossen.
Denn in unserer Welt, dem Schauplatz ihrer Erbarmung,

War kein Raum für Örter der Quaal. Der Ewige schuf sie
Furchtbar, zum Verderben, zu seinem strafenden Endzweck,
Prächtig und vollkommen. In drey erschrecklichen Nächten
Schuf er sie, und verwandte von ihr sein Antlitz auf ewig,
Jenes, mit welchem er huldreich nach seinen Geschöpfen herabsieht.
Zween von den heldenmüthigsten Engeln bewachten die Hölle.
Dieß war Gottes Befehl, da er sie mit allmächtiger Rüstung
Segnend umgab. Sie sollten den Ort der dunklen Verdamniß
Ewig in seinen Bezirken erhalten, damit nicht der Satan
Kühn mit seiner verfinsterten Last die Schöpfung bestürmte,
Und das Antlitz der schönen Natur durch Verwüstung entstellte.
Wo sie beym Eingang der Hölle mit herrschendem Angesicht sitzen,
Von da senkt sich ein strahlender Weg, wie von Zwillingsquellen
Ein krystallener Strom, in geradefortlaufender Länge
Gegen den Himmel gekehrt, nach Gottes Welten hinüber,
Daß es ihnen in ihrer Entfernung an frommen Vergnügen,
Über die mannichfaltige Schönheit der Schöpfung, nicht fehle.
Neben diesem helleuchtenden Wege kam Satan zur Hölle,
Und gieng unsichtbar durch die eröffneten Höllenpforten.
Drauf hub er sich in einem von Schwefel dampfenden Nebel
Langsam auf seinen gefürchteten Thron. Ihn sahe kein Auge
Unter den Augen, die Nacht und Verzweiflung trübe verstellten.
Zophiel nur, ein Herold der Höllen, entdeckte den Nebel,
Der die erhabenen Stufen hinaufzog, und sagte zu einem,
Der gleich neben ihm stand: Kehrt Satans oberste Gottheit

Etwa zur Hölle zurück? Verkündigt der dampfende Nebel
Seine von allen Göttern so lange gewünschte Zurückkunft?
Indem, da er noch sprach, so floß der umhüllende Nebel
Ringsum von Satan; er saß auf einmal mit zornigem Antlitz
Fürchterlich da. Gleich eilte der flüchtige sclavische Herold
Gegen die Feuergebirge, die sonst mit Strömen und Flammen
Satans Ankunft dem Abgrund in allen Gegenden kund thun.
Zophiel stieg auf Flügeln des Sturms durch die Hölen des Berges
Gegen die dampfende Mündung empor. Ein feuriges Wetter
Machte darauf den ganzen Bezirk der Finsternis sichtbar.
Jeder erblickte den schrecklichen König in schimmernder Ferne.
Alle Bewohner des Abgrunds erschienen. Die mächtigsten eilten
Neben ihm auf die Stufen des Throns sich niederzusetzen.
Die du entzückt voll Feuer und Ernst nach der Höllen hinabsiehst,
Weil du zugleich im Angesicht Gottes Klarheit erblickest,
Und Zufriedenheit über sich selbst, wenn er Sünder bestrafet,
Zeige sie mir, Göttinn, doch laß die mächtige Stimme
Rauschend, wie den Sturmwind, wie Gewitter Gottes, ertönen.
Adramelech kam erst, ein Geist, boshafter als Satan
Und verdeckter. Noch brannte sein Herz von grimmigem Zorne
Wider Satan, daß dieser zuerst den Abfall gewaget;
Denn er hatte schon lange bey sich den Abfall beschlossen.
Wenn er was that, so that ers nicht, Satans Reiche zu schützen;
Seinentwegen that ers. Seit langen undenklichen Jahren
Hatt er darauf schon gedacht, wie er sich zur Herrschaft erhübe,

Wie er Satan von neuem mit Gott zu kriegen bewegte,
Oder ihn in den unendlichen Raum auf ewig entfernte,
Oder zuletzt, wär alles umsonst, durch Waffen bezwänge.
Damals schon, als die gefallenen Engel vorm Donnerer flohen,
Sann er darauf. Als alle zusammen die Hölle schon einschloß,
Kam er zuletzt, und trug vor seinem kriegrischen Harnisch
Eine helleuchtende goldene Tafel, und rief durch den Abgrund:
Warum fliehen die Könige so? In hohem Triumphe
Solltet ihr, o Krieger, für unsre behauptete Freyheit
In die neue Behausung der Pracht und Unsterblichkeit einziehn!
Denn da Messias und Gott den neuen Donner erfanden,
Und im Kriegesgeschäfte vertieft euch zornig verfolgten,
Stieg ich ins Allerheiligste Gottes, da fand ich die Tafel
Voll vom Schicksal, das unsre zukünftige Grösse verkündigt.
Sammelt euch, seht die heilige Reih offenbarender Schriften:
Einer von denen, die Gott als dienstbare Geister beherrschet,
Wird, daß er Gott sey, erkennen, er wird den Himmel verlassen,
Und mit seinen vergötterten Freunden im einsamen Raume
Wohnungen finden. Die wird er zwar erst mit Abscheu bewohnen;
Wie der Gott, der ihn vertrieb, eh ich ihm den Weltkreis erbaute,
Lange Zeit, dieß war mein Wille, des Chaos Tiefen bewohnte.
Aber er soll nur das Reich der Hölle muthig betreten;
Denn aus ihr entstehet dereinst ein herrlicher Weltbau.
Den wird Satan erschaffen, doch soll er den göttlichen Grundriß
Selber von mir vor meinen erhabenen Sitzen empfangen.
Also saget der Gott der Götter, ich, der ich alleine

Alle Bezirke des Raums, mit ihren Göttern und Welten,
Ringsum, mit meiner vollkommensten Welt, unendlich umgränze!
Gott Jehova, der Ewige, hörte die Stimme der Lästrung.
Ruhig in sich selber, in seiner unendlichen Grösse,
Hört er sie, sagte zu sich: Ich werde seyn, der ich seyn werde!
Aber, du Sclave des Elends, sollst sehn, wen du itzo geschmäht hast!
Alsobald gieng das ernste Gericht vom Angesicht Gottes.
Tief in der innersten Höllen erhebt sich ein feuriger Klumpen
Aus dem Flammenmeer, und geht in des Todes Meer unter.
Der stürzt Adramelech ins Meer des Todes. Da wurden
Sieben Nächte, statt einer; Die Nächte lag er im Abgrund.
Lange darauf erbaut er der obersten Gottheit den Tempel,
Wo er als ihr Priester die goldnen Tafeln des Schicksals
Über die hohen Altäre gestellt hat. Hier ehret die Hölle,
Die dich, Jehova, verwarf, ein unendliches ewiges Unding.
Selber Satan erscheinet hier oft, und fraget den Priester,
Wegen der Reis ins Unendliche, die er schon vielmal gewagt hat,
Doch nicht so weit, als Adramelech aus Herrschsucht es wünschte.
Itzo kam Adramelech vom Tempel, und saß auf dem Throne
Mit verborgenem Grimm, bey Satans linker Hand nieder.
Drauf kam Moloch, ein kriegrischer Geist, von seinen Gebirgen,
Die er, wenn etwa der donnernde Krieger, so nennt er Jehova,
In die Gefilde der Hölle, sie einzunehmen, herabkäm,
Sich zu vertheidigen, stolz mit neuen Bergen umthürmt hat.
Oft wenn der traurige Tag an des flammenden Oceans Ufern

Dampfend hervorsteigt, erblicken ihn schon der Hölle
Bewohner,
Wie er unter der Last, vom eisernen Rauschen umstürmet,
Mühsam geht, und sich dem hohen Gipfel des Berges
Endlich nähert. Und wenn er alsdann die neuen Gebirge
Auf die Höh, dem Gewölbe der Höllen entgegen gethürmt
hat,
Steht er in Wolken, und donnert daraus mit schwerer Arbeit
Langsam hervor. Ihn sehen die Seelen der Erdenbezwinger
Unten erstaunungsvoll an. Er rauschte von seinen Gebirgen
Durch sie gewaltig einher. Sie wichen auf beyden Seiten
Schüchtern hinweg. Er gieng, von seiner tönenden
Rüstung,
Dunkel, wie der Donner von schwarzen Wolken, umgeben.
Vor ihm bebte der Berg, und hinter ihm sanken die Felsen
Sandig herab. So gieng er, und kam zum Throne des Satans.
Nach ihm erschien Belielel. Er kam in trauriger Stille
Aus den Wäldern und Auen, wo sich die Bäche des
Todes
Dunkel aus nebelndem Quell nach Satans Throne zuwälzen.
Allda wohnt Belielel. Umsonst ist seine Bemühung,
Ewig umsonst, die Gegend des Fluchs nach den Welten des
Schöpfers
Umzuschaffen. Ihm siehst du mit hohem erhabenen Lächeln,
Ewiger, zu, wenn er den furchtbar brausenden
Sturmwind
Sehnsuchtsvoll, mit ohnmächtigem Arm, gleich kühlenden
Zephyrn,
Vor sich am traurigen Bache vorüber zu führen bemüht ist;
Denn der braust unaufhaltsam dahin, die Schrecknisse Gottes
Rauschen auf seinen verderbenden Flügeln. Die öde
Verwüstung
Bleibt ungestalt im erschütterten Abgrund hinter ihm
liegen.
Unmuthsvoll denkt Belielel an jenen unsterblichen Frühling,
Der die himmlische Flur wie ein junger Seraph umlächelt;

Ihn will er in den Wüsten der Hölle von ferne nachbilden.
Doch er ergrimmt, und seufzet vor Wut; die traurigen Auen
Liegen vor ihm in entsetzlichem Dunkel unbildsam, und öde,
Ewig unbildsam, unendliche lange Gefilde voll Jammer.
Belielel kam traurig zu Satan. Noch brannt er vor Rachsucht
Wider den, der ihn von himmlischen Auen zur Höllen hinabstieß,
Und sie, so dacht er, mit jedem Jahrhundert, erschrecklicher machte.
Auch du sahest in deinen Gewässern die Wiederkunft Satans,
Magog, des todten Meeres Bewohner. Aus brausenden Strudeln
Kamst du hervor. Die Meere zerflossen in lange Gebirge,
Da die Rosse vor dir die schwarzen Fluthen zertheilten.
Magog fluchte dem Herrn, der wilden Lästerung Stimme
Brüllt unaufhörlich aus ihm. Seit seiner Verwerfung vom Himmel
Flucht er dem Ewigen. Voll von Rachsucht will er die Hölle,
Braucht er auch Ewigkeiten dazu, doch endlich vernichten.
Itzo, da er das Trockne betrat, da warf er verwüstend
Noch ein ganzes Gestade mit seinen Bergen in Abgrund.
Also versammelten sich die Fürsten der Hölle zu Satan.
Wie die Inseln des Meers aus ihren Sitzen gerissen,
Rauschten sie hoch, unaufhaltsam einher. Der Pöbel der Geister
Floß mit ihnen unzählbar, wie Wogen des kommenden Weltmeers
Gegen den Fuß vorgebirgter Gestade, zum Sitze des Satans.
Tausend geistige Völker erschienen. Sie giengen und sangen
Eigene Thaten, zur Schmach und unsterblichen Schande verdammet.
Unterm Getöse vom Donner gerührter entheiligter Harfen

Sangen sie. So rauschen in mitternächtlicher Stunde
Cedern, die ihr benachbarter Himmel im Donnerwetter
Spaltete, wenn brausend auf ehernen Wagen der Nordwind
Über sie fährt, und Libanon bebt, und Hermon erzittert.
Satan sah und hörte sie kommen. Vor wilder Entzückung
Stand er mit Ungestüm auf, und übersah sie alle.
Fern, beym untersten Pöbel erblickt er in spöttischer Stellung
Gottesleugner, ein niedriges Volk. Ihr schrecklicher Führer,
Gog, war darunter, erhabner als alle von Ansehn und Unsinn.
Daß das alles ein Traum sey, ein Spiel verirrter Gedanken,
Was sie im Himmel gesehen, Jehova erst Vater dann Richter,
Konnten sie leicht, labyrinthisch in Schlüsse verirret, begreifen.
Satan sah sie mit Hohn; denn mitten in seiner Verfinstrung
Sah er doch noch, daß der Ewige sey. Bald stand er voll Tiefsinn,
Bald sah er überall langsam herum, und setzte sich wieder.
Wie auf hohen unwirthbaren Bergen olympische Wetter
Langsam und verweilend sich lagern, so saß er, und dachte.
Nun that sein Mund sich ungestüm auf, und tausend Donner
Sprachen aus ihm, da er sprach. Wenn ihrs, o furchtbare Schaaren,
Wenn ihrs noch seyd, die mit mir die drey erschrecklichen Tage
Auf den himmlischen Ebnen aushielten, so hört im Triumphe,
Was ich euch itzt von meiner Verweilung auf Erden eröffne.
Doch nicht die Nachricht allein, ihr sollt auch den mächtigen Rathschluß,
Unsere Gottheit dem Ewgen zur Schmach zu verherrlichen, hören.

Eh soll die Hölle vergehn, eh soll der seine Geschöpfe,
Der, wie man sagt, vor diesem einmal im Chaos gebaut hat,
Um sich vernichten, und wieder allein in der Einsamkeit wohnen,
Eh er über die sterblichen Menschen die Herrschaft uns raubet.
Götter, stets unbesiegt, unsclavisch, die wollen wir bleiben,
Wenn er auch gegen uns seine Versöhner zu tausenden schickte,
Wenn er auch selbst, ein Messias zu werden, die Erde beträte.
Doch was erzürn ich mich so? Wer ist der niedre Messias,
Der die erdichtete Gottheit im sterblichen Körper herumträgt,
Daß darüber die Götter so sinnen, als wenn sie von neuem
Hohe Gedanken von ihrer Vergöttrung und Schlachten erfänden?
Sollte der Ewigen einer, um uns den Sieg zu erleichtern,
Aus den Schössen sterblicher Mütter, die bald die Verwesung
Nehmen wird, gegen uns, die er doch kennt, zu kämpfen hervorgehn?
Das sey ferne! So handelt der nicht, den Satan bekrieget.
Zwar stehn einige hier, die vor ihm furchtsam entflohen,
Und aus der morschen Behausung beseßner Sterblichen wichen;
Furchtsame, zittert vor dieser Versammlung, umhüllt euer Antlitz
Mit verfinsternder Schaam! die Götter hörens, ihr flohet!
Warum flohet ihr so, Elende? Was nanntet ihr Jesum
Euer und meiner unwürdig den Sohn des ewigen Gottes?
Doch daß ihr wißt, wer der sey, der unter den Israeliten
Auch gern ein Gott wär, so höret von mir des Träumers Geschichte.
Höre dus auch im hohen Triumphe, Versammlung der Götter.
Unter dem Volke der Juden ist seit undenklichen Zeiten
Eine prophetische Sage gewesen; denn unter der Sonne

Hat dieß Volk vor allen Geschlechten am meisten geträumet.
Nach der Prophezeyung entspringt von ihnen ein Heiland,
Der sie von ihren umliegenden Feinden auf ewig erlöset,
Und vor allen Völkern ihr Reich zum herrlichsten Reich macht.
Auch wißt ihr wohl, daß vor wenigen Jahren von unsrer Gesellschaft
Einige kamen und sagten, sie hätten auf Tabors Gebirgen
Eine Versammlung der Engel gesehn, die hätten den Namen,
Jesus, unaufhörlich voll Entzückung und Ehrfurcht genennet,
Daß die Cedern davon bis in die Wolken erbebten,
Daß die Stimmen des hohen Geräusches die Palmenwälder
Ganz durchruften, und Jesus allein den Tabor erfüllte.
Drauf gieng mit übermüthigem Stolz, hoch, wie im Triumphe,
Gabriel vom Tabor zu der Israelitinnen einer,
Grüßte sie, wie man Unsterbliche grüßt, und sagt ihr voll Ehrfurcht,
Von ihr sollt ein König entstehn, der die Herrschaften Davids
Mächtig besitzen und Israels Erbe verherrlichen würde.
Er hieß Jesus, so sollte sie ihn, den Göttersohn, nennen.
Ewig sollte die Macht des grossen Königreichs dauern.
Dieses vernahmt ihr. Warum erstaunten die Götter der Hölle,
Da sie dieß hörten? Ich selber, ich habe viel mehr noch gesehen;
Doch mich erschreckt nichts. Ich will euch alles treulich entdecken.
Nichts will ich euch verschweigen, damit ihr sehet, wie feurig
Sich mein Muth in Gefahren erhebt; sinds anders Gefahren,
Wenn sich auf unserer Welt ein sterblicher Träumer vergöttert.
Ich war auf Erden, und wartete dort auf des göttlichen Knabens

Hohe Geburt. Itzt wird aus deinem Schosse, Maria,
Dacht ich, der Göttliche kommen. Geschwinder als Augenblicke,
Schneller noch als die Gedanken der Götter vom Zorne beflügelt,
Wird er gen Himmel erwachsen. Itzt deckt er in seiner Erhöhung
Mit dem einen Fusse das Meer, mit dem andern den Erdkreis.
Itzt wägt er in der erschrecklichen Rechte den Mond und die Sonne,
In der Linken die Morgensterne. Da kömmt er und tödtet!
Mitten in Stürmen, die er aus allen Welten herbeyrief,
Rauscht er zum Sieg unaufhaltsam daher. Ach fliehe nur, Satan!
Fliehe! damit er dich nicht mit seinem allmächtigen Donner
Ungestüm fasse, bis du durch tausend Erden geworfen,
Sinnlos bezwungen, ja todt, im Unermeßlichen liegest.
Seht, so dacht ich, ihr Götter; allein ihm gefiel es noch itzo,
Daß er ein Mensch blieb, ein weinendes Kind, wie die Söhne der Erde,
Die schon bey ihrer Geburt um ihre Sterblichkeit weinen.
Zwar sang um seine Geburtszeit ein Chor der himmlischen Geister.
(Denn sie kommen bisweilen hernieder, die Erde zu sehen,
Wo wir herrschen; da Hügel der Todten und Grüfte zu sehen,
Wo vordem Paradiese nur stunden: dann kehren sie thränend,
Und, sich zu trösten, mit feyrenden Liedern gen Himmel zurücke;
Also war es auch itzt.) Sie eilten, und liessen den Knaben,
Oder hört ihrs so lieber, die weinende Gottheit, alleine.
Drauf entfloh er vor mir, ich ließ ihn immer entfliehen.
Einen so furchtsamen Feind zu verfolgen, war meiner nicht würdig.

Unterdeß ließ ich, nicht müssig zu seyn, durch meinen Erwählten,
Meinen König, und Opferpriester Herodes, zu Bethlem
Säuglinge würgen. Das rinnende Blut, der Sterbenden Winseln,
Und die Verzweiflung untröstbarer Mütter, der Ausfluß der Leichen,
Der, mit Seelen vermischt, mir wallend entgegendampfte,
Waren für meine befriedigte Gottheit ein liebliches Opfer.
Wandelt nicht dort der Schatten Herodes? Verworfene Seele,
War ichs nicht selbst, der in dir den Gedanken, die Bethlehemiten
Umzubringen, erschuf? Kann etwa des Himmels Bewohner
Seiner Bildungen mühsames Werk, die unsterblichen Seelen,
Vor mir beschützen, daß ich sie mit meiner verborgnen Begeistrung
Nicht umschatte, und über sie nicht zum Verderben mich breite?
Ja, Verlaßner, dein klägliches Winseln, dein banges Verzweifeln,
Und der Seelen Geschrey, die du sonst noch unschuldig erwürgtest,
Daß sie sündigend starben, und dir, und der Vorsehung fluchten,
Ist nun deinem befriedigten Gott auch ein liebliches Opfer.
Als er starb, versammelte Götter, da kehrte der Knabe
Aus Ägyptens Gefilden zurück. Die Jahre der Jugend
Bracht er im Schosse der zärtlichen Mutter, in ihrer Umarmung
Unbekannt zu. Kein jugendlich Feuer, kein edles Erkühnen
Trieb ihn zu Unternehmungen an, sich furchtbar zu machen.
Doch, ihr Götter, im einsamen Wald, am öden Gestade,
Wo er oft war, da hat er vielleicht auf Dinge gesonnen,
Die, aus schrecklicher Ferne, der Hölle den Untergang drohen,

Und die von uns verneuerten Muth und Wachsamkeit fordern?
Seht, dieß glaubt ich vielleicht, hätt er sich mit tiefen Gedanken
Mehr beschäfftigt, als mit der Betrachtung der Blumen und Felder
Und der Kinder um ihn, und mit dem sclavischen Lobe
Deß, der ihn mit den Würmern aus niedrigem Staube gemacht hat.
Ja, ich wäre vor Ruh und langer Musse vergangen,
Hätte mir nicht der Menschen Geschlecht stets Seelen geopfert,
Die ich, vorm Himmel vorüber, hierher zur Bevölkerung sandte.
Endlich schien es, als wollt er auch einmal bemerkenswerth werden.
Gottes Herrlichkeit kam, als er einst am Jordan herumgieng,
Prächtig vom Himmel. Sie hab ich mit diesen unsterblichen Augen
Selbst am Jordan gesehn; kein Bild, kein himmlisches Blendwerk
Hat mich getäuscht; sie wars, wie sie vom Throne des Himmels
Durch die langen anbetenden Reihen der Seraphim wandelt.
Aber, warum, und ob sie, dem Erdenkinde zu Ehren,
Oder um unsere Wachsamkeit auszuforschen, herabstieg,
Dieß weiß ich nicht. Zwar hört ich darunter gewaltige Donner,
Donner mit dieser Stimme vermengt: Das ist mein Geliebter,
Und mein Sohn, der mir innig gefällt! Der war wohl Eloa,
Oder sonst einer vom Throne, der, mich zu verwirren, dieß ausrief.
Gottes Stimme wars nicht; zum mindsten klang sie viel anders,
Als er uns Göttern vordem den Sohn der Ewigkeit aufdrang.

Auch war ein finstrer Prophet dabey, der dort in der Wüste
Menschenfeindlich die Felsen durchirrt; der rief ihm entgegen:
Siehe das Lamm Gottes, das der Erden Sünde versöhnet!
Der du von Ewigkeit bist, der du lange schon vor mir gewesen,
Sey mir gegrüßt! Aus dir, o du der Erbarmungen Fülle!
Nehmen wir Gnad um Gnade. Durch Mosen gab Gott die Gesetze,
Aber durch den Gesalbten des Herrn kömmt Wahrheit und Gnade.
Ist das nicht hoch und prophetisch genung? So ist es, wenn Träumer
Träumer besingen, da bauen sie sich ein heiliges Dunkel.
Und ach! die armen unsterblichen Götter sind viel zu geringe,
Bis ins innre Gebäu der Geheimnisse durchzuschauen.
Will er uns nicht den hohen Messias, den König des Himmels,
Jenen Donnerer Gottes, der in der gewaltigen Rüstung
Wider uns stritt, bis wir die neuen Welten erreichten,
Unsern würdigen Feind und erhabenen Widersacher,
Will er den nicht in jene Gestalt, die wir tödten, verkleiden?
Zwar er selber, das Erdengeschöpf, von dem der Prophet träumt,
Dünkt sich nicht wenig zu seyn. Bald hat er die Todten erwecket,
Die doch der Ewige mühsam, ja mühsam, sonst thät ers wohl öfters!
Seine veraltete Macht nicht ganz zu vergessen, erwecket.
Bald will er gar das ganze Geschlecht der sterblichen Menschen
Von der Sünd und vom Tode befreyn: Von der Sünde, die allen
Eingepflanzt ist, und immer empörend und ungestüm immer
Gott in ihren unsterblichen Seelen entgegen sich auflehnt,

Unbezwingbar der sclavischen Pflicht: Auch vom Tode, der alle,
Der das ganze Geschlecht, so oft wir ihm winken, durchwürget,
Will er sie alle befreyn; euch auch, verworfene Seelen,
Die ich seit der Schöpfung zu mir, wie den Ocean, sammle,
Wie die Gestirne, wie Gott die anbetenden sclavischen Sänger;
Ja, euch auch, die die ewige Nacht im Abgrunde quälet,
Und in der Nacht ein strafendes Feuer, im Feuer Verzweiflung,
In den Verzweiflungen ich! euch will er vom Tode befreyen.
Wir, wir werden alsdann, der Gottheit uneingedenk, sclavisch
Vor ihm liegen, vor ihm, dem neuen vergötterten Menschen.
Was der mit dem allmächtigen Donner nie von uns erzwinget,
Wird der aus des Todes Bezirk unbewaffnet vollenden.
Armer Verwegner! befreye dich erst, dann erwecke die Todten.
Er soll sterben, ja sterben! er, der das Geschlechte der Menschen
Eigenmächtig vom Tode befreyte. Dich leg ich in Staub hin
Bleich und entstellt, in den Staub der Todten! Dann will ich den Augen,
Die nicht sehen, die Dunkel und Nacht nun ewig umnebeln,
Sagen: Ach seht, da erwachen die Todten; dann will ich den Ohren,
Die nicht hören, die ewig dem Ton die Unfühlbarkeit zuschließt,
Sagen: Ach hört! Es rauschet das Feld, die Todten erwachen.
Und der Seele will ich, wenn sie zur Höllen entfliehet,
(Denn sie soll noch von mir, und von Todesquaalen erschüttert,
Sündigen und Gott schmähn; so grausam will ich ihn tödten!)

Dann will ich ihr, wenn sie flieht, wenn sie im furchtbaren Sturme
Gottes Verfolgungen treiben, mit donnernder Stimme nachrufen:
Eile, die du siegtest, ja eil in deinem Triumphe!
Dich erwartet ein prächtiger Einzug, die Pforten der Hölle
Thun vor dir einladend sich auf! Dir jauchzet der Abgrund!
Gegen dich wallen in feyrenden Chören die Seelen und Götter!
Doch du läßt ja die Gottheit zurück! Ists etwa der Leichnam,
Der sie noch deckt? oder eilt sie vielleicht ungesehen gen Himmel?

Gott muß entweder anitzt, da ich hier bin, den fliehenden Erdkreis
Mit ihm und dem Geschlechte der Menschen gen Himmel erheben:
Oder ich führ es hinaus, was ich mächtig bey mir beschlossen.
Er soll sterben! so wahr ich des Todes Erhalter und Schöpfer
Unbesiegt die Zukunft der Ewigkeiten durchlebe.
Er soll sterben! Bald will ich von ihm den Staub der Verwesung
Auf dem Wege zur Hölle, vorm Antlitz des Ewigen, ausstreun.
Seht den Entwurf von meiner Entschliessung. So rächet sich Satan!

So sprach Satan. Die Hölle blieb noch vor Verwunderung stille.
Unten am Throne saß einer einsiedlerisch, finster und traurig,
Seraph Abdiel Abbadonaa. Er dachte der Zukunft
Und dem Vergangnen voll Seelenangst nach. Vor seinem Gesichte,
Aus dem ein trübes entsetzliches Dunkel mit Schwermuth hervorbrach,
Sah er nur Quaalen auf Quaalen gehäuft in die Ewigkeit eingehn.

Itzo erblickt er die vorigen Zeiten; da war er voll Unschuld
Jenes erhabenen Abdiels Freund, der am Tage des Aufruhrs,
Nach dem Messias, im Himmel die größten Thaten vollführte;
Denn er kehrte zu Gott allein und unüberwindlich
Wieder zurück. Mit ihm, dem edelmüthigen Seraph,
War schon Abbadonaa den Blicken der Feinde Gottes
Fast entgangen: Allein die Kriegeswagenburg Satans,
Die, im Triumph sie wieder zu holen, schnell um sie herum kam,
Und der gewaltig einladende Lerm der Kriegesposaunen,
Und die Heldenschaar, jeder ein Gott, vor ihm ausgebreitet,
Übermannten sein Herz, und rissen ihn stürmisch zurücke.
Hier noch wollt ihn sein Freund mit Blicken drohender Liebe
Fortzueilen bewegen, allein von künftiger Gottheit
Trunken und umnebelt sah er die sonst mächtigen Blicke
Seines Freundes nicht mehr. Er kam im Triumphe zu Satan.
Jammernd und in sich verhüllt, denkt er an diese Geschichte
Seiner heiligen Jugend, und an den lieblichen Morgen
Seiner Geburtszeit zurück; Der Ewige schuf sie auf einmal.
Damals besprachen sie sich mit angebohrner Entzückung
Unter einander: Ach, Seraph, was sind wir? Woher, mein Geliebter?
Sahst du zuerst mich? Wie lange bist du? Ach, sind wir auch wirklich?
Komm, umarme mich, göttlicher Freund, erzähle, was denkst du?
Indem kam die Herrlichkeit Gottes aus lichtheller Ferne
Segnend einher. Sie sahen um sich nicht zu zählende Schaaren
Neuer Unsterblichen wandeln. Ein wallend silbern Gewölke
Hub sie zum Ewigen auf: Sie sahn ihn, und nannten ihn, Schöpfer.
Diese Gedanken zermarterten Abbadonaa, sein Auge
Floß von jammernden Thränen. So floß von Bethlehems Bergen

Rinnendes Blut, da die Säuglinge starben. Er hatte den Satan
Schauernd gehört, doch ermuntert er sich, und erhub sich, zu reden.
Dreymal seufzt er noch, eh er was sprach. Wie in blutigen Schlachten
Brüder, die sich erwürgt, und, da sie sterben, sich kennen,
Neben einander aus röchelnder Brust ohnmächtig erseufzen.
Drauf fieng er an zu reden: Ob mir gleich diese Versammlung
Ewig entgegen seyn wird, so will ich dennoch frey reden!
Reden will ich, damit des Ewigen schwere Gerichte
Nicht so ungestüm über mich kommen, wie über dich, Satan!
Ja, ich hasse dich, Satan, dich haß ich, Verruchter! Dieß Wesen
Diesen unsterblichen Geist, den du dem Schöpfer entrissen,
Fordr er, dein Richter, auf ewig von dir! Ein unendliches Wehe
Schreye die ganze Versammlung der Geisterwelt, die du verführt hast,
Über dich, Satan! Ich habe kein Theil an dir, ewiger Sünder,
Gottesleugner! kein Theil, an deiner finstern Entschliessung,
Gott den Messias zu tödten. Ach! wider wen redest du, Satan?
Wider den, der, wie du selbst zu bekennen gezwungen bist, furchtbar
Mächtiger, als du, ist? Ist für die sterblichen Menschen
Eine Befreyung vorhanden, du wirst sie nicht hintertreiben;
Du willst den Leib des Messias, den willst du, Satan, erwürgen?
Kennest du ihn nicht mehr? Hat sein allmächtiges Donnern
Dich nicht genung an dieser verwegnen Stirne gezeichnet?
Oder kann sich Gott nicht vor uns Ohnmächtigen schützen?

Wir, die die Menschen zum Tode verführten; ach wehe mir, wehe!
Ich that es auch! Wir wollen uns nun an ihrem Erlöser
Wütend vergreifen? Den Sohn, den Donnergott, wollen wir tödten?
Ja, den Zugang zu einer vielleicht zukünftigen Rettung,
Oder, zum mindsten zur Lindrung der Quaal, den wollen wir ewig
Uns, so vielen vordem volkommnen Geistern, verschliessen?
Satan! so wahr wir alle die Quaal nur gewaltiger fühlen,
Wenn du diese Behausung der Nacht und der dunkeln Verdammniß
Königlich nennst, so wahr kehrst du mit Schande belastet,
Statt des Triumphs, von Gott und seinem Messias zurücke!
  Satan hört ihn voll grimmiger Ungeduld also reden.
Itzt wollt er auf ihn donnern, allein die schreckliche Rechte
Sank ihm zitternd im Zorne dahin, er stampft und erbebte.
Dreymal bebt er vor Wut, dreymal sah er Abbadonaa
Ungestüm an, und schwieg. Sein Auge ward dunkel vor Grimme,
Ihn zu verachten, ohnmächtig; doch Abbadonaa blieb ernsthaft
Und unerschrocken vor ihm mit traurigem Angesicht stehen.
Aber Gottes, der Menschen, und Satans Feind, Adramelech
Sprach: Aus finstern Wettern will ich mit dir reden, Verzagter,
Dir soll ein Ungewitter die Antwort entgegen donnern!
Darfst du die Götter so schmähn? Darf einer der niedrigsten Geister
Wider Satan und mich aus seiner Tiefe sich rüsten?
Wirst du gepeinigt, so wirst du von deinen niedern Gedanken,
Sclave, gepeinigt! Entfleuch, Verzagter, aus diesen Bezirken
Unsrer Herrschaft, wo Könige sind! Entfleuch in die Tiefe,

Laß dir von deinem Allmächtigen dort ein Quaalenreich bauen!
Allda bring die Unsterblichkeit zu! Doch du stürbest wohl lieber!
Stirb denn, vergeh, anbetend und sclavisch gen Himmel gebücket!
Der du mitten im Himmel dein Götterwesen erkanntest,
Und dem berufnen Allmächtigen kühn, mit heiligem Zürnen,
Widerstandest, zukünftiger Schöpfer unzählbarer Welten,
Komm, Gott Satan, wir wollen den kleinen niedrigen Geistern
Unsern furchtbaren Arm durch Unternehmungen zeigen,
Die, wie ein Wetter, auf einmal sie blenden und niederschlagen!
Komm! Labyrinthe verborgener List, zum Verderben verwirret,
Zeigen sich mir! Der Tod ist darinn. Kein öffnender Ausgang
Und kein Führer soll ihn den Labyrinthen entreissen.
Doch entflöh er auch unserer List, gäbst du im Olympus,
Uns zu entrinnen, ihm Götterverstand: so sollen im Grimme
Feurige Wetter ihn schnell vor unsern Augen verderben!
Wie die Wetter, womit wir vordem den Geliebtesten Gottes,
Seinen glückseligen Job, vorm Antlitz des Himmels bestritten.
Fleuch, fleuch, Erde, wir kommen mit Tod und Hölle bewaffnet!
Wehe dem, der auf unserer Welt sich wider uns auflehnt!
Also sprach Adramelech. Nun fiel die ganze Versammlung
Satan auf einmal mit Ungestüm bey. Gleich stürzenden Felsen
Stampft ihr gewaltiger Fuß, daß die Tiefe davon erbebte.
Jauchzend und stolz auf künftigen Sieg erregten sie um sich

Ein entsetzlich Getöse von Stimmen. Die giengen vom Aufgang
Bis zum Niedergang hin; der Satane ganze Versammlung
Willigt darein, den Messias zu tödten. Dergleichen That sahe
Seit der Schöpfung die Ewigkeit nicht. Ihr unselger Erfinder,
Satan, und Adramelech, voll Rachsucht und grimmigen Tiefsinns,
Stiegen vom Throne. Die Stufen ertönten, wie eherne Berge,
Da sie giengen. Ein lauter zum Sieg empörender Zuruf
Leitete sie jauchzend bis zu den Pforten der Hölle.
Abbadonaa, (der einzige war unbeweglich geblieben,)
Folgte von fern, entweder sie noch von der Bosheit zu wenden,
Oder den Ausgang der schrecklichen Thaten mit anzusehen.
Itzo nähert er sich mit säumendem Tritte den Engeln,
Die die Pforte bewachten. Wie war dir, Abbadonaa?
Da du hier deinen ehmaligen Freund, den Abdiel, wahrnahmst.
Seufzend schlug er sein Angesicht nieder. Itzt wollt er zurückgehn,
Itzo wollt er sich nähern, dann wollt er verlassen und schüchtern
Ins Unermeßliche fliehen; allein noch blieb er mit Zittern
Wehmuthsvoll stehn. Nun faßt er sich ganz auf einmal zusammen,
Gieng auf ihn zu. Ihm klopfte sein Herz mit mächtigen Schlägen;
Stille, den Engeln nur weinbare Thränen bedeckten sein Antlitz;
Seufzer aus tiefer erbebender Brust; ein langsamer Schauer,
Sterbenden selbst unempfindbar, erschütterten Abbadonaa,
Indem er gieng. Doch Abdiels ruhig eröffnetes Auge
Sah unverwandt nach der Welt des Schöpfers, dem er getreu blieb;
Ihn sah es nicht. Wie die Sonn in der Jugend, wie Frühlingstage,

Die in den Schoß der kaum erschaffnen Erde sich senkten,
Glänzte der Seraph, doch nicht für den traurigen Abbadonaa.
Dieser gieng fort, und seufzte bey sich verlassen und einsam:
Abdiel, mein Bruder, du willst dich mir ewig entziehen!
Ewig willst du mich ferne von dir in der Einsamkeit lassen!
Weinet um mich, ihr Kinder des Lichts! Er liebt mich nicht wieder,
Ewig nicht wieder, ach weinet um mich! Verblühet, ihr Lauben,
Wo wir von Gott und unserer Freundschaft uns zärtlich besprachen!
Himmlische Bäche, versiegt, wo wir, in süsser Umarmung,
Gottes des Ewigen Lob mit reiner Stimme besangen!
Abdiel, mein Bruder, der ist mir auf ewig gestorben!
Du mein finsterer Aufenthalt, Hölle, du Mutter der Quaalen,
Ewige Nacht, beklag ihn mit mir! Ein traurig Geheule
Steige, wenn mich Gott schreckt, von deinen Bergen hernieder.
Abdiel, mein Bruder, der ist mir auf ewig gestorben!
Also jammert er seitwärts gekehrt. Drauf stand er am Eingang
In das göttliche Weltgebäu, zwischen zween Orionen.
Hier stand er still. Er sahe die Welt und den göttlichen Himmel,
Weil er sich stets, in sein Elend vertieft, in Einsamkeit einschloß,
Seit Jahrhunderten nicht. Er stand betrachtend, und sagte:
Seliger Eingang, o dürft ich durch dich in die Welten des Schöpfers
Wiederkehren! Und niemals das Reich der dunkeln Verdammniß
Wiederbetreten! Ihr Sonnen, unzählbare Kinder der Schöpfung,

War ich nicht schon, da der Ewige rief, da ihr glänzend hervorgiengt,
Heller als ihr, da ihr itzt aus der Hand des Schöpfers herabkamt?
Nun steh ich da in meiner Verfinstrung, verworfen, ein Abscheu
Dieser herrlichen Welt! Und ach, du seliger Himmel,
Itzo erbeb ich erst, da ich dich sehe! Dort bin ich gefallen,
Dort stand ich wider den Ewigen auf. Du, unsterbliche Ruhe,
Meine Gespielinn im Thale des Friedens, wo bist du geblieben?
Ach, an deiner Statt läßt mir mein Richter ein traurig Erstaunen
Kaum noch über sein Weltgebäu zu! O dürft ichs nur wagen,
Ohne zu zittern, ihn Schöpfer zu nennen, wie willig und gerne
Wollt ich alsdann den zärtlichen Vaternamen entbehren,
Mit dem ihn seine Getreuen, die Seraphim, kindlich nennen.
O du Richter der Welt! dir darf ich Ärmster nicht flehen,
Daß du mit einem Blicke mich nur im Abgrund hier ansähst.
Finstrer Gedanke, Gedanke voll Quaal! Und du, wilde Verzweiflung!
Wüte, Tyranninn, ja wüte nur fort! . . . Wie bin ich so elend! . . .
Wär ich nur nicht! . . . Ich fluche dir, Tag, da der Schöpfung Gott sagte:
Werde! Da er von Osten mit seiner Herrlichkeit ausgieng!
Ja, dir fluch ich, o Tag, da die neuen Unsterblichen sprachen:
Unser Bruder ist auch! Du, Mutter unendlicher Quaalen,
Warum gebahrest du, Ewigkeit, ihn? Und mußt er ja werden,
Warum ward er nicht finster und traurig, der ewigen Nacht gleich,
In der mit Ungewitter gerüstet der Donnerer auszieht,

Leer von Geschöpfen, vom Zorn und Fluche der Gottheit belastet?
Aber, ach wider wen redest du hier im verlassenen Abgrund,
Lästrer! Auf, Sonnen fallt über mich her, bedeckt mich, ihr Sterne,
Vor dem grimmigen Zorn deß, der vom Throne der Rache
Ewig als Feind und Richter mich schreckt! Du, in deinen Gerichten
Ganz Unerbittlicher! ist denn in deiner Ewigkeit künftig
Nichts mehr von Hoffnungen übrig? Ach, wird denn, göttlicher Richter,
Schöpfer, Vater, Erbarmer! . . . Ach, nun verzweifl ich von neuem,
Denn ich habe Jehova gelästert! Ihn hab ich mit Namen,
Die ich ohne Versöhner nicht nennen darf, angeredet.
Ich entfliehe! Schon rauschet von ihm ein allmächtiger Donner
Durch das Unendliche furchtbar daher! Doch wohin? . . . Ich entfliehe!
Also sagt er, und sahe betäubt in die Tiefe des Abgrunds.
  Schaffe da Feuer, ein tödtendes Feuer, das Geister verzehre,
Gott, Verderber der Wesen, die du ohn ihr Wollen erschufest!
Rief er im Hinabsehn, doch da wurde kein tödtendes Feuer.
Darum wandt er sich um, und floh in die Welten zurücke.
Itzo stand er ermüdet auf einer erhabenen Sonne,
Schaute von da in die Tiefen hinab; da drängten Gestirne
Andre Gestirne, wie glühende Seen. Ein irrender Erdkreis
Näherte sich, schon dampft er, schon war sein Weltgericht nahe.
Auf den stürzte sich Abbadonaa, um mit zu vergehen;
Doch er vergieng nicht, und senkte, betäubt vom ewigen Kummer,

Wie ein gebeinvoller Berg, wo vormals Menschen sich würgten,
Im Erdbeben versinkt, langsam zur Erde sich nieder.
  Unterdeß war Satan nebst Adramelech der Erde
Auch schon näher gekommen. Sie giengen neben einander,
Jeder allein, und in sich gekehrt. Itzt sahe den Erdkreis
Adramelech vor sich in ferner Dunkelheit liegen.
  Das ist sie also, so sagt er bey sich, so drängten Gedanken
Andre Gedanken, wie Wogen des Meers, wie der Ocean drängte,
Als er von drey Welten dich, fernes Amerika, losriß;
Das ist sie also, die ich, so bald ich Satan entfernet,
Oder mich über ihn siegend vor allen verherrlichet habe,
Die ich alsdann, als Schöpfer des Bösen, allein beherrsche!
Aber warum nur sie? Warum nicht auch jene Gestirne
Die zu lange schon selig, um mich, durch die Himmel daher gehn?
Ja, auch dort soll der Tod von einem Gestirne zum andern
Bis an die Gränze des Himmels vorm Antlitz des Ewigen tödten!
Dann würg ich nicht die vernünftigen Wesen, wie Satan, nur einzeln;
Nein, zu ganzen Geschlechtern! Die sollen von mir sich in Staub hin
Niederlegen, ohnmächtig sich krümmen, und winden, und jammern.
Wenn sie sich winden und krümmen und jammern, so sollen sie sterben!
Dann will ich hier, oder dort, oder da, triumphirend und einsam
Sitzen, und mich umsehn. Die du nun deinen Geschöpfen
Durch mich zum Grabe geworden, Natur, auf deine Verwesten,
In dein tiefes unendliches Grab will ich lachend hinabsehn!
Auch will ich ihn, wenn er flieht, wenn ihn das Anschaun der Todten

Überall umringend vom alten Throne vertreibet,
Selbst den Ewigen will ich alsdann auch lachend betrachten.
Oder gefällts ihm vielmehr im düstern Grabe der Welten
Neue Geschöpfe zu baun, daß ich sie von neuem verderbe:
Auch die will ich alsdann, mit eben der Allmacht, wie vormals,
Wieder von einem Gestirne zum andern verführen und tödten.
Adramelech, das bist du! Doch möcht es dir endlich gelingen,
Daß du auch das Sterben der Geister erfändest, daß Satan
Durch dich vergieng, und von dir verderbt in ein Unding zerflösse!
Unter ihm sollst du kein Werk, das deiner nur würdig ist, enden!
Feuriger Geist, der du Adramelech beseelest, erschaffe!
Tödte die Geister, ich fluche dir, tödte sie, oder vergehe!
Ja, vergehe, sey lieber nicht mehr, eh du lebst und nicht herrschest!
Ja, ich will hingehn, gehn will ich, und alle meine Gedanken
In mir, wie Götter, versammeln, sie sollen erfinden und tödten.
Itzt ist es Zeit, worauf ich seit Ewigkeiten schon dachte,
Das zu vollenden. Ja itzo, da Gott von neuem erwachet,
Und, wenn Satan nicht irrt, uns einen Erlöser der Menschen,
Unser erobertes Reich uns abzunehmen, herabschickt.
Doch er mag immer nicht irren, der Mensch sey der größte Prophete
Unter den Propheten seit Adam, er heisse Messias
Oder auch Gott, so soll er nur mir zur Verherrlichung da seyn!
Seine Vernichtung soll mich vor der ganzen Geisterversammlung
Zu der Besitzung des höllischen Thrones zum würdigsten machen:
Oder, was ich vielmehr von meiner Gottheit erwarte,
Was du vielmehr, unsterblicher Adramelech, vollendest,

Wenn ich Satan vor ihm noch verderbe, so sey er der Erstling
Meiner Besiegten, mit deren Vernichtung mein neues Reich anfängt.
Armer Satan, wie schwer wird dirs, den Leib des Messias
Nur zu erwürgen! Erwürg ihn nur! Ja, so kleine Geschäffte
Laß ich dir, eh du vergehst: ich aber tödte die Seele!
Die vernicht ich; den sterblichen Staub magst du mühsam zerstreuen!
Und wenn der Ewige sie vor andern Seelen erwählte,
Wenn er sie, sich zu verherrlichen, schuf: so soll er voll Jammer
Um sie in einsamer Ewigkeit klagen! Drey schreckliche Nächte
Soll er um sie klagen! Wenn er sich ins Dunkle verhüllt hat,
Soll drey schreckliche Nächte kein Seraph sein Angesicht sehen!
Dann will ich durch die ganze Natur ein tiefes Geheule
Hören, ein tiefes Geheul am dunkeln verfinsterten Throne,
Und ein Geheul in der Seelen Gefild, ein Geheul in den Sternen,
Da, wo der Ewige wandelt, das will ich hören, und Gott seyn!
Also verlohr sich sein Geist, vom wünschenden Herzen empöret,
In verruchte Gedanken. Gott, der die Zukunft durchschaute,
Hört ihn, und schwieg. Voll ermüdenden Tiefsinns blieb Adramelech
Unvermerkt auf einer sich um ihn sammelnden Wolke,
Starr mit glühender Stirn, die der Grimm durchfaltete, sitzen.
Doch das Getöse der wandelnden Erde, die itzt mit der Nacht kam,
Weckte den Verruchten von seinen schwarzen Gedanken.
Itzo gesellt er sich wieder zu Satan. Sie giengen und stürmten

Gegen den Ölberg, den Mittler daselbst mit seinen Vertrauten
Aufzusuchen. So stürzen zween tödtende Kriegeswagen
In die Thäler, dem ruhigen Feldherrn des Feindes entgegen.
Itzo sandten sie, hoch von dunkeln donnernden Bergen,
Eherne Krieger; sie rauschen mit eisernem wilden Getöse
Über die Felsen, und krachen, und donnern, und tödten von ferne.
Also kam Adramelech und Satan zum Ölberg hernieder.

Dritter Gesang.

Sey mir gegrüßt! ich sehe dich wieder, die du mich gebahrest,
Erde, mein mütterlich Land, die du mich im kühlenden Schosse
Einst zu den Schlafenden Gottes begräbst, und meine Gebeine
Sanft bedeckst; doch dann erst, dieß hoff ich zu meinem Erlöser,
Wenn von ihm mein heiliges Lied zu Ende gebracht ist.
Alsdann sollen die Lippen sich erst, die ihn zärtlich besangen;
Dann erst sollen die Augen, die seinentwegen vor Freuden
Oftmals weinten, sich schliessen; dann sollen erst meine Freunde
Und die Engel mein Grab mit Lorbeern und Palmen umpflanzen,
Daß, wenn ich einst nach himmlischer Bildung vom Tod erwache,
Meine verklärte Gestalt aus stillen Hainen hervorgeh.
  Und du, die du zur Hölle mich führtest, unsterbliche Muse,
Und nun meinen noch bebenden Geist zurücke gebracht hast,
Du, die vom göttlichen Blick die ernste Gerechtigkeit lernte,
Aber auch ihren Vertrauten mit süsser Freundlichkeit lächelt,
Heitre die Seele, die noch von ihren Gesichten umgeben
Innerlich bebt, mit himmlischem Licht auf, und lehre sie ferner,
Ihren erhabnen anbetungswürdigen Mittler besingen.
  Jesus war noch allein mit Johannes im Grabmal der Todten.
Unter zerstreuten Gebeinen, von Nacht und Schatten umgeben,
Saß er, und überdachte sich selber, den Sohn des Ewgen,

Und den Menschen zum Tode bestimmt. Vor seinem Gesichte
Sah er die Sünden der Menschen, die alle, die seit der Erschaffung
Adams Kinder vollbrachten, auch die, so die schlimmere Nachwelt
Sündigen wird, ein unzählbares Heer, Gott fliehend, vorbeygehn.
Satan war mitten darinnen, und herrschte. Vom Angesicht Gottes
Trieb er, den Sünder, das Menschengeschlecht, und versammelt es zu sich,
Wie die Ebnen des Meers ein mitternächtlicher Strudel
Rings um in sich verschlingt, und immer zum Untergang offen,
Unsichtbar unter den Wolken des niedersteigenden Himmels,
Alle zu sichre Bewohner des Meers in die Tiefen hinabzieht.
Jesus sah die Sünden und Satan. Drauf sah er zu Gott auf.
Gott, sein Vater, sah auch nach ihm tiefsinnig hernieder.
Zwar brach aus seinem erhabenen Blick das ernste Gerichte
Langsam hervor; zwar donnerte Gott, und schreckt ihn von ferne.
Gleichwohl blieben noch Züge des unaussprechlichen Lächelns
In dem Antlitz voll Gnade zurück. Die Seraphim sagen,
Damals habe der ewige Vater die andere Thräne
Stille geweint. Er weinte die erste, da Adam verflucht ward.
Also sahn sie sich an. In feyrender Sabbathstille
Neigt sich vor ihnen die ganze Natur. Voll Ehrfurcht und wartend
Bleiben die Weltgebäu stehn, und, auf beyder Anschaun gerichtet,
Geht der betrachtende Cherub in stillen Wolken vorüber.
Auch kam Seraph Eloa, von himmlischen Wolken umgeben,
Zu der Erden herunter, und sah von Antlitz zu Antlitz

Den Messias, und zählte die menschenfreundlichen Thränen
Alle Thränen, die Jesus weinte. Drauf stieg er gen Himmel.
Als er hinaufstieg, erblickt ihn Johannes. Ihm öffnete Jesus,
Daß er den Seraph erblickte, die Augen. Er sah ihn, und staunte,
Und umarmte voll Inbrunst den Mittler, und nannt ihn mit Seufzern
Seinen Erlöser und Gott, mit unaussprechlichen Seufzern
Nannt er ihn so, und blieb bey ihm in süsser Umarmung.
Aber die übrigen Eilfe, die Jesum schon lange nicht sahen,
Giengen im Dunkeln am Fusse des Ölbergs, und suchten ihn traurig.
Ausser einem, der Jesum, wie sie, nicht mehr zärtlich verehrte,
Waren sie Männer voll Unschuld. Die Göttlichkeit ihrer Herzen
Kannten sie nicht. Gott kannte sie besser. Er schuf sie zu Seelen,
Welche dereinst des Ewigen Offenbarungen schauten.
Doch nicht jener zugleich, der, der himmlischen Jüngerschaft unwerth,
Jesum verrieth. Er konnte sie schaun, verrieth er nicht Jesum.
Ihnen wurden schon, eh sie der Leib der Sterblichkeit einschloß,
Neben den Stülen der vier und zwanzig Ältsten im Himmel
Goldene Stüle gesetzt; doch einer der goldenen Stüle
Ward einst mit Wolken bedeckt, bald aber entflohen die Wolken,
Und ein lichtheller ewiger Glanz gieng wieder vom Stul aus.
Dazumal rief Eloa und sprach: Er ist ihm genommen,
Und ist einem andern gegeben, der besser, als er ist!
Ihre Beschützer, zwölf Engel der Erde, die unter der Aufsicht
Gabriels stehn, erhuben sich itzt auf die Höhen des Ölbergs,

Und betrachteten da mit freundschaftsvollem Vergnügen
Unsichtbar ihre Gespielen, wie sie den göttlichen Mittler
Überall thränenvoll suchten. Da kam mit flüchtigen Schritten
Aus der Sonnen ein Seraph, und stund auf einmal bey ihnen.
Dieser war einer von Vieren, die gleich nach Uriel herrschen.
Selia, so hieß er, itzt sprach er also zu ihnen:
Sagt mir, himmlische Freunde, wo ist er, in welchen Gefilden
Wandelt er itzt, der grosse Messias? Die Seelen der Väter
Senden mich, ich soll ihn auf allen göttlichen Wegen
Still begleiten, und jegliche That der grossen Erlösung
Achtsam bemerken; kein heiliges Wort, kein zärtlicher Seufzer
Soll mir von seinem unsterblichen Mund ungehöret entfliehen;
Himmlische Freunde, kein tröstender Blick, und keine der Zähren,
Jener getreuen der Gottheit und Menschheit so würdigen Zähren
Sollen unangemerkt mir im göttlichen Auge sich zeigen.
Ach zu früh entziehst du dem Blicke der heiligen Väter,
Erde, dein schönstes Gefilde, wo Gott in Hüllen der Menschheit
Wandelt, und das Opfer des grossen Mittleramts anfängt!
Ach zu früh entfliehst du dem Tag und Uriels Antlitz,
Der nun ungern und traurig den untersten Welttheil umleuchtet!
Dort ist ihnen kein änderndes Thal, kein erwachend Gebirge
Angenehm; denn hier wandelt er nicht, der grosse Messias!
Selia endigte so. Ihm erwiederte Seraph Orion,
Simons Schutzgeist. Dort unten, wo sich die traurigen Gruben
Öffnen, und sich sinkend mit des Ölbergs Fusse vertiefen,
Dort steht, himmlischer Freund, der hohe Messias und denket.

Selia sah ihn, und blieb unverwandt in stiller Entzückung
Stehn. Schon waren mit leichtem Gefieder zwo fliehende Stunden
Über sein Haupt mit der Stille der Nacht vorübergeflogen,
Als er noch stand. Indem kam der letzte vertrauliche Schlummer
In das Auge des Mittlers herab, die heilige Ruhe
Eilte, gesandt von Gott, vom Allerheiligsten Gottes,
Auf ihn, mit kühlendem Säuseln, in stillen Düften hernieder.
Jesus schlief ein. Drauf wandte sich Selia zu der Versammlung,
Und trat mitten hinein und sprach vertraulich zu ihnen:

Meldet mir, himmlische Freunde, wer sind die Männer dort unten,
Die da wandeln, und wie verlassen, und traurig herumgehn?
Sehet, ein stiller einnehmender Schmerz deckt ihre Gesichter,
Doch entstellt er sie nicht. So drücken sich edle Gemüther
Wehmuthsvoll aus. Sie weinen vielleicht um einen geliebten
Und entschlafenen Freund, der ihnen an Tugenden gleich war.

Ihm erwiedert Orion: Das sind die Heiligen Zwölfe,
Selia, die Jesus sich zu Vertrauten erwählte.
Ach, wie selig sind wir, daß uns ihr Meister erlesen,
Ihre Beschützer und Freunde zu seyn! Da sehen wir immer,
Wie er mit süsser geselliger Liebe sich ihnen eröffnet,
Wie er sie lehrt, wie er bald mit mächtigen Reden den Eingang
Zu den hohen Geheimnissen zeigt, bald in menschlichen Bildern
Dich, unsterbliche Tugend, verklärter und fühlbarer zeiget,
Und nach und nach ihr empfindendes Herz zur Ewigkeit bildet.
O wie viel erlernen wir da! wie macht uns sein Beyspiel
Aufmerksam, und wie reizet er uns, ihm anbetend zu folgen!
Selia, solltest du ihn und seinen göttlichen Wandel,
Und sein edles, des ewigen Vaters so würdiges Leben
Täglich sehen, dein Herz zerflöß in stiller Entzückung!

Auch ist es schön, und klinget auch selbst in unsterblichen Ohren
Lieblich, wenn seine Vertrauten von ihm sich zärtlich besprechen.
Freund, wie wir uns, so lieben sie ihn. Ich hab es hier öfters
In der Versammlung gesagt, und wiederhol es auch itzo:
Vielmals wünsch ich von Adams Geschlecht, ja selber auch sterblich
Mit den Menschen zu seyn; wenn anders ohne die Sünde
Eine Sterblichkeit seyn kann. Vielleicht verehrt ich ihn treuer.
Meinen Bruder von eben dem Fleisch und Blute gebohren
Liebt ich vielleicht weit brünstiger noch. Mit welcher Entzückung
Wollt ich für ihn, der zuerst für mich starb, mein Leben verlieren!
Mitten im heissen unschuldigen Blute, mit brechenden Augen
Wollt ich ihn loben; mein schwaches Geseufz, mein sterbendes Stammeln
Sollte so harmonisch, wie die hohen Lieder Eloa,
Wenn er am Throne vorbeygeht, in göttlichen Ohren ertönen.
Alsdann solltest du, Selia, mir, oder einer von diesen
Sanft mit unsichtbarer Hand die gebrochnen Augen zudrücken,
Und die entfliehende Seele zum Thron des Ewigen führen.

Selia sprach: Wie rührest du mich! Wie nimmt mich dein Wünschen,
Edler Orion, mit Zärtlichkeit ein! Die Männer dort unten
Die sind also die heiligen Zwölfe, die Freunde des Mittlers?
Welche zu seyn, selbst Seraphim, auch mit der Sterblichkeit, wünschen.
Seyd mir gesegnet! Ihr seyd es auch würdig, Unsterbliche, denn euch
Liebt der Erlöser, wie Brüder, ihr werdet auf goldenen Stülen

Sitzen, und den Weltkreis mit eurem Könige richten.
Seraphim, nennet sie mir! Ich will die Namen auch hören,
Die schon lange mit glänzenden Zügen im Lebensbuch stehen.
Nennt mir jenen zuerst, der dort mit feurigen Augen
Um sich blickt, und im schattichten Walde mit Ungeduld suchet;
Jesum vielleicht. Muth, und ein kühnes entschlossenes Wesen
Seh ich in seinem Gesicht. Aufrichtig sagt es mir alles,
Was vom fühlenden Herzen belebt die Seele gedenket.
Dieser ist Simon Petrus, erwiederte Seraph Orion,
Einer der größten. Mich wählte der Mittler zu seinem Beschützer.
Wie du sagtest, so ist auch mein Freund. Du solltest ihn immer
Nebst mir in allem seinen Betragen, in Jesu Gesellschaft,
Wenn er inbrünstig ihn hört, auch wenn er am fernen Gestade
Von ihm getrennt, und von mir begleitet und von mir begeistert,
Schlummert und von Gott träumt, da solltest du immer ihn sehen,
Seraph, du würdest sein fühlendes Herz noch göttlicher nennen.
Jüngst als Jesus die Jünger befragte, für wen sie ihn hielten,
Sprach er: du bist Christus, der Sohn des lebendigen Gottes!
Dieses sagt er, und weinte vor Freude. Wir weinten auch, Seraph,
Als er die Worte vor unaussprechlichen Seufzern kaum ganz sprach.
Aber ach! hätt ich nur nicht selbst aus dem Munde des Mittlers
Dieß von Petrus gehört, du wirst mich dreymal verleugnen,
Traurige Worte, was sagtet ihr mir! Ach Simon, mein Bruder,

Hörtest du sie? Und wenn du sie hörtest, was dachte dein Herze?
Simon, du sagtest zwar kühn: Du wolltest ihn niemals verleugnen,
Deinen Erlöser und Gott! Doch Jesus sagt es noch einmal.
Wenn du es wüßtest, wie mir mein Herz für Wehmuth zerfliesset,
Wenn ich dran denke, du stürbest viel lieber, als daß du den besten,
Deinen getreusten unsterblichen Freund unedel verkenntest.
Doch du weißt ja, wie Jesus dich liebt. Du sahst ja sein Auge,
Das voll göttlicher Huld bey diesen Worten dich ansah.
Simon Petrus, du wirst ihn doch nicht unedel verkennen.
Selia hört ihn. Den Seraph durchdrang ein zärtlicher Kummer.
Nein, so sagt er zu ihm, nein, theurer Orion, er wird nicht
Seinen getreusten unsterblichen Freund unedel verleugnen!
Schau ihn nur an, welch redliches Herz dieß Angesicht ausdrückt!
Aber, wer ist jener, der dort auf männlicher Stirne
Feuer zur Tugend, und zürnenden Haß der Laster verbreitet,
Unerbittlich den sclavischen Sündern, die Gott verkennen?
Ist er nicht Simons Vertrauter? O wie er sich um ihn beschäfftigt!
Wär er sein Bruder, so könnt er ihm nicht vertrauter begegnen!
Sipha, sein Engel, nahm itzo das Wort: Du irrest nicht, Seraph,
Dieser ist Simons Bruder, Andreas. Sie wuchsen zugleich auf,
Und Orion, und ich, wir erzogen der Jünglinge Seelen
Neben einander mit Sorgsamkeit auf. Oft hab ich ihn damals,
Wenn mit Zärtlichkeit beyde die brünstige Mutter umarmte,

Unvermerkt zu jener vollkommnern Liebe gebildet,
Die er dereinst dem grossen Messias heiligen sollte.
Als ihm Jesus am Jordane rief, da war er noch einer
Von den Jüngern Johannes. Noch klang ihm die Rede Johannes
Von dem kommenden Mittler in seinem aufmerksamen Ohre;
Als ihn mit einem durchdringenden Blick, voll segnender Liebe,
Jesus berief. Ich hab ihn gesehn, ein göttliches Feuer
Drang gewaltig in ihn, er flog dem Messias entgegen!
Itzo sprach, Philippus Schutzgeist, Libaniel, also:
Den du dort unten um beyde gesellig und friedsam erblickest,
Dieser ist Philippus. Ein menschenfreundliches Lächeln
Bildet die Züge des stillen Gesichts. Ein treues Bestreben,
Alle, die Gott zum Bilde sich schuf, wie Brüder zu lieben,
Ist der geliebteste Trieb in seinem göttlichen Herzen.
Auch hat sein Schöpfer in ihn der süssen Beredsamkeit Gaben
Reichlich gelegt. Wie von Hermon der Thau, wenn der Morgen erwacht ist,
Treufelt, und wie wohlriechende Lüfte dem Ölbaum entfliessen,
Also fliesset die liebliche Rede vom Munde Philippus.
Selia sprach weiter: Der dort mit langsamen Schritten
Unter den Cedern heraufgeht, wer ist der? Auf seinem Gesichte
Glüht die edle Begierde nach Ruhm. Da geht er, wie einer
Von den Unsterblichen, welche der Nachwelt ihre Geschäffte
Heiligen, und von Enkel zu Enkel unsterblicher werden.
Oft bleibt ihr Ruhm nicht auf Erden allein. Unbegränzter und ewig
Geht er von einem Gestirne zum andern. Und war ihr Geschäffte,

Würdige Lieder von Gott und seinem Messias zu singen,
Seraphim, so wißt ihr, wie wir sie den Himmeln erzählen.
Seraph Adona sprach itzt: Jakobus der Zebedäide
Ist der, welchen du siehst. Sein edelmüthiger Ehrgeiz
Ist nur auf göttliche Dinge gerichtet. Vor jener Versammlung
Aller Menschen, vorm grossen Gericht der erwachenden Todten,
Durch den Ausspruch des ewigen Ersten und seines Gesalbten,
Da noch verehrungswürdig zu seyn, ist sein grosses Bestreben;
Weniger Ehre wär Schmach für seine göttliche Seele.
Wenn er den Mittler erblickt, so geht er entzückt und befriedigt
Ihm entgegen, als gieng er ihm schon am ewigen Throne
Jauchzend entgegen. Ich hab ihn gesehn, da auf Tabors Gebirge
Gottes Gesandten, Elias und Moses, dem Mittler erschienen.
Siehe! der Himmel umzog sich mit hellen umschattenden Wolken.
Jesus wurde verklärt. Sein Antlitz war, wie die Sonne,
Wenn sie allgegenwärtig und hoch im Mittage glänzet.
Seine Bekleidung war silbern, wie Licht. Da eilte Jakobus,
Wie ins Allerheiligste Gottes der oberste Priester,
Aron, zur Lade des Bundes zu Gott und dem Gnadenstul eilte.
Also eilte Jakobus, erfüllt von der Ehre des Anschauns,
Deß ihn Gott würdigte, kühn der hohen Erscheinung entgegen.
Unter den Heiligen Zwölfen ist dieser der Märtyrer Erstling.
Also sagen die Tafeln des Schicksals. Ihm ist es bestimmet,

Bald im Triumph auf den weiteren Schauplatz der Zukunft zu treten,
Und die Begierde des ewigen Geistes unendlich zu stillen.
Simon, der Kananite, den du dort sitzend erblickest,
Sagte sein Engel, Megiddon, war ehmals ein heiliger Schäfer.
Jesus rief ihn vom Felde. Sein stilles unschuldiges Wesen,
Und die Demuth, mit welcher er ihn voll Einfalt bediente,
Wandte das Herz des Erlösers ihm zu. Dann da er im Reisen
Einst zu ihm kam, so schlachtet er ihm mit sorgsamer Eile
Gleich ein jugendlich Lamm, und stand, und dient ihm voll Unschuld,
Segnete sich, und die niedrige Hütte, wo Gottes Prophet war.
Jesus aß so vergnügt, wie er einst im Haine zu Mamre
Mit zween Engeln und Abraham aß. Komm, folge mir, Simon,
Sagt er zu ihm, laß deinen Gespielen die Heerden der Lämmer.
Ich bin der, von dem du das Lied der himmlischen Schaaren,
Bey dem bethlehemitischen Quell, als ein Knabe, vernahmest.
Dort seh ich meinen Geliebten hervorgehn, sprach Seraph Adoram,
Schau, Jakobus, der Alphäide! Dies ernste Gesichte,
Ist verschwiegene Tugend, die weniger saget, als ausübt.
Kennt ihn der Ewige nur, wenn ihn von Nachwelt zu Nachwelt
Menschen auch nicht kennten, wenn er uns auch unbekannt bliebe,
Dennoch würd er, vom Ruhm unbelohnt, stets Tugenden üben.
Umbiel sprach ferner: Der dort voll Gedanken und einsam
Tief im Walde sich zeigt, ist Thomas, ein feuriger Jüngling.
Stets zeugt sein Geist aus Gedanken Gedanken, davon er das Ende

Vielmal nicht sieht, wenn sie, wie Meere, vor ihm sich verbreiten.
Bald hätt er sich im finstern Gebäu sadducäischer Träume
Kläglich verlohren; allein des Messias gewaltige Wunder
Retteten ihn, er verließ das Bezirk labyrinthischer Irren,
Und kam zu Jesu. Doch würd ich mich seinentwegen noch öfters
Zärtlich bekümmern, hätt ihm zu dieser denkenden Seele
Nicht die Natur ein redliches Herz und Tugend gegeben.
Jener ist Matthäus, sprach Seraph Bildai, ein Jünger,
Der, im Schoosse begüterter Eltern wollüstig erzogen,
Doch auch zugleich zum niedern Geschäffte der Reichen verwöhnt ward,
Die des unsterblichen Geistes uneingedenk, niemals ersättigt,
Wie für die Ewigkeit sammeln. Allein die mächtigen Triebe
Seines Geistes erhuben sich bald, da er Jesum erblickte.
Jesus rief ihn kaum zu sich, so folgt er, und ließ die Geschäfte,
Die ihn bisher zur Erde gedrückt, den Thieren zurücke.
So entreißt sich ein Held der Könige weichlichen Töchtern,
Wenn ihn der Tod fürs Vaterland ruft. Ins Feld hin, wo Gott steht,
Und dem Tode, gerüstet mit Rache, die Schuldigen zuzählt,
Ruft ihn mehr als ewiger Ruhm, die Stimme der Unschuld.
Ihn wird dankbar und froh erretteter Völker Mund ehren,
Denn sein Krieg war gerecht. Und bleibt er, mitten im Würgen,
Da noch ein Mensch, so wollen wir ihn vor dem Ewigen singen.
Seraph Siona fuhr fort. Der dort mit dem silbernen Haupthaar,
Jener freundliche Greis, ist Bartholomäus, mein Jünger.
Schau sein frommes einnehmendes Antlitz. Die göttliche Tugend
Wohnet da gern. Den Sterblichen wird ihr strenges Betragen,
Wenn er vor ihnen sie übt, weit liebenswürdiger werden.

Du wirst viel zu Jesu versammeln. Sie werden dein Ende
Sehen und sich wundern, wenn du im Schweisse des Todes
Deinen Mördern und Brüdern, gleich jungen Seraphim, lächelst.
Wischet mit mir, wenn er stirbt, das Blut von seinem Gesichte,
Himmlische Kräfte, damit sein abschiednehmendes Lächeln
Alle Versammlungen sehn, und sich zu Jesu bekehren.
Jener blasse verstummende Jüngling, sprach Elim itzt weiter,
Ist mein auserwählter Lebbäus. So zärtlich und fühlend,
Als die Seele des stillen Lebbäus, sind wenig erschaffen.
Da ich aus jenem Gefilde sie rief, wo die Seelen der Menschen
Vor des Leibes Geburt, sich selbst noch unbekannt, schweben,
Fand ich sie im Trüben nächst einer rinnenden Quelle,
Die, wie von fern herweinende Stimmen, bangrauschend ins Thal floß.
Hier hat einmal, wie die Engel erzählen, der traurige Seraph,
Abbadonaa geweint, als er einst aus Eden zurückkam,
Und das erste Paar Menschen der heiligen Unschuld beraubt sah.
Auch wißt ihr wohl, daß Seraphim oft hier die Seelen beklagen,
Denen sie Gott zu Vertrauten erkohr, die aber auf Erden
Erst die heilige Jugend mit Unschuld lieblich bekrönen,
Dann den Anfang des göttlichen Lebens entheiligen werden.
Ach, sie wird, vom Laster entstellt, ein schreckliches Ende
Nehmen. Sie sinds, um die vor ihrer unselgen Geburtszeit
Brüderlich, mit Seufzern der himmlischen Freundschaft, mit Thränen,
Menschen unweinbar, die Seraphim klagen. Hier fand ich die Seele
Meines geliebten Lebbäus in ruhige Wolken gehüllet.
Also vernahm sie den traurigen Ton mit schwacher Empfindung

Die nun so lang, als das stärkre Gefühl der Sinne sie einnimmt,
Ausgelöscht ist, doch wieder erweckt wird und mächtiger wirket,
Wenn die Seele mit Lichte bekleidet dem Körper entfliehet.
Doch blieb dieses zwar leise Gefühl der traurigen Stimmen
Mächtig genung, die erste Gestalt der Seele zu bilden.
Sie hab ich sanft im Schosse leichtfliessender Morgenwolken
Bis zur sterblichen Hütte gebracht. Die Mutter gebahr ihn,
Unter den Palmen. Da kam ich vom Wipfel der rauschenden Palmen
Unsichtbar her, und kühlte den Knaben mit lieblichen Lüften.
Aber er weinte schon dazumal mehr, als die Sterblichen weinen,
Wenn sie mit dunkler Empfindung den Tod von ferne schon fühlen.
Also bracht er bey jeglicher Thräne, die Freunde vergossen,
Zärtlich gerührt, beym leichtesten Schmerz der Menschen empfindlich,
Seine wehmüthige Jugendzeit hin. So ist er bey Jesu
Immer gewesen. Wie sehr bin ich deinentwegen bekümmert!
Wenn der Erlöser erst stirbt, da wirst du, heiliger Jüngling,
Unter der Last des Elends vergehn. Ach stärk ihn, Erlöser,
Stärk ihn alsdann, erbarmender Heiland, damit er nicht sterbe.
Siehe! dort kömmt er selbst, tiefsinnig mit wankenden Schritten,
Zu uns herauf, hier kannst du ihn, Seraph, näher betrachten,
Und von Antlitz zu Antlitz die zärtlichste Seele bemerken.
Indem, als er noch sprach, da trat der stille Lebbäus
Unter sie hin. Die hohe Versammlung wich ungemerkt seitwärts

Vor dem Sterblichen aus. So zertheilen sich Frühlingslüfte,
Durch der Nachtigall kläglichen Ton, wenn sie mütterlich jammert.
Itzo umgaben sie ihn, und standen, wie Menschen, voll Liebe,
Um ihn herum. Von keinem Geschöpf, wie er glaubte, vernommen,
Klagte der stille Lebbäus, und schlug im zärtlichen Klagen
Über sein Haupt die Hände zusammen. So find ich ihn nirgends!
Schon ist ein trauriger Tag und fast zwo Nächte verflossen,
Daß wir ihn nicht sehen! Ja seine verruchten Verfolger
Haben gewiß ihn endlich ergriffen! Ich armer Verlaßner
Kann noch leben, da Jesus schon todt ist? Dich haben die Sünder
Kläglich erwürgt, du göttlicher Mann! Und ich sah dich nicht sterben!
Und ich habe nicht sanft dein göttliches Auge geschlossen!
Sagt, Verruchte, wo würgtet ihr ihn? In welche Gefilde,
Ach! in welche verödete Wüste, zu welchen Gebeinen
Unter den Todten entführtet ihr ihn, und nahmt ihm sein Leben?
Ach wo liegst du, göttlicher Freund? Ja, unter den Todten,
Bleich und entstellt, der zärtlichen Huld und des himmlischen Lächelns,
Aller deiner erbarmenden Blicke von Mördern beraubet,
Liegst du! Und dich haben die Deinen nicht sterben gesehen!
Ach daß dieses bekümmerte Herz mir nur nicht mehr schlüge!
Daß mein zum Trauren erschaffener Geist, wie dieß düstre Gewölke,
Tief in die Nacht des Todes entflöhe! Daß meine Gebeine
Felsen würden, und ewig hier stumm, und ewig hier einsam
Stünden, und ein Denkmal der bängsten Traurigkeit würden!

Also klagt er, und sank in Ohnmacht und Schlummer danieder.
Elim bedeckt ihn mit Sprößlingszweigen des schattenden Ölbaums,
Wehte zugleich mit wärmenden Lüften sein starrendes Antlitz
Unsichtbar an, und goß ihm Leben und ruhigen Schlummer
Über sein Haupt. Er schlief und sah im heiligen Traume,
Durch den Engel, den Mittler vor sich lebendig herumgehn.
Selia hieng noch mit thränendem Blick, und zärtlichem Mitleid
Über ihm, als noch ein Jünger gleich gegen ihn über heraufstieg.
Nennet mir auch jenen, so sagt er, da kömmt er am Berge
Zu uns herauf. Ihm fällt ein schwarzes lockichtes Haupthaar,
Über die breiten Schultern herab. Sein ernstes Gesichte
Ist voll männlicher Schöne. Dieß Haupt, das über die Häupter
Aller Jünger hervorragt, vollendet sein männliches Ansehn.
Aber darf ichs wohl sagen, und irr ich nicht, himmlische Freunde?
Wenn ich in diesem Zuge des Angesichts Unruh entdecke,
Und in jenem nicht edles genung. Nein! er ist ja ein Jünger,
Und er wird ja mit Jesu dereinst das Weltgericht halten!
Doch ihr schweiget, Unsterbliche? Keiner von meinen Geliebten
Sagt mir ein Wort? Ach warum schweigt ihr, himmlische Freunde?
Hab ich euch etwa betrübt, daß ich diesen Jünger verkannte?
Redet mit mir, ich habe geirrt. Und du, heiliger Jünger,
Zürne du nicht; ich will, wenn du einst als Märtyrer Gott ehrst,

Und im Triumph die Unsterblichen siehst, da will ich den Fehler
Durch die zärtlichste Freundschaft vor diesen Seraphim gut thun.
Ach! so muß ich denn reden? sprach Seraph Ithuriel seufzend,
Und gieng mit kläglich gerungenen Händen dem Seraph entgegen,
Ach! so muß ich denn reden, mein Freund? Ein ewiges Schweigen
Wäre für meine Betrübniß und deine Beruhigung besser!
Doch du willst es, ich red, o Seraph. Ischarioth heißt er,
Welchen du siehst. Ja, Seraph, ich wollte nicht über ihn weinen,
Ungerührt wollt ich ihn sehn, unbethränt und ohne Betrübniß
Wollt ich ihn sehn, und in heiligem Zorne den Strafbaren meiden;
Hätt ihm nicht Gott ein edles Gemüth, und ein tugendhaft Herze,
Und in der unentheiligten Jugend viel Unschuld gegeben;
Hätt ihn nicht selbst der Messias der Jüngerschaft würdig geachtet,
In der er anfangs auch heilig und fromm und untadelhaft lebte.
Aber ach nun! . . Doch ich schweige, mein Leid nicht unendlich zu häufen!
Ja nun weiß ich, warum, da wir uns von den Seelen der Jünger
Einst vor des Leibes Geburt, vorm Antlitz Gottes, besprachen;
Warum damals, auf göttliches Winken, Seraph Eloa
Traurig herabstieg, und einen der hohen goldenen Stüle,
Die den heiligen Zwölfen Gott gab, mit Wolken bedeckte.
Auch ist Gabriel traurig und mit verhülltem Gesichte
Vor mir vorübergegangen, als ihn in unseliger Stunde

Seine verlassene Mutter gebahr. Wärst du nur nicht gebohren!
Hätte von deiner nun ewigen Seele kein Seraph gesprochen,
Armer verlohrner! dieß wäre dir besser, als daß du den Mittler
Und der Jünger erhabnen Beruf unedel entheiligst.
Seraph Ithuriel sprachs, und blieb mit sinkenden Blicken
Traurig vor Selia stehen. Mein ganzes Herz erbebt mir,
Und ein trübes Dunkel, wie Dämmrung, umnebelt mein Auge!
Sagt itzt Selia seufzend. Ischarioth, einer der Zwölfe,
Und dein Jünger, Ithuriel? Was der Unsterblichen keiner
Jemals geglaubt, was itzo ihr Mund vor Wehmuth kaum ausspricht!
Der entheiligt der Jünger Beruf und den göttlichen Mittler?
Doch was ist denn sein traurig Verbrechen? Was that der Verlohrne?
Das ihn vor Jesu und dir und allen Geistern entehrte.
Sag es nur frey, zwar bebt mir mein Herz, doch, Ithuriel, sag es!
Seraph, ein heimlicher Haß, ein feindschaftvolles Bestreben,
Sprach Ithuriel, hat den unglückseligen Jünger
Wider den göttlichen Mittler empört. Er hasset Johannes,
Weil den Jesus vor allen mit inniger Zärtlichkeit liebet;
Und, was er noch vor sich selbst zu verbergen sucht, auch den Erlöser.
Auch sind in einer erschrecklichen Stunde Begierden nach Reichthum
Noch dazu in seiner sonst edleren Seele gewurzelt.
Denn die kannt ich im Jünglinge nicht. Von ihnen verblendet,
Glaubt er, nun werde Johannes dereinst vor den übrigen Jüngern
Und auch besonders vor ihm im neuen Reiche des Mittlers

Schätze, die herrlichsten Schätze, des Reichthums Erstlinge, sammeln!
Dieß hab ich oft, wenn er, wie er glaubte, von keinem bemerket,
Einsam herumgieng, von ihm aus klagendem Munde vernommen.
Einst als er auch, (dieß schreckliche Bild wird mir ewig vor Augen
Schweben, und ewig mein Herz mit stillem Kummer erfüllen!)
Einst, als er auch im Thale Benhinnon voll Unruhe dieß sagte,
Und in Wünsche voll Bosheit bey seiner Beschuldigung ausbrach;
Als ich dabey, wie untröstbar und wehmuthsvoll in mich gekehret
Stand, und mein Angesicht aufhub, da sah ich, wie Satan vorbey gieng,
Und mit bitterm Gespött und triumphirendem Lächeln
Von Ischarioth kam, und stolz mitleidig mich ansah.
Itzt ist sein Herz dem Zugang des Lasters so bloß und eröffnet,
Daß ich für jeden Gedanken, für jede Bewegung des Herzens
Innig besorgt bin, daß sie zum schnellen Verderben ihn führen.
Gott! daß deine gefürchtete Hand itzt im Abgrunde Satan
Mit diamantenen Ketten der tiefsten Finsterniß hielte!
Daß die unsterbliche Seele, die du, erhabner Messias,
Auch zur seligen Ewigkeit schufst, von ihrer Verirrung
Wiederzukehren die theuren Minuten noch lange genösse!
Daß sie, würdig der hohen Geburt und der schaffenden Stimme,
Mit der sie Gott zur Unsterblichkeit rief, und zur Jüngerinn weihte,
Ihrem ergrimmten Verderber unüberwindlich und furchtbar,
Gleich dem muthigsten Seraph, mit Heiligkeit widerstünde!

Theurer Seraph, was sagt denn der Mittler, sprach Selia ferner,
Ach was sagt denn der göttliche Mittler von seinem Verlohrnen?
Kann er den Verruchten vor seinem Gesichte noch sehen?
Liebt er ihn noch? Und wenn er ihn liebt, wie entdeckt er sein Mitleid?
Selia, du zwingst mich, ich muß dir alles entdecken,
Was ich so gern vor mir selbst, vor dir, und den Engeln verbürge.
Jesus liebt den Unwürdigen noch. Voll sorgsamer Liebe,
Zwar mit Worten nicht, aber mit Blicken der göttlichsten Freundschaft,
Sagt er ihm jüngst, bey einem zufriednen vertraulichen Mahle,
Vor der Versammlung der Jünger, er sey es, er werd ihn verrathen.
Theurer Seraph, er wird ihn verrathen! Der Strafbare fühlte
Jesu erbarmende Blicke nicht mehr. Er wird ihn verrathen!
Selia, siehe, da kömmt er herauf. Ich will den Verruchten
Ferner nicht sehn, komm mit mir. Ithuriel sagt es, und eilte.
Selia folgte betrübt. Johannes zweyter Beschützer,
Salem, ein himmlischer Jüngling, begleitete beyde von ferne.
Jesus gab dem geliebten Johannes zween heilige Wächter,
Raphael, einer vom Throne, der hohen Seraphim einer,
Und aus Gabriels Ordnung, der ward sein erster Beschützer.
Selia, und Ithuriel giengen beyde zu Jesu
In die Gräber. Da trat mit erheitertem Angesicht Salem
Unter sie hin, und blickte sie an, und umarmte sie zärtlich.
Frohe besänftigte Züge verklärten das Angesicht Salems,
Und ein jugendlich Lächeln umfloß die unsterbliche Stirne,
Da, wie die Pforten des lieblichen Morgens im Frühling sich öffnen,

Sich sein heiliger Mund voll süsser Beredsamkeit aufthat,
Und von seinen Lippen die Stimme sanfttönend herabfloß:
Seraph, beruhige dich, der dort in den Gräbern bey Jesu,
Jener ist Johannes der liebenswürdigste Jünger.
Schau ihn nur an, bald wirst du nicht mehr an Ischarioth denken!
Heilig, wie ein Seraph, ja wie der Unsterblichen einer,
Lebt er beym Messias, der sein Herz vor allen ihm öffnet,
Der ihn, mit göttlicher Huld, sich zum vertrautesten wählte.
Wie die Freundschaft des hohen Eloa und Gabriels Freundschaft:
Oder wie Abdiels Liebe zu Abbadonaa gewesen,
Als er mit ihm in anerschaffener Unschuld noch lebte:
Also ist Johannes und Jesu göttliche Freundschaft.
Und er ist es auch würdig. Noch ward in heiligen Stunden
Keine so göttliche Seele vom grossen Schöpfer gebildet,
Als die unschuldige Seele Johannes. Ich hab es gesehen,
Da die Unsterbliche kam. Sie priesen glänzende Reihen
Himmlischer Jünglinge selig, und sangen von ihrer Gespielinn:
Sey uns gegrüßt bey deinem Hervorgehn, unsterbliche Freundinn,
Heilige Tochter des göttlichen Hauchs, komm, sey uns gesegnet!
Du bist schön und zärtlich, wie Salem, wie Raphael, himmlisch
Und erhaben. Dir werden aus deiner heiteren Fülle,
Wie aus der Morgenröthe der Thau, die Gedanken gebohren.
Und dein menschliches Herz, dein Herz voll zärtlicher Triebe
Fließt, wie der Seraphim Auge, das bey Erblickung der Tugend
Voller Entzückungen weint, von süssen Empfindungen über!
Tochter des göttlichen Hauchs, vertraulichste Schwester der Seele,
Die in ihrer unschuldigen Jugend einst Adam belebte,

Komm, wir führen dich itzt zu deinem Vertrauten, dem Körper,
Den die Natur schön bildet, damit du im Lächeln, Seele,
Dein holdseliges Wesen vom heitern Angesicht redest.
Ja er wird schön seyn, und deinem Leibe, Messias, gleichen,
Den nun bald der göttliche Geist zum schönsten der Menschen
Bilden wird, zum schönsten vor allen Kindern von Adam.
Ach daß dieses dein zartes Gebäu in Staub hin sich legen
Und verwesen muß! Aber dich wird bey den Todten dein Salem
Suchen und auferwecken, und wenn du erwacht bist, verklären!
Herrlich nach himmlischer Bildung mit neuer Schönheit umkränzet,
Wird er dich hoch in kommenden Wolken, du Richter der Menschen,
Deinem Messias entgegen, zu seinen Umarmungen führen.
Also sang von meinem Johannes die himmlische Jugend.
Salem sagt es, und schwieg. Er und die Seraphim blieben
Um Johannes herum, voll süsser Zärtlichkeit, stehen.
Also stehen drey Brüder um eine geliebteste Schwester
Zärtlich herum, wenn sie auf weich verbreiteten Rasen
Unbesorgt schläft, und in blühender Jugend Unsterblichen gleichet.
Ach sie weiß es noch nicht, daß ihrem redlichen Vater
Seiner Tugenden Ende sich naht. Ihr dieses zu sagen,
Kamen die Brüder; allein sie sahen sie schlummern, und schwiegen.
Unterdeß schliefen die übrigen Jünger vom Kummer ermüdet
An den Höhen des Ölberges ein. Der unter dem Ölbaum,
Wo er seinen bedeckenden Arm am tiefsten herabließ;
Jener im Thal, das sich bey kleinen Hügeln versenkte;

Dieser am Fusse der himmlischen Ceder, die hoch und erhaben
Stand, und mit leisem Geräusch vom stillen waldigten Wipfel
Schlummer und Thau auf die Ruhenden träufte. Viel schliefen im Grabmal,
Welches die Kinder der mördrischen Stadt den Propheten erbauten.
Petrus und Jakobus bey des hohen Hesekiels Denkmal,
Wo er auf dem Marmor mit ernstem entzückten Gesichte
Stand, und um sich herum erwachende Todten erblickte.
Judas Ischarioth war, nicht weit vom stillen Lebbäus,
Der sein Verwandter und Freund war, aus Ungeduld eingeschlafen.
Aber Satan, der seitwärts in einer verborgenen Höle
Alles, was die Engel von ihren Jüngern erzählten,
Angehört hatte, brach zürnend hervor, und ließ voll Gedanken
Zum Verderben erhitzt, sich bey Ischarioth nieder.
Also naht sich die Pest in mitternächtlichen Stunden,
Schlummernden Städten. Der Tod liegt auf ihren verbreiteten Flügeln
An den Mauern, und hauchet um sich verderbende Dünste.
Itzo liegen die Städte noch ruhig: Bey nächtlicher Lampe
Wacht noch der Weise; noch unterreden sich göttliche Freunde
Unter den Rosen des Frühlings beym unentheiligten Weine
Von der unsterblichen Dauer der Seelen und ihrer Freundschaft:
Aber bald wird sich der furchtbare Tod am Tage des Jammers
Über sie breiten, am Tage der Quaal und des sterbenden Winselns,
Wo mit gerungenen Händen die Braut um den Bräutigam jammert;

Wo nun aller Kinder beraubt die verzweifelnde Mutter
Wütend dem Tag, an dem sie gebahr und gebohren ward, fluchet;
Wo mit tiefen verfallenen Augen die Todtengräber
Durch die Leichname wandeln, bis hoch vom trüben Olympus
Mit tiefsinniger Stirn der Todesengel herabsteigt,
Und sich umsieht, und alles verödet und still und einsam
Sieht, und auf den Gräbern voll ernster Betrachtungen stehn bleibt.
Also kam über Ischarioth Satan zum nahen Verderben,
Und ließ einen verführenden Traum in sein offnes Gehirne.
Schnell empört er sein klopfendes Herz zu Begierden der Bosheit;
Senkte zuerst empfundne Gedanken, voll Feuer und stürmend,
In die Seele. So wie sich ein Donner in schweflichte Berge
Himmelab stürzt, sie entzündt, neue Donner zu sich versammelt,
Dann durch die Tiefen, nunmehr ein ganzes Gewitter, sich fortwälzt.
Denn der Seraphim hohes Geheimniß, den Seelen der Menschen
Edle Gedanken, der Ewigkeit würdige grosse Gedanken
Einzugeben, war Satan zu seiner grössern Verdammniß
Annoch bekannt. Zwar kam aus treuer sorgsamer Ahndung
Seraph Ithuriel wieder zurück, bey dem Jünger zu bleiben.
Aber da er wahrnahm, wie über Ischarioth Satan
Sich verbreitete, bebt er und stand, und sahe zu Gott auf,
Und entschloß sich, vom Schlaf Ischarioth aufzuwecken.
Dreymal schwebt er auf Flügeln des Sturms durch brausende Cedern
Über sein Angesicht hin, gieng dreymal mit mächtigen Schritten,

Bey dem Jünger vorbey, daß des Bergs Haupt unter ihm bebte.
Aber Ischarioth blieb, mit kalten erblassenden Wangen,
Wie in tödtlichem Schlummer. Der Seraph gieng seitwärts, und seufzte.
Indem erschien dem Jünger im Traume sein Vater, und sah ihn
Mit der Mine, mit der er den Geist voll Seelenangst ausblies,
Und noch mit sterbendem Ton von des Reichthums Seligkeit seufzte,
Trostlos und sorgenvoll an, und sprach mit bebender Stimme:
  Und du schläfst, Ischarioth, hier unbekümmert und ruhig?
Und entfernst dich so lange von Jesu, als wenn du nicht wüßtest,
Daß er dich haßt, und die übrigen Jünger dir insgesammt vorzieht!
Warum bist du nicht immer bey ihm, und um ihn zugegen?
Warum suchest du nicht von neuem sein Herz zu gewinnen?
Wem überließ, Ischarioth, dich dein sterbender Vater!
Gott! mit welcher Vergehung hab ichs, mit welchem Verbrechen
Hats mein Geschlecht verdient, daß ich aus dem Reiche der Schatten
Kommen, und um Ischarioth hier und sein trauriges Schicksal
Weinen muß? Ach meynst du, du werdest im Reiche des Mittlers,
Das er errichten wird, glücklicher seyn; so betrügst du dich, Ärmster,
Kennest du nicht Petrum, kennst du die Zebedäiden,
Diese geliebtesten Jünger nicht mehr? Die sind es, die werden
Grösser, als du, und herrlicher seyn! Die werden bey Jesu
Schätze, wie Ströme, zu sich von des Landes Milde versammeln.

Auch die übrigen werden ein viel glückseliger Erbtheil,
Als du, verlassener Sohn! von ihrem Messias empfangen.
Komm, ich will dir ihr Reich in seiner Herrlichkeit zeigen.
Steig auf diesen Berg! Wanke nicht, Sohn! Es ist einmal dein Schicksal!
Siehest du dort vor uns das unendliche breite Gebirge,
Welches ins fruchtbare Thal verlängerte Schatten hinabstreckt?
Hier wird unaufhörlich, wie aus Ophirischen Inseln,
Gold ausgegraben; hier triefet das Thal, durch selige Jahre
Reich und unerschöpflich, vom Überflusse des Segens.
Dieß ist des auserwählten Johannes gesegnetes Erbe.
Jene mit hohen Traubengelendern umhangenen Hügel,
Diese von wallendem Korn weit überfliessenden Auen
Sind dem geliebtesten Petrus von seinem Messias gegeben.
Siehst du den ganzen Reichthum des Landes? Wie hier sich die Städte,
Gleich der Königstochter, Jerusalem, unter der Sonne
Glänzend und hoch, voll unzählbarer Menschen im Thale verbreiten!
Wie sich neue Jordane dort, die Städte zu wässern,
Unter der Umwölbung der hohen Mauren dahinziehn!
Gärten, gleich dem befruchteten Eden, umschatten den Goldsand
Ihrer Gestade. Dieß sind die Königreiche der Jünger.
Aber erblickst du, Ischarioth, auch in jener Entfernung
Dieses kleine gebirgigte Land? Da liegt es verödet
Wild, unbewohnt und steinigt mit dürren Gehölzen durchwachsen.
Auf ihm ruhet die Nacht in kalten weinenden Wolken,
Unter ihr Eis und nordischer Schnee in unfruchtbaren Tiefen,
Wo zur Einöd und Nacht und deiner Gesellschaft verdammet,

Nächtliche Vögel die tausendjährigen Eichen durchirren.
Dieses ist dein Erbtheil. Wie werden, verachteter Jünger,
Vor dir die übrigen Eilfe mit triumphirender Stirne
Königlich vorbeygehn, und kaum im Staube dich merken!
Juda, du weinest vor Gram und edelmüthigem Zorne!
Sohn, du weinest umsonst, umsonst sind alle die Thränen,
Die du in deiner Verzweiflung vergießt, wenn du selbst dir nicht beystehst!
Höre mich an! Ich schliesse dir ganz mein väterlich Herz auf.
Siehe, der Messias verzieht mit seiner Erlösung,
Und mit dem herrlichen Reich, das er aufzurichten verheissen.
Nichts ist den Grossen in Juda verhaßter, als dieses Reich Jesu!
Täglich sinnen sie ihm den Tod aus. Verstelle dich, Juda.
Thu, als wolltest du ihn in die Hand der wartenden Priester
Überliefern; nicht Rache zu üben, weil er dich hasset,
Das sey ferne von dir! er würd ihr spotten, und immer
Unüberwindlich dem Arm der Widersacher entrinnen:
Sondern ihn nur dadurch zu bewegen, damit er sich endlich
Ihrer Verfolgungen überdrüssig und furchtbarer zeige,
Und, sie mit Schande, Bestürzung und Schmach zu Boden zu schlagen,
Sein so lang erwartetes Reich auf einmal errichte.
Alsdann wärst du ein Jünger von einem gefürchteten Meister!
Alsdann würdest du auch dein Erbtheil früher erlangen!
Ist es gleich klein; so kannst du es doch, erlangst dus nur frühe,
Endlich mit unermüdendem Fleiß, mit Wachen und Arbeit,
Durch Anbauung und Handeln bereichern, damit es der andern
Grossen gesegnetem Erbe, wiewohl von ferne nur, gleiche.
Hierzu füllen gewiß, für die Überlieferung Jesu,
Dir die dankbaren Priester mit ihrem Reichthum die Hände.
Dieß ist der Rath, den dir dein bekümmerter Vater ertheilet.

Schaue mich an! Ist dieß nicht mein blasses erstorbenes Antlitz?
Ja, aus dem Reiche der Schatten, da deinentwegen noch zärtlich,
Komm ich hieher! Ein Engel des Lichts, der war wohl dein Schutzgeist,
Leitete mich zu dir, da zeigt ich dir dieses im Traume.
Doch du erwachest. Verachte nicht, Sohn, die ermahnende Stimme
Deines Vaters, und laß mich nicht traurig in meine Behausung
Unter die Seelen der Todten mit Herzeleid wiederkehren.
Satan richtete sich, nach Vollendung seiner Gesichte
Über ihm auf. So richtet sich hoch ein olympischer Berg auf,
Welcher ein Thal war, wenn Thäler um ihn, bey Erschüttrung der Erde,
Mit unermeslichem sinkenden Schritt in die Tiefe sich stürzen.
Judas erwacht und sprang ungestüm auf. Ja, sie war es, die Stimme
Meines verstorbenen Vaters, so redt er, so sah ich ihn sterben!
Also ist es gewiß, man haßt mich! Selbst unter den Todten
Ist es bekannt; was du immer voll Furcht, und zitternd vermuthet
Armer Verlaßner, das melden dir itzt die Seelen der Todten!
Nun wohlan! so will ich denn hingehn, und alles vollenden,
Was dieß hohe Gesicht mir befahl! Doch so handl ich ja untreu
An dem Messias! Entfleuch, zu furchtsamer kleiner Gedanke!
Meinem Vater befahl es ein Geist; unfehlbar befahl es
Gott dem Geiste; so thu ich, was Gott will; so handl ich nicht untreu!
Was ich thue, geschieht selbst zur Verherrlichung Jesu!
Aber ich fühle ja bey mir nach Reichthum heisse Begierden!

Heisse Begierden nach Rache! Was bist du, Seele, so zärtlich,
Und so empfindlich, mit schwachen Gedanken dich ängstlich zu quälen?
Gott schickt Gesichte; die hohen Gesichte befehlen dir Rache;
Wenn sie der Ewige will, so ist die Rache geheiligt!
Satan hört ihn; den Gottes Gerichte von ferne schon trafen,
Weil er die Unschuld der Seele vorher entheiliget hatte,
Also reden. Er stand, und sah mit schweigendem Stolze
Und mit grimmen Geberden auf ihn triumphirend herunter:
Also sieht ein gefürchteter Fels vom hohen Olympus
In das gebirgigte Meer auf schwimmende Leichname nieder!
Aber bald wird ihn der Donner fassen; bald wird er zertrümmert
Tief im Meer ein Thal seyn, und liegen; ihn werden die Inseln
Fallen sehn, und ringsum dem rächenden Donner zujauchzen.
Satan verließ den Ölberg, und gieng mit erhabenen Schritten
Über Jerusalem hin, und sucht in stillen Pallästen
Kaiphas auf, den Feind und Hohenpriester der Gottheit,
Über sein boshaftes Herz noch viel boshaftre Gedanken
Auszugiessen, und ihn mit dunkeln Gesichten zu täuschen.
Judas Ischarioth blieb noch, in irre Gedanken vertiefet,
Auf dem Gebirge. Der Morgen gieng itzt der schlummernden Welt auf.
Jesus erwachte, Johannes mit ihm. Sie giengen zusammen
Auf den Ölberg, und fanden daselbst die Jünger noch schlafend.
Jesus ergriff den frommen Lebbäus bey sinkenden Händen,
Und sprach, als er erwachte, zu ihm: Da bin ich, und lebe,
Frommer Lebbäus! Der Jünger sprang auf, umarmt ihn mit Thränen,

Lief, und weckte die übrigen Jünger, und brachte sie Jesu.
Als sie ihn ringsum vertraulich umgaben, so sprach er zu ihnen:
Komm, du heilige Schaar, wir wollen uns unter einander
Diesen noch übrigen Tag vor dem Abschiedskusse vergnügen!
Komm, itzt stehet uns Saron noch offen, itzt thaut noch der Himmel
Über uns, aus des Morgens Gewölk, in die Segensgefilde.
Itzt läßt die himmlische Ceder, von meinem Vater erzogen,
Auf uns noch kühlende Schatten herab. Noch seh ich den Menschen
Von so göttlicher Bildung bey meinen Unsterblichen wandeln!
Aber bald wird dieß gar nicht mehr seyn! Bald wird sich der Himmel
Dunkel mit schreckenden Wolken umziehn! Bald werden die Tiefen
Ungestüm erzittern, und diese Gefilde voll Segen,
Diese geliebten Gefilde verwüsten! Bald werden die Menschen
Mörderisch mich ansehn! Bald werdet ihr alle mich fliehen!
Weine nicht, Petrus, und du, mein zärtlich bekümmerter Jünger,
Weine du nicht! wenn der Bräutgam noch da ist, so weinet die Braut nicht.
Ach! ihr werdet mich wieder erblicken, ihr werdet mich sehen,
Wie bey erwachenden Todten die Mutter ein theurer Sohn sehn wird.
Dieses sagt er, und stand mit göttlich erheitertem Antlitz
Unter ihnen; allein in seinem Herzen empfand er
Innerlich Seelenangst und der Erlösung erhabene Leiden.
Also gieng er, und wurde von allen vertraulich begleitet;
Nur von Ischarioth nicht. Der hatt ihn unter den Schatten

Waldigter Wipfel von ferne gehört. So weiß ers ja selbst schon,
Sagt er vor sich, da er Jesu im weggehn von ferne noch nachsah,
Daß ihm ein Tag der Verfolgung bevorsteht; so wird ers auch wissen,
Wie er seinen Verfolgern begegnen, und unüberwindlich
Seine Verherrlichung endigen soll. Doch sieht er auch, Juda,
Dich, als seinen Gehülfen auf diesem erhabenen Schauplatz?
Weiß er dein Unternehmen auch schon? Du willst ihn verrathen!
Ach wie sind vor dem sterblichen Auge des Ewigen Wege
Wunderbar! Wie unerforschlich ist Gott in seinen Gerichten!
Meinen Messias, den soll ich, zu seiner Erhöhung, verrathen?
Aber, wenn mein Gesicht mich nun täuscht? Wenn mein Traum mich betrieget?
Täuscht mich mein Traum; schickt der Ewge Gesichte, die Menschen zu quälen:
So sey die Stunde verflucht, in der ich unmuthsvoll einschlief,
In der über mein Haupt des Vaters Schatten herabkam!
In ihr müsse man auf den Gebirgen ein sterbendes Winseln
Hören! Ein sterbendes Winseln in tiefen verfallenen Gräbern
Müsse man hören! Verflucht sey der Ort, wo ich lag und einschlief!
Allda müß ein entsetzlicher Sohn den Vater erwürgen!
Allda fliesse das Blut von meinem geliebtesten Freunde,
Wenn er verzweifelnd mit eignen Händen daselbst sich erwürgt hat!
Juda, wohin verirrest du dich? Ja wohin! Was zürnst du
Über dich selbst? Du verirrest dich nicht, wenn du also getäuscht wirst!
Lehrt mich ein göttlich Gesicht den hohen Messias verrathen,
Und ich sündige dran: so seyst du, unter den Tagen
Schrecklichster Tag, auch verflucht! da mich der Messias erwählte,
Da er voll Liebe mit holden einnehmenden Blicken mir sagte:

Folge mir nach! Du müssest umwölkt und dunkel und Nacht seyn!
An dir müsse die Pest in Finsternissen herumgehn!
An dir müssen verderbende Seuchen im Mittage tödten!
Dich, Tag, nenne kein Mensch! Gott vergesse dich unter den Tagen!
Ach! wie wird mir so angst! mir zittern alle Gebeine!
Juda, wo bist du? erwache! sey stark! Was quälst du dich, Ärmster?
Gottes Gesichte betriegen dich nicht! Der Tag sey gesegnet!
Wenn der Messias durch dich ein neues Königreich anfängt.
Also sagt er. Indem war er, seit dem unselgen Gesichte,
Zwo erschreckliche Stunden der Ewigkeit näher gekommen.

Anhang

Zwei Oden Klopstocks zur Arbeit am *Messias*

Die Ode *Die Stunden der Weihe* entstand wohl im Frühjahr 1748, als Klopstock sich noch in Leipzig aufhielt, und ist an seinen Vetter Johann Christoph Schmidt gerichtet, der damals ebenfalls eine religiöse Dichtung mit der Darstellung des Weltgerichts plante. Klopstock übersandte die Ode wahrscheinlich mit seinem Brief vom 10. August 1748 an Bodmer; dieser veröffentlichte sie ohne Klopstocks Wissen in den *Freymüthigen Nachrichten von Neuen Büchern, und andern zur Gelehrtheit gehörigen Sachen* (25. September 1748). Darüber findet sich eine Bemerkung Klopstocks im Brief an Friedrich von Hagedorn vom 19. April 1749: »Er [Bodmer] hat auch eine etwas zu stolze Ode, die ich noch gar nicht zum Druck bestimmt hatte, in die freymütigen Nachrichten drukken lassen. Sie ist an den Bruder meiner Geliebten gemacht, zu einer Zeit, wo ich Sie nur einmal gesehen hatte, [...]« (HKA, Briefe I, S. 42). – Der Text der Ode, die ihren Titel erst später erhielt, ist nach einer Abschrift von Johann Caspar Heß, die sich in der Zentralbibliothek Zürich befindet, wiedergegeben.

Die Ode *Dem Erlöser* wurde in Dänemark 1751 verfaßt, zu einer Zeit, als Klopstock intensiv am *Messias* arbeitete. Der Text folgt der ersten Veröffentlichung, die Klopstock selbst vornahm, in der Ausgabe der *Oden* von 1771.

Beide Oden hat Klopstock für die Publikation in der Gesamtausgabe seiner Werke bei Göschen von 1798 überarbeitet.

Spätere Gedichte, die auf den *Messias* zu beziehen sind, können in der von Karl Ludwig Schneider herausgegebenen *Oden*-Ausgabe (Reclams Universal-Bibliothek, Nr. 1391 [2]) nachgeschlagen werden.

[Die Stunden der Weihe.]

Euch Stunden grüß ich, die mir der Abendstern
Über mein Haubt hin, still zur Erfindung führt!
O geht nicht ohne mich zu segnen,
Nicht ohne Götter-Gedanken weiter.

Im Thor des Himmels sprach ein Unsterblicher:
Eilt, heilge Stunden, die ihr die Unterwelt
Aus diesen goldnen Pforten Gottes
Selten besucht, eilt zu jenem Menschen,

Der den Meßias seinem Geschlechte singt!
Dekt ihn mit dieser schattichten kühlen Nacht
Eures Gefieders, daß er einsam
Unter dem Schatten des Ewigen dichte.

Euer Werk, Stunden, werden Jahrhunderte,
Dieß weissagt Salem, ganze Jahrhunderte
Werden es hören, den Meßias
Ernsthafft betrachten, und heilig leben.

Er sprachs. Ein Nachklang von dem Unsterblichen
Fuhr mir gewaltig durch mein Gebein dahin,
Ich stand, wie wenn in Donnerwettern
Über mir Gott geht, erstaunt und freudig.

Daß diesem Ort kein schwazender Prediger,
Kein wandelloser Christ, der Propheten selbst
Nicht fühlet, nah sey! Seyd mir alle
Unsichtbar, Bürger des Staubs, Gedanken,

Die izt gekrönte, die ungekrönte Narrn
Rings um mich denken, die dich, du heilige,
Dich edle, dich, du Menschenfreundinn,
Göttliche Tugend, die dich entweihen!

Dekt, heil'ge Stunden, deket mit eurer Nacht
Den stillen Eingang, daß sich kein Sterblicher
  Annäher: winkt selbst meiner Freunde
    Stets gern gehorchten geliebten Fuß weg!

Außer wenn Schmid will aus den Versammlungen
Der Musen Tabors zu mir herübergehn:
  Doch daß du mir vom Weltgerichte,
    Oder von deiner erhabnen Schwester

Dich unterredest! Ihr Oberrichteramt
Ist liebenswürdig. Was ihr empfindend Herz
  In unsern Liedern nicht empfindet,
    Sey nicht mehr! was sie empfindt, sey ewig!

Darüber sollen künfftige Christinnen
Weichherzig weinen! Drauf sollen Seraphim,
  Die unter unsern Enkeln wandeln,
    Ernst und gedankenvoll niederbliken.

Dem Erlöser.

◡ — ◡ — ◡, — ◡ ◡ — ◡ —,
◡ — ◡ — ◡, — ◡ ◡ — ◡ —,
  ◡ — ◡ — ◡ — ◡ — ◡,
    — ◡ ◡ — ◡ ◡ — ◡ — ◡.

Der Seraph stammelts, und die Unendlichkeit
Bebts durch den Umkreis ihrer Gefilde nach
  Dein hohes Lob, o Sohn! Wer bin ich,
    Daß ich mich auch in die Jubel dränge?

Von Staube Staub! Doch wohnt ein Unsterblicher
Von hoher Abkunft in den Verwesungen!

Und denkt Gedanken, daß Entzückung
Durch die erschütterte Nerve schauert!

Auch du wirst einmal mehr wie Verwesung seyn,
Der Seele Schatten, Hütte, von Erd' erbaut,
Und andrer Schauer Trunkenheiten
Werden dich dort, wo du schlummerst, wecken.

Der Leben Schauplatz, Feld, wo wir schlummerten,
Wo Adams Enkel wird, was sein Vater war,
Als er sich jetzt der Schöpfung Armen
Jauchzend entriß, und ein Leben dastand!

O Feld vom Anfang bis, wo sie untergeht
Der Sonnen letzte, heiliger Todten voll,
Wenn seh ich dich? wenn weint mein Auge
Unter den tausendmal tausend Thränen?

Des Schlafes Stunden, oder Jahrhunderte,
Fließt schnell vorüber, fließt, daß ich aufersteh!
Allein sie säumen! und ich bin noch
Dießeits am Grabe! . . . O helle Stunde,

Der Ruh Gespielinn, Stunde des Todes, komm!
O du Gefilde, wo der Unsterblichkeit
Dieß Leben reift, noch nie besuchter
Acker für ewige Saat, wo bist du?

Laßt mich dort hingehn, daß ich die Stäte seh!
Mit hingesenktem trunkenem Blick sie seh!
Der Erndte Blumen drüber streue,
Unter die Blumen mich leg', und sterbe!

Wunsch grosser Aussicht, aber nur Glücklichen,
Wenn du die süsse Stunde der Seligkeit,
Da wir dich wünschen, kämst, wer gliche
Dem, der alsdann mit dem Tode ränge?

Dann mischt' ich kühner unter den Throngesang
Des Menschen Stimme, sänge dann heiliger
  Den meine Seele liebt! den Besten
    Aller gebohrnen, den Sohn des Vaters!

Doch laß mich leben, daß am erreichten Ziel
Ich sterbe! Daß erst, wenn es gesungen ist
  Das Lied von dir, ich triumphirend
    Über das Grab den erhabnen Weg geh!

O du mein Meister, der du gewaltiger
Die Gottheit lehrtest! zeige die Wege mir,
  Die dann du gingst! worauf die Seher,
    Deine Verkündiger, Wonne sangen.

Dort ist es himlisch! Ach, aus der Ferne Nacht,
Folg' ich der Spur nach, die du gewandelt bist,
  Doch fällt von deinen Strahlenhöhen
    Schimmer herab, und mein Auge sieht ihn.

Dann hebt mein Geist sich, dürstet nach Ewigkeit,
Nicht jener kurzen, die auf der Erde bleibt;
  Nach Palmen ringt er, die im Himmel
    Für der Unsterblichen Rechte sprossen.

Zeig mir die Laufbahn, wo an dem fernen Ziel
Die Palme wehet! Meinen erhabensten
  Gedanken lehr ihn Hoheit! führ ihm
    Wahrheiten zu, die es ewig bleiben!

Daß ich den Nachhall der, die es ewig sind,
Den Menschen singe! daß mein geweihter Arm
  Vom Altar Gottes Flammen nehme!
    Flammen ins Herz der Erlösten ströme!

Zwei Abhandlungen Klopstocks anläßlich des *Messias*

Die beiden Abhandlungen *Von der heiligen Poesie* und *Von der Nachahmung des griechischen Sylbenmasses im Deutschen* stellte Klopstock dem ersten und zweiten Band der vierbändigen Ausgabe voran, in der zwischen 1755 und 1773 der *Messias* erstmals vollständig erschien. Sie betreffen Schwerpunkte der Kritik, die – literarisch und theologisch – gegen Klopstocks religiöses Epos geltend gemacht wurden, seit die ersten drei Gesänge der Öffentlichkeit vorlagen.

Von der heiligen Poesie

Das Publicum ist sehr berechtigt, von dem, der etwas den Aussprüchen desselben unterwirft, zu fordern, daß er, wenn er das Gemälde aufgestellt hat, weggehe, und schweige. Ich darf sagen, daß ich diesem Gesetze beynahe mit einer Art Gewissenhaftigkeit nachgelebt habe. Ich habe mich gleich von Anfange unter die Zuschauer gemischt, geschwiegen, und von einigen gelernt. Ich werde auch izt nichts anders thun. Ich werde nur einige von den Zuschauern, die mich hören wollen, auf die Seite nehmen, und sie auf eine Stelle führen, von welcher, wie ich glaube, Gedichte von dieser Art, in ihrem wahren Gesichtspunkte, angesehn werden. Meine Absicht ist also nicht, vom Messias; sondern von derjenigen Poesie, die ich die heilige nenne, überhaupt zu reden.

Ich weis sehr wohl, daß ich mich hier doppelter Gefahr aussetze. Die erste ist, daß ich von einer Sache nur etwas sage, von der man ein Buch schreiben müste, sie ganz zu sagen. Und es ist schwer, von einer wichtigen Sache genung zu sagen, wenn man sie nicht erschöpft. Die zweite Gefahr ist, daß ich meine Richter an die strengen Fordrungen erinnre, die sie, so sehr berechtigt, an denjenigen thun, der es unternimmt, sie, durch diesen Weg, auf den erhabnen Schauplatz der Religion zu führen. Allein so wohl diese Vorstellung, als auch meine Abneigung, etwas, das zur Kritik gehört, zu schreiben, hat bey mir der Gedanke überwunden, daß ich dadurch vielleicht etwas thäte, das einigen nützen, und andern angenehm seyn könnte. Eh ich von der Sache selbst rede, kann ich die Frage nicht ganz unberührt lassen: Ob es erlaubt sey, den Inhalt zu Gedichten aus der Religion zu nehmen? Es können sie einige, aus wirklicher Frömmigkeit, thun. Diesen antworte ich mit der Ehrerbietung, die ich gegen jedes rechtschafne Herz habe.

Der Theil der Offenbarung, der uns Begebenheiten meldet, besteht meistentheils nur aus Grundrissen, da doch diese Begebenheiten, wie sie wirklich geschahn, ein grosses, ausgebildetes Gemälde waren. Ein Dichter studirt diesen reichen Grundriß, und mahlt ihn nach den Hauptzügen aus, die er in demselben gefunden zu haben glaubt. Zugleich weis man von ihm, daß er dieß für nichts mehr, als Erdichtungen ausgiebt. Er thut, in seiner Art, nichts weiter, als was ein andrer thut, der, aus den nicht historischen Wahrheiten der Religion, Folgen herleitet. Sie dachten, auf verschiedne Weise, über die Religion nach.

Wenn aber ein andrer aus noch zärterer Sorgfalt, nichts Fremdes in die Religion einmischen zu lassen, einwendet: Der Dichter bringt mich, durch seine mächtigen Künste dahin, daß ich zu der Zeit, da ich ihn lese, oder auch noch länger, vergesse, daß es ein Gedicht ist. Ist es erlaubt, daß Jemand mich und viele zu einer solchen Art zu denken verleite, daß wir unvermerkt Geschichte, von denen wir nicht gewiß wissen, daß sie geschehn sind, für Geschichte von so grosser Bedeutung, von solchen Endzwecken, für Geschichte der Religion, ansehn? Wenn Jemand diesen Einwurf im Ernste machen könnte, würde ich sagen: Die Folgen, die er aus den Geschichten zieht, welche er, in diesem Feuer des Herzens oder der Einbildungskraft, für wahr hält, sind seinem moralischen Charakter nicht schädlich. So bald die Geschichte von einer Art wären, daß sie dieses seyn könnten, so wird er gewiß, eh er danach handelt, sich erinnern, daß es Erdichtungen sind.

Da ich also, wie ich glaube, die Erlaubniß, in der Religion zu dichten, annehmen darf; oder mit andern Worten, da ich für erlaubt halte, auch nach poetischer Denkungsart, dasjenige, was uns die Offenbarung lehrt, weiter zu entwickeln: so gehe ich zu dieser viel wesentlicheren Frage fort: Unter welchen Bedingungen man von Materien der Religion dichten dürfe? Diese Bedingungen werden von nichts Geringerm, als von dem innern Plane der Religion bestimmt. Ein Theil des Entwurfs und der Ausbildung eines heiligen Gedichts hängt zwar von dem Genie und dem Geschmacke des Poeten ab; ein andrer Theil aber, und vielleicht der größte, gehört vor den Richterstul der Religion. Es ist hier so gar nicht genung, daß der Verfasser des heiligen Gedichts den Riß der Religion tiefsinnig studirt habe, ihren grossen Umfang, nebst allen ihren Verhältnissen genau kenne; sie muß auch sein Herz, mit derjenigen starken Hand gebildet haben, die an dem rechtschaffnen Manne, der sie versteht, so kennbar ist. Eh ich diese Gedanken weiter aus einander setze, und sie in einigen ihrer beynahe unzählbaren und fast immer moralischen Aussichten zeige, muß ich mich in wenigen Anmerkungen auf das beziehn, was in dem heiligen Gedichte von dem Genie und Geschmack allein abhängt.

Einige meiner Leser bitte ich, dieß zu überblättern. Sie wissen, von welchem grossen Umfange des Schönen und des Nützlichen die Poesie ist; welche würdige und mannigfaltige moralische Absichten sie haben kann, immer haben sollte, und selten hat. Sie wissen, was die Welt, von dem aufgeklärtesten Richter an, bis auf den lezten Nachsager, von der höhern Poesie fordert. Sie haben gelesen, und selbst gedacht. Sie halten nur das durch die Zeit reifgewordne Urtheil des Publici, und nicht den Kritikus, für unfehlbar. Dieser hatte sie oft überzeugt, daß, was er Geschmack nenne, nicht selten Kurzsichtigkeit, Eigensinn, Einseitigkeit, oder gar nur Mode sey. Sie haben festgesetzt, daß in Einem kleinen Stücke des Virgils, und derer, die mit ihm genannt zu werden verdienen, mehr eigentliche, und wahre Regel, als in vielen Lehrbüchern sey.

Es sind aber noch andre, und eben so verehrungswürdige Leser, die wenig von diesem allen wissen, es zu wissen verdienen, eine unverdorbne natürliche Empfindung, und ein gutes Herz haben. Sie sind ein sehr würdiger, sehr schätzbarer, und der größte Theil des Publici, wenn man nicht alle, die sich ins Urtheilen mischen, zum Publico rechnet. Der Verfasser eines heiligen Gedichts muß besonders auch für sie schreiben. Und für sie mache ich folgende wenige Anmerkungen über die höhere Poesie, welche ich voraussetzen muß, um die Frage zu erklären: Auf welche Art man von Materien der Religion dichten dürfe? Ich will jenes in kurzen Sätzen thun.

Die höhere Poesie ist ein Werk des Genie; und sie soll nur selten einige Züge des Witzes, zum Ausmalen, anwenden.

Es giebt Werke des Witzes, die Meisterstücke sind, ohne daß das Herz etwas dazu beygetragen hatte. Allein, das Genie ohne Herz, wäre nur halbes Genie.

Die lezten und höchsten Wirkungen der Werke des Genie sind, daß sie die ganze Seele bewegen. Wir können hier einige Stufen der starken und der stärkern Empfindung hinaufsteigen. Dieß ist der Schauplatz des Erhabnen.

Wer es für einen geringen Unterschied hält, die Seele leicht rühren; oder sie ganz in allen ihren mächtigen Kräften, bewegen: der denkt nicht würdig genung von ihr.

Man fordert von demjenigen, der unsre Seele so zu bewegen unternimmt, daß er jede Saite derselben, auf ihre Art, ganz treffe. Sie bemerkt hier jeden Miston, auch den feinsten. Wer dieses recht überdacht hat, wird sich oft entschlossen haben, lieber gar nicht zu schreiben.

Wem es dennoch glückt, der hat Empfindungen in uns hervorgebracht, die, weder die höchste philosophische Überzeugung, noch die andern Arten der Poesie, verursachen können. Diese Eindrücke haben, in Betrachtung der Stärke und der Dauer, einige Ähnlichkeit mit dem Exempel, das ein grosser Mann giebt.

Die höhere Poesie ist ganz unfähig, uns durch blendende Vorstellungen zum Bösen zu verführen. So bald sie das thun wollte, hört sie auf zu seyn, was sie ist. Denn so sehr auch einige sich selbst klein machen wollen, so können sie sich doch niemals so weit herunter bringen, daß sie etwas anderm, als was wirklich edel und erhaben ist, diese grosse und allgemeine Bewegung aller Kräfte ihrer Seele erlaubten.

Der lezte Endzweck der höhern Poesie, und zugleich das wahre Kennzeichen ihres Werths, ist die moralische Schönheit. Und auch diese allein verdient es, daß sie unsre ganze Seele in Bewegung setze. Der Poet, den wir meinen, muß uns über unsre kurzsichtige Art zu denken erheben, und uns dem Strome entreissen, mit dem wir fortgezogen werden. Er muß uns mächtig daran erinnern, daß wir unsterblich sind, und auch schon in diesem Leben viel glückseliger seyn könnten.

Der Mensch, auf diese Höhe geführt, und in diesem Gesichtspunkte angesehn, ist der eigentliche Zuhörer, den die höhere Poesie verlangt.

Man kann hier, auch ohne Offenbarung, schon weit gehn. Homer ist, ausser seiner Göttergeschichte, die er nicht erfunden hatte, schon sehr moralisch. Wenn aber die Offenbarung unsre Führerinn wird; so steigen wir von einem Hügel auf ein Gebirge.

Youngs Nächte sind vielleicht das einzige Werk der höhern Poesie, welches verdiente, gar keine Fehler zu haben. Wenn wir ihm nehmen, was er als Christ sagt, so bleibt uns Sokrates übrig. Aber wie weit ist der Christ über Sokrates erhaben!

Vielleicht sind auch noch folgende Anmerkungen, in Betrachtung dessen, was ich von der heiligen Poesie zu sagen habe, nicht überflüssig.

Wir haben uns gewöhnt, der Seele Verstand, Einbildungskraft, und Willen, als Hauptkräfte, zu geben. Das Gedächtniß, das immer mit jenen zugleich wirkt, gehört nicht hierher.

Wer Werke der höhern Poesie unternimmt, sieht dieß, nach seinem Endzwecke, so an.

Die Einbildungskraft ist ihm öfter eine Malerinn des grossen und furchtbaren Schönen in der Natur, als ihrer sanftrührenden Gegenstände. Indem er jenes malt, gelingen ihm alsdann die stärksten Züge, wenn er sich, durch das Feuer seiner Abbildung, der Leidenschaft nähert.

Dem Verstande legt er am liebsten diejenigen Wahrheiten vor, die gewust zu werden verdienen, und die nur der rechtschafne Mann ganz versteht.

Und in dem Willen, oder dem Herzen, dieser vielseitigen und gewaltigsten Kraft der Seele, sucht er vorzüglich diejenigen Empfindungen zu treffen, die es erweitern, die es groß und edel seyn lehren.

Aber sein Zweck geht weiter, als Eine Kraft der Seele, indeß daß die andern schlummern, nur zu erregen, sie sanft zu unterhalten, und ihr einen stillen Beyfall abzulocken. Eine Absicht, welche auch Meisterstücke hervorgebracht hat! Er bringt uns, (welches ihm besonders alsdann glückt, wenn ihn der Schauspieler, oder der Vorleser verstanden hat,) er bringt uns mit schneller Gewalt dahin, daß wir ausrufen, uns laut freuen; tiefsinnig stehn bleiben, denken, schweigen; oder blaß werden, zittern, weinen. Die Kritik sollte sich fast nicht einlassen, die Ursachen dieser so schnellen und so mächtigen Wirkungen aufzusuchen. Sie sind von so verschiednen Feinheiten, und diese haben ein so mannichfaltiges Verhältniß untereinander, daß es unendlich schwer ist, sie alle mit Richtigkeit zu entwickeln. Und wenn sie entwickelt sind, so untersucht sie der Leser von tiefsinnigem Geschmacke zwar gern; allein der Poet wuste sie schon, und wuste noch mehr, als diese; oder, wenn er auch etwas Neues lernte, so wurde er doch nicht mehr Poet dadurch. Überdieß sind diese feinen Entwicklungen, die den Faden durch das ganze Labyrinth ziehn, zu sehr der Gefahr ausgesetzt, unrichtig, durch ihre Feinheit, zu werden. Doch etwas läßt sich davon sagen.

Das schwerste für den Verfasser und den Beurtheiler jedes grössern Gedichts ist der Grundriß des Ganzen. Das wesentlichste dieses Grundrisses ist, Einfalt und Mannichfaltigkeit auf eine Art verbinden, die grossen Endzwecken angemessen ist; eine gewisse Hoheit in die Hauptidee des Gedichts bringen; die kühne Erfindung eben an ihre Gränzen, und keinen Schritt darüber, führen; neue Charaktere, aber diese so groß und so liebenswürdig zeigen, daß es uns sonderbar vorkömmt, daß sie dennoch neu sind; die Hauptbegebenheiten Hand an Hand so auf Einem Schauplatz fortleiten, daß die Episode immer um sie und neben ihnen ist, und sich so wenig jenseits der Berge verirrt, daß sie sich vielmehr oft in die Reihe der Hauptbegebenheiten einflicht. Es ist noch eine gewisse Ordnung des Plans, wo die Kunst in ihrem geheimsten Hinterhalte verdeckt ist, und desto mächtiger wirkt, je verborgner sie ist. Ich meine die Verbindung und die abgemeßne Abwechslung derjenigen Scenen, wo in dieser die Einbildungskraft; in jener die weniger eingekleidete Wahrheit; und in einer andern die Leidenschaft, vorzüglich herrschen: wie sich diese Scenen einander vorbereiten, unterstüzen, oder erhöhn; wie sie dem Ganzen eine grössre, unangemerkte, aber gewiß gefühlte Harmonie geben. Wir wollen annehmen, daß sich der Poet vorgesetzt habe, in einer gewissen wichtigen Stelle unser Herz in einem sehr hohen Grade zu bewegen. Vielleicht würde er unvermerkt auf folgende Art verfahren. Vielleicht würde er sich auch den Entwurf gemacht haben, es zu thun. Hier das Herz mit dieser Stärke zu bewegen, sagt er zu sich, muß ich immer, und so steigen, daß jeder meiner vorhergehenden Schritte Vorbereitung sey. Diesen stummen, erstaunungsvollen Schmerz will ich hervorbringen! Ich muß meine Hörer nach und nach mit wehmütigen Bildern umgeben. Ich muß sie vorher an gewisse Wahrheiten erinnern, die ihre Seele für diesen lezten grossen Eindruck aufschliessen. Wenn sie eine Weile bey Gräbern, die noch mit Blumen bedeckt waren, vorübergegangen sind, dann sollen sie, noch schnell genung, an die tiefe, todtenvolle Gruft kommen.

Führte ich sie auf einmal dahin, so würden sie mehr betäubt werden, als fühlen. Es gehören diese Vorbereitungen ohnedieß zu meinem übrigen Plane; und izt will ich sie, aus dieser Ursache, so anordnen. Einige werden diese Anmerkungen über die Kunst des Plans für zu hoch getrieben halten; aber wohl nur diejenigen, die, wenn sie andrer Meinung gewesen wären, den Satz in der Ausübung übertrieben hätten.

Das Erhabne, wenn es zu seiner vollen Reife gekommen ist, bewegt die ganze Seele. Und welche Seele am meisten? Die selbst Hoheit hat, die selten bewundert, aber auch mehr bewundert, als irgend eine kleine, wenn sie muß. Mittelmässige Seelen trift es nur mit einem gewissen Schlage, den sie nicht ganz fühlen, weil sie mehr durch ihn erschüttert werden, als ihn fühlen. Die Kräfte unsrer Seele haben eine solche Harmonie unter sich, sie fliessen, wenn ich es sagen darf, so beständig in einander, daß, wenn Eine stark getroffen wird, die andern mit empfinden, und in ihrer Art zugleich wirken. Der Poet zeigt uns ein Bild. Dem Bilde giebt er so viel Ebenmaaß und Richtigkeit, daß es auch den Verstand reizt, oder er weis ihm gewisse Züge mitzutheilen, die nahe an die Empfindung des Herzens gränzen. Die ungeschmükte Wahrheit, die allein den Verstand zu beschäftigen schien, hat gleichwohl unter seiner Hand einige helle Minen der Bilder angenommen, oder sie zeigt sich mit einer solchen Würde und Hoheit, daß sie die edelsten Begierden des Herzens reizt, sie in Tugend zu verwandeln. Ist es das Herz, so der Poet angreift, wie schnell entflammt uns dieß! Die ganze Seele wird weiter, alle Bilder der Einbildungskraft erwachen, alle Gedanken denken grösser. Denn ob gleich einige Leidenschaften eine gewisse ruhige Art zu denken ganz unterbrechen, so feuert uns doch überhaupt das bewegte Herz an, schnell, groß und wahr zu denken. Welche neue Harmonie der Seele entdecken wir dann in uns! Mit welchem ungewohnten Schwunge erheben sich die Gedanken und Empfindungen in uns! Welche Entwürfe! welche Entschlüsse!

Aber dieser unsrer Erhebung hängt oft noch eine gewisse Mittelmässigkeit an. Wir fühlens, wir wollten uns noch höher erheben. Unsre Seele ist noch weiter. Sie kann noch mehr fassen. Uns fehlte die Religion noch. Wir waren nur noch in der Sphäre, wo wir selbst die Wahrheiten erfunden haben. Wie glücklich ist gleichwohl derjenige, der hier viel weis, viel denkt, und viel empfindet. Aber wie glückselig der, der auch nur angefangen hat, die viel höhern Wahrheiten der Religion zu verstehn, und zu empfinden.

Die Religion ist, in der Offenbarung selbst, ein gesunder männlicher Körper. Unsre Lehrbücher haben ein Gerippe daraus gemacht. Doch haben sie in ihren Absichten ihren grossen Nutzen.

Der Verfasser des heiligen Gedichts ahmt der Religion nach; wie er, in einem nicht viel verschiedenen Verstande, der Natur nachahmen soll.

Ob gleich die Offenbarung, in Absicht auf die Lehren fürs Herz, nur auf dem Wege der Natur fortgegangen war; so ist doch ihr Mittel uns von neuem glückselig und tugendhaft zu machen, weit über die Natur erhaben. Das heilige Gedicht ist auf einem viel höhern Schauplatze. Der Plan der Offenbarung ist seine erste Regel.

Ein Gedicht, dessen Inhalt aus gewissen Geschichten des ersten Bundes genommen würde, müste nach einer andern Hauptidee gearbeitet werden, als eins, so das Innre der Religion näher anginge. Jenem wäre, wenn ich so sagen darf, noch eine Art Weltlichkeit erlaubt.

Der Anstand oder die Würdigkeit, so wohl der handelnden Personen als ihrer Handlung, ist vielleicht das schwerste in dem heiligen Gedichte. Diese Schwierigkeit geht so weit, daß man mit vielen Gründen behaupten könnte, Gott gar nicht reden zu lassen.

Die Offenbarung selbst führt Gott auf doppelte Art redend ein. Bald redet er ganz kurz, und ganz als der Schöpfer und Richter der Welt; bald so erbarmend, daß er den Menschen die Ursachen seiner Gerichte anzeigt, und die Bedingungen, unter welchen sie Gnade erlangen sollen, oft wiederholt.

Diese Würdigkeit soll sich eben so in den menschlichen Bildern zeigen, durch die der Dichter die Handlungen Gottes vorstellt. Er muß hier mit genauer Sorgfalt in den Fußtapfen der Offenbarung bleiben. Man könnte, den höchsten Grad dieses Anstands, Feyerlichkeit nennen.

Eine Handlung, die an sich selbst wahrscheinlich ist, wird, durch den Mangel der Würdigkeit, unwahrscheinlich.

Diese Würdigkeit muß für die geringsten Personen des heiligen Gedichts einige Züge übrig haben. Und um ihrentwillen gehören weder gewisse Personen, noch gewisse Handlungen darein, die in andern epischen Gedichten einen Platz verdienten.

Die Geschichte der Bibel, besonders die, so das Innre der Religion näher angeht, enthält nur einige der grossen Thaten, die geschehn sind, und sie sagt uns selbst in starken Ausdrükken, daß die meisten für uns (gewiß nur so lange wir hier leben) verloren sind. Einige andre entwirft sie mit so wenigen Worten, daß wir nothwendig Umstände hinzudenken müssen, um sie uns vorzustellen. Dieß sind Gründe für die Wahrscheinlichkeit der Erdichtungen überhaupt.

Gewisse Wahrheiten, deren völlige Erkenntniß uns in diesem Leben noch nicht nothwendig ist, sind uns so offenbart, daß sie so viel Winke zu seyn scheinen, weiter über diese Wahrheiten nachzudenken. Entdeckungen, die wir auf diese Art machen, gehören in das heilige Gedicht. Und oft können wir Erdichtungen darauf gründen.

Einige Kritici sind viel zu freygebig mit der Erlaubniß gewesen, nach welcher der Dichter, auf die Sage, in Absicht der Geschichte; und auf den Wahn, in Betrachtung der Grundsätze, fortbauen dürfe. Der Verfasser des heiligen Gedichts muß hier vor allen andern Dichtern am behutsamsten seyn.

Wenn alles dieß, was der Poet auf diese oder jene Art folgert, oder hinzudichtet, demjenigen, was wir gewiß wissen, nicht allein nicht widerspricht, sondern auch in dem lichtvollen Plane der Religion kein zu dunkler Schatten ist; so hat er sich aufs wenigste bemüht, der Religion nicht unwürdig zu dichten.

Dasjenige, was uns die Offenbarung lehrt, besteht, aus moralischen Wahrheiten; aus Begebenheiten; aus Prophezeyhungen; aus Geheimnissen; und aus solchen Stellen, wo das Geheimnißvolle mit jenen, besonders mit moralischen Wahrheiten, vermischt ist. Ob gleich überhaupt dieses alles sehr deutlich geschrieben ist; so giebt es doch auch viele tiefsinnige Stücke. Es ist sonderbar, daß die Ausleger eben so oft bey den deutlichen Stellen, als bey den tiefsinnigen, geirrt haben. Ich nenne schon Irrthum, wenn man zuweilen da hundert Schritte sehn will, wo man nur einige sehn sollte, und wenn man sehn will, wo man nur glauben sollte. Im Gegentheil nenne ich eine Vermuthung, als eine solche betrachtet, noch nicht Irrthum. Denn wir dürfen, wo wir in der Schrift dazu veranlaßt werden, mit Demut vermuthen. Aber so wohl in Betrachtung dessen, was wir für eine vermuthliche Wahrheit, als auch dessen, so wir für eine gewisse halten, scheint es, daß der Verfasser des heiligen Gedichts sich folgendes zur Regel zu machen habe. Die moralische Wahrheit der Bibel, besonders da, wo sie eine Stufe höher, als die philosophische, steigt, muß in ihrer vollen Stärke gesagt werden; aber nicht mürrisch und trübsinnig. Die Offenbarung ist beydes nicht. Sie ist voll Ernst. Einige heilige Begebenheiten lassen eben so wenig eine Ausbildung zu, als sie andre zu fordern scheinen. Die Stelle: »Die Gräber thaten sich auf, und stunden auf viele Leiber der Heiligen, die da schliefen; und gingen aus den Gräbern nach seiner Auferstehung, und kamen in die heilige Stadt, und erschienen vielen.« Diese Stelle ist von der lezten Art. Wo eine Anwendung der Prophezeihung nötig seyn sollte; so hat sie keine andre Regel, als die allgemeine Regel der Schriftausleger, die sie dabey zu beobachten haben. Nur müste der Dichter die Erfüllung in eben dem Tone beschreiben, in welchem der Prophet die Begebenheit vorher verkündigt hat. Die

Geheimnisse sind dasjenige, was mit der meisten Einfalt gesagt werden muß, ausser wo sie, daß ich so sage, zu Begebenheiten werden. Alles, was der Messias thut, ist Geheimniß, weil er der Gottmensch ist, aber dennoch ist es zugleich historisch. Bey den vermischten Geheimnissen, zum Exempel, bey der Ordnung, in welcher der Mensch selig werden soll, ist dem Dichter vorzüglich die äusserste Sorgfalt nöthig, seiner grossen Wegweiserinn, der Offenbarung, zu folgen.

Da ich vorher sagte, der Dichter müsse der Religion nachahmen, wie er der Natur nachahmen soll; so meinte ich nicht die Schreibart der Offenbarung. Ich meinte den Hauptplan der Religion: Grosse wunderbare Begebenheiten, die geschehen sind, noch wunderbarere, die geschehen sollen! eben solche Wahrheiten! diesen Anstand! diese Hoheit! diese Einfalt! den Ernst! diese Liebenswürdigkeit! diese Schönheit! so weit sie sich durch eine menschliche Nachahmung erreichen lassen. Die Nachahmung der Propheten, so fern ihre Werke Meisterstücke der Beredtsamkeit in Absicht auf den Ausdruck sind, ist etwas anders.

Die Griechen, die Römer, und die Franzosen, haben ein goldnes Weltalter ihrer schönen Wissenschaften, das in kurze Zeit eingeschränckt ist. (Ich weiß nicht, warum wir vergessen haben, den Engländern auch eins zu geben? Es ist schon lange her, daß sie Meisterstücke haben. Und mindstens haben sie, durch Glover, nicht aufgehört.) Das goldne Weltalter der Hebräer ist von viel längrer Dauer. Es fängt mit Moses oder Hiob an. Und es sind zwo verschiedne Sachen, die Schreibart der Morgenländer überhaupt, und die Schreibart der Offenbarung.

Die höhern Wesen, welche, für unsre philosophische Erkenntniß, ausser der Schöpfung waren, die wir kennen, sind durch die Offenbarung in dieselbe zurückgekommen. Aber sie musten, nach unsrer Art zu denken, auch für die Einbildungskraft gebildet werden. Und daß sie dieß würden, hat seine guten Gründe. Es ist wahrscheinlich, daß endliche Geister, die sich besonders auch mit Betrachtung der Körperwelt beschäftigen, Leiber haben. Und es ist nicht ganz ohne Wahrscheinlichkeit, daß Wesen, die Gott auch so sehr bey der Seligkeit der Menschen braucht, einen Körper empfingen, der demjenigen ähnlich war, welchen der Mittler dieser Seligkeit annahm. Der Verfasser des heiligen Gedichts ist hier auf eine ganz neue Scene der Einbildungskraft geführt. Hier kann er besonders seinem grossen Zwecke am nächsten kommen, den Bildern solche Züge zu geben, daß er zugleich den Verstand beschäftigt, oder die Empfindungen des Herzens in Bewegung setzt. Einfalt und Hoheit sind hier die Züge der lezten Hand.

Und welche erstaunungswürdige Wahrheiten legt die Religion dem Verstande vor! Wie bringen diese in unsre Seele diejenige Hoheit zurück, die ihr angeschaffen war! Und wie vielseitig sind sie! Jeder ihrer Zweige giebt dem Wandrer, der von Kleinigkeiten ermüdet war, einen Schatten, unter dem er ausruhn, und sein wahreres Leben athmen kann. Seyd vollkommen, wie Gott! sagte der grosse Stifter unsrer Religion. Wenn der Dichter diese Wahrheiten nicht vergebens sagen will; so muß er sie so sagen, daß sie das Herz eben so sehr als den Verstand beschäftigen.

Das Herz ganz zu rühren, ist überhaupt, in jeder Art der Beredtsamkeit, das höchste, was sich der Meister vorsetzen, und was der Hörer von ihm fordern kann. Es durch die Religion zu thun, ist eine neue Höhe, die für uns, ohne Offenbarung, mit Wolken bedeckt war. Hier lernen der Dichter und der Leser einander am gewissesten kennen, ob sie Christen sind. Nichts geringers darf derjenige seyn, der hier unser ganzes Herz bewegen, und der, welcher hier den Dichter ganz empfinden will. Denn wird der Dichter, auch mit dem glücklichsten Genie, ohne wirkliche Empfindung der Schönheit der Religion, und ohne eine Rechtschaffenheit des Herzens, die nicht schimmern, noch vielweniger glänzen will, diese Bewegungen in uns hervorbringen können?

Der Freygeist, und der Christ, der seine Religion nur halb versteht, sehn da nur einen grossen Schauplatz von Trümmern, wo der tiefsinnige Christ einen majestätischen Tempel sieht. Und wie konnten jene etwas anders sehn? Denn nicht selten verwandeln so gar kleine Züge, die sie verkannten, den Tempel für sie in Trümmern. Und gleichwohl haben sie, wenn mir diese kühnste unter allen Vergleichungen erlaubt ist, die Mythologie studirt, den Homer zu verstehn.

Von der Nachahmung des griechischen Sylbenmasses im Deutschen

Vielleicht wäre es am besten das Schicksal des neuen Sylbenmasses der Entscheidung der Welt so zu überlassen, daß man gar nicht darüber schriebe. Ich habe dieß bisher geglaubt, und ich würde meine Meinung auch nicht ändern, wenn es nicht Kenner gäbe, die zwar die Alten gelesen, aber sich nicht so genau um ihre Versarten bekümmert haben, daß sie die Nachahmung derselben entscheidend sollten beurtheilen können. Diese haben wirklich dem neuen Sylbenmasse schon so viel Gerechtigkeit wiederfahren lassen, daß sie verdienen, veranlaßt zu werden, es ganz beurtheilen zu können. Ich darf, ohne mir zu sehr zu schmeicheln, vermuten, daß einige so freundschaftlich gegen mich gesinnt seyn werden, lieber zu wollen, daß ich über diese Sache, die sie vielleicht eine Kleinigkeit nennen, nicht schreiben möchte. So verbunden ich ihnen für dieß Urtheil seyn müßte; so wenig halte ich auch die lezten Nebenzüge der schönen Wissenschaften für Kleinigkeiten, besonders, wenn es Kenner der höheren Schönheiten sind, für die man sie aufdeckt.

Bey der Untersuchung des neuen Sylbenmasses selbst kömmt es darauf an, daß man erweise: Wir können den Griechen und Römern in ihren Sylbenmassen so nahe nachahmen, daß diese Nachahmung, besonders grössern Werken, einen Vorzug gebe, den wir, durch unsre gewöhnliche Versarten, noch nicht haben erreichen können. Eine Nebenuntersuchung würde seyn, eben dieß von lyrischen Gedichten zu behaupten, denen wir zwar, durch einige unsrer Sylbenmasse, einen freyern Schwung, als den grossen Gedichten, gegeben haben; die aber, weil sie so vieler Schönheiten fähig sind, daß sie unmittelbar nach dem Trauerspiele ihren Platz nehmen dürfen, noch tonvoller und harmonischer zu seyn verdienen.

Homers Vers ist vielleicht der vollkommenste, der erfunden werden kann. Ich verstehe unter Homers Verse nicht Einen Hexameter allein, wiewohl jeder seine eigne Harmonie hat, die das Ohr unterhält, und füllt; ich meine damit das ganze Geheimniß des poetischen Perioden, wie er sich vor das stolze Urtheil eines griechischen Ohrs wagen durfte, den Strom, den Schwung, das Feuer dieses Perioden, dem noch dazu eine Sprache zu Hülfe kam, die mehr Musik, als Sprache, war. Homer blieb, auch in Betrachtung des Klangs, ein solcher Meister seiner Sprache, daß er die Griechen verführt zu haben scheint, ihre Verse mehr abzusingen, als herzusagen.

Sein Hexameter hat die angemessenste Länge, das Ohr ganz zu füllen; und er überläßt es den Alcäen, so die vollkommensten lyrischen Verse sind, es, aus andern Absichten, mit einem kürzern, fallenden Schlage zu erschüttern. Er hat den grossen, und der Harmonie wesentlichen Vorzug der Mannichfaltigkeit. Da er aus sechs verschiednen Stücken, oder Füssen, besteht; so kann er sich immer durch vier, bisweilen auch durch fünf Verändrungen, von dem vorhergehenden oder nachfolgenden Verse unterscheiden. Und da diese Füsse bald zwo bald drey Sylben haben; so entsteht daher eine neue Abwechslung.

Durch das, so ich bisher angeführt habe, und dann durch die glückliche Wahl der Sylbentöne, und ihrer Verhältnisse gegen einander; und durch den abwechselnden Abschnitt des Verses, bey welchem der Leser bald längere bald kürzere Zeit innehalten muß, erreicht der homerische Vers eine Harmonie, die izt fließt, dann strömt, hier sanft klingt, dort majestätisch tönt. Denn dieß alles in dem höchsten Grade des Wohlklangs, und nach den feinsten Grundsätzen desselben, hervorzubringen, sind vorzüglich die griechische, und dann auch die römische Sprache am geschicktesten. Die Anzahl ihrer Buchstaben und Töne ist beynahe einander gleich, und jedes einzelne Wort hat daher schon viel Wohlklang, eh es noch durch die Stelle, die es in der Verbindung des Verses bekömmt, wenn ich so sagen darf, in den Strom der Harmonie einfließt, und dadurch seinen bestimmtesten und vollsten Wohlklang hören läßt.

Es kömmt uns izt darauf an, zu untersuchen, wie nahe wir diesem grossen Originale kommen können? Der wesentliche Charakter unsrer Sprache, in Absicht auf ihren Klang, scheint mir zu seyn, daß sie voll und männlich klingt, und mit einer gewissen gesezten Stärke ausgesprochen seyn will. Wer ihr Schuld giebt, daß sie rauh klinge, der hat sie entweder niemals recht aussprechen gehört; oder er sagt es nur, weil es einige seiner Nation auch gesagt haben. Mit grösserm Rechte könnte man der französischen Sprache den Vorwurf machen, daß sie wenig volltönige Wörter habe, und noch weniger, wegen ihrer flüchtigen und fast übereilten Aussprache, periodisch zu werden fähig; der Italienischen, daß sie zu sehr von dem gesezten und vollen Accente ihrer Mutter ins Weiche und Wollüstige ausgeartet; und vielleicht der starken Sprache der Engländer, daß sie zu einsylbigt sey, und zu oft, statt zu fliessen, fortstosse, als daß sie die Fülle des griechischen Perioden so nahe, wie die deutsche, erreichen könne. Kennern des griechischen Wohlklangs glaube ich meine Vorstellung von dem Klange unsrer Sprache noch deutlicher zu machen, wenn ich sage, daß sie mit dem Dorischen des Pindar Ähnlichkeit habe, zugleich aber den Unterscheid voraus setze, der, zwischen dem Dorischen des Pindar, und der griechischen Schäferdichter, ist. Ohne mich in die Entscheidung einzulassen, welche von unsern Provinzen am besten deutsch rede? so kömmt es mir doch als wahr vor, daß ein Sachse das Hochdeutsche, oder die Sprache der Scribenten, und der guten Gesellschaften, mit leichterer Mühe rein und ganz aussprechen lernen kann, als einer aus den übrigen Provinzen. Und wie einer von diesen seine Sprache spricht, so rein, so volltönig, so jeden Ton und Buchstaben, den die richtige Rechtschreibung sezt, zwar ganz, aber doch nicht selten, bey der Häufung der Buchstaben, mit unübertriebner Leisigkeit: dieß ist die Regel der längern und kürzern Sylben, der Art ihrer Länge und Kürze, und also auch der Harmonie des Verses überhaupt. Ich muß gestehn, es giebt zweifelhafte Aufgaben bey dieser Regel; und wir wären glücklich, wenn wir Eine grosse Stadt in Deutschland hätten, die von der Nation, als Richterinn der rechten Aussprache, angenommen wäre. Aber wir dürfen hierauf wohl izt nicht hoffen, da Berlin eifersüchtiger darauf zu seyn scheint, den zweiten Platz nach Paris, als den ersten in Deutschland, zu behaupten. Gleichwohl liebe ich meine Landsleute so sehr, daß ich von ihnen glaube, daß sie in den Städten, wo es nicht mehr unbekannt ist, daß Achtung und Sorge für einheimische schöne Wissenschaften eine von den vorzüglichsten Ehren einer Nation sind, sich bemühen werden, ihre Sprache recht auszusprechen; und, wofern sie sich auch hierinn noch einige Nachlässigkeit verzeihen wollten, doch, wenn sie öffentlich reden, oder gute Schriften in Gesellschaften vorlesen, sich selbst und ihren Scribenten die Ehre erweisen werden, daß sie ihre volltönige und mächtige Sprache richtig aussprechen.

Diese Aussprache vorausgesezt, ahmen wir dem homerischen Verse so nach. Wir haben Daktylen, wie die Griechen, und ob wir gleich wenige Spondäen haben; so verliert doch unser Hexameter dadurch, daß wir statt der Spondäen meistentheils Trochäen brauchen, so wenig, daß er vielmehr fliessender, durch die Trochäen, wird; weil in unsern Sylben überhaupt mehr Buchstaben sind, als bey den Griechen. Es ist wahr, die Griechen unterscheiden die Länge und Kürze ihrer Sylben nach einer viel feinern Regel, als wir. Wenn wir unsre Sprache nach ihrer Regel reden wollten, so hätten wir fast lauter lange Sylben. Dieses ist der Natur des Gehörs zuwider, welches eine ungefähr gleiche Abwechslung von langen und kurzen Sylben verlangt. Die Aussprache hat sich daher nach den Fordrungen des Ohrs gerichtet. Und dieses ist biegsam genung gewesen, sich an die Kürze eines Vocals zu gewöhnen, auf den zween oder auch wohl drey Buchstaben folgen; und es wird nur alsdann verdrießlich, wenn diese Buchstaben mit einer gewissen Ungelenkigkeit der Zunge ausgesprochen werden. Ob wir nun gleich auf der einen Seite, in Absicht auf die Feinheit des Wohlklangs verlieren; so gewinnen wir, in Betrachtung einer ganz neuen Mannichfaltigkeit, welche die Griechen nicht hatten, beynahe mehr, als uns, durch die genaue Feinheit, entgeht. Zum Beweise dessen wähle ich vorzüglich den Daktylus, weil er hinter der langen Sylbe zwo kurze hat. Da unsre kurze Sylbe auf zwo Arten, und bisweilen auch auf die dritte, kurz ist; der Griechen ihre hingegen nur auf Eine und selten auf Zwo Arten: so entstehn daher so verschiedne Daktylen, und zugleich so viel Mannichfaltigkeit mehr, daß diese in Einem Perioden die Harmonie schon ungemein erhöht, und denn einem ganzen Werke zu einem Vortheile gereicht, der nicht sorgfältig genung gebraucht werden kann. Dazu kömmt, daß uns die Verschiedenheit der Daktylen auch deßwegen angenehm seyn muß, weil sie in unsern Hexametern mehr, als in den griechischen vorkommen. Dieser in einigen Fällen nothwendige öftere Gebrauch der Daktylen, ist auch wohl die Ursach gewesen, warum einige Neuere den so genannten spondäischen Vers, der den Hexameter mit zween Spondäen, statt eines Daktyls und Spondäen, schließt, mit dem Homer öfters brauchen, ohne deßwegen etwas wider den Virgil zu haben, der die Ursach nicht hatte, und es daher nur selten that.

Wenn wir also unsern Hexameter, nach der Prosodie unsrer Sprache, und nach seinen übrigen Regeln, mit Richtigkeit ausarbeiten; wenn wir in der Aussuchung harmonischer Wörter sorgfältig sind; wenn wir ferner das Verhältniß, das ein Vers gegen den andern in dem Perioden bekömmt, verstehen; wenn wir endlich die Mannichfaltigkeit auf viele Arten von einander unterschiedner Perioden nicht nur kennen, sondern auch diese abwechselnde Perioden, nach Absichten, zu ordnen wissen: dann erst dürfen wir glauben, einen hohen Grad der poetischen Harmonie erreicht zu haben. Aber die Gedanken des Gedichts sind noch besonders; und der Wohlklang ist auch besonders. Sie haben noch kein anders Verhältniß unter einander, als daß die Seele zu eben der Zeit, durch die Empfindungen des Ohrs unterhalten wird, da sie der Gedanke des Dichters beschäftigt. Wenn die Harmonie der Verse dem Ohre, auf diese Weise gefällt, so haben wir zwar schon viel erreicht; aber noch nicht alles, was wir erreichen konnten. Es ist noch ein gewisser Wohlklang übrig, der mit den Gedanken verbunden ist, und der sie ausdrücken hilft. Es ist aber nichts schwerer zu bestimmen, als diese höchste Feinheit der Harmonie. Die Grammatici haben sie, »den lebendigen Ausdruck« genannt, und ihn oft dann nur im Virgil oder Homer gefunden, wenn diese ihn etwa übertrieben, und ihm also seine eigentliche Schönheit, die vorzüglich in der Feinheit besteht, genommen; oder in andern Stellen nicht daran gedacht hatten, daß Scholiasten kommen, und ihnen hier eine Schönheit von dieser Art Schuld geben würden. Verschiedne Grade der Langsamkeit oder Geschwindigkeit; etwas von sanften oder heftigen Leidenschaften; einige feinere Minen von demjenigen, was in einem Gedichte vorzüglich Handlung genannt zu werden verdient, können, durch den lebendigen Ausdruck, von ferne nachgeahmt werden. Wenn der Poet dieses thut; so braucht er, oder es glükken ihm vielmehr einige seiner zartesten Künste der Ausbildung, die ihm eben so leicht mislingen können, so bald er zu sehr mit Vorsatz handelt, oder seine Einbildungskraft das enge Gebiet dieser Nebenzüge zu hitzig erweitert, und sich aus der Harmonie eines Gedichts in die Musik versteigt. Ich muß zwar zugestehn, daß es Fälle giebt, wo der lebendige Ausdruck dasjenige stark sagen muß, was er sagen will. Aber überhaupt sollte man die Regel fest setzen, sich demselben vielmehr zu nähern, als ihn zu erreichen. Und die Anwendung dieser Regel sollte man nur bey der Beurtheilung seiner Arbeit nöthig haben. Denn wenn diese Art Schönheit recht gelingen soll, so muß sie im Feuer der Ausarbeitung fast unvermerkt entstehn.

Auf eine Verbeßerung der Harmonie von einer ganz andern Art, und die nur den Vers an sich angeht, haben sich einige unter uns eingelassen, da sie eine Sylbe mehr vor den Homerischen Hexameter sezten, um wie es scheint, durch einen jambischen Anfang das Ohr, wegen der Ungewöhnlichkeit des neuen Verses, schadlos zu halten. Aber sie haben zween nicht unwichtige Einwürfe wieder sich. Da der Hexameter eben so lang ist, als ihn das Ohr verlangt, wenn es einen merklichen Absatz einer vollen Harmonie, und nicht mehr auf einmal fordert; so dehnen sie die Länge des Verses über die Gränzen der Natur aus. Weil sich aber diese Gränzen nur durch ein gewisses Urtheil des Ohrs bestimmen lassen; so kann ich mich, wegen seiner wahrscheinlichen Richtigkeit, nur auf die beständigen Muster der Griechen und Römer berufen, die doch sonst so abgeneigt nicht waren, neu zu seyn, und in ihren theatralischen Jamben oft so sehr von einander unterschieden sind, daß es eben daher so schwer wird, diese Versart genau zu bestimmen. Der zweite Einwurf ist, daß die, so die Sylbe noch hinzusetzen, nicht selten in Gefahr sind, zween Verse statt eines zu machen.

Noch eine andre Sorgfalt, dem neuen Verse eine gute Aufnahme zu verschaffen, war ein Einfall, der in dieser Absicht sehr glücklich war. So bald man ihn aber zur Regel machen wollte, würde man ihn übertreiben. In einem lyrischen Gedichte wurden die Regeln des Griechischen Sylbenmasses völlig nach der Prosodie der Alten beobachtet. Ohne die Schwierigkeit zu berühren, auch nur einige kleine Stücke in dieser Art zu verfertigen, scheint mir diese ganz gebundne Nachahmung, der Natur unsrer Sprache, ihres Hexameters, und seiner Harmonie, entgegen zu seyn. Man weis, daß Ovidius schon hüpfend wurde, statt den majestätischen und eigentlichen Wohlklang Virgils zu übertreffen.

Weil ich mich über das, was ich bisher von dem alten und neuen Hexameter gesagt habe, nicht gern in Exempel ausbreiten mögte; so will ich nur eins anführen, die Kenner der Alten an den poetischen Perioden zu erinnern. Da zu wenige sind, die Homers Sprache bis auf ihr Sylbenmaß kennen, so soll Virgil seine Stelle vertreten. Er sagt vom Salmoneus:

Quattuor hic invectus equis, & lampada quassans
Per Grajûm populos mediæque per Elidis vrbem
Ibat ovans, divûmque sibi poscebat honorem:
Demens! qui nimbos & non imitabile fulmen
Aer' & cornipedum cursu simularat equorum!
At pater omnipotens dens' inter nubila telum
Contorsit, (non Ille faces nec fumea tædis
Lumina!) præcipitemqu' immani turbin' adegit!

Da wir uns diesem feurigen Klange, dieser Fülle der Harmonie, durch Nachahmung nähern können; so begreife ich nicht, warum wir es, besonders in grössern Gedichten, die auch in jeder Nebenausbildung Anstand und Männlichkeit erfordern, nicht thun sollen. Unsre eingeführten langen Jamben, haben, ausser der beständigen Einförmigkeit, den nicht weniger wesentlichen Fehler, daß sie aus zween kleinen Versen bestehn, und daß ein gewisser Abschnitt dieses zu selten hindern kann. Dazu scheint ihnen ohne den Reim etwas wesentliches zu fehlen. Der zehnsylbigte Vers hat viel Vorzüge vor dem zwölfsylbigten. Er ist an sich selbst klingender, und über dieß kan man seinen Abschnitt verändern. Es ist der Vers der Engländer, der Italiener, und auch einiger Franzosen. Selbst Milton und Glover haben ihn gebraucht. Er scheint aber gleichwohl für die Epopee zu kurz, und dieß doch nicht so sehr in der englischen, als in der deutschen Sprache. Wem dieser Umstand zu unwichtig vorkömmt, eine Regel daraus zu machen, dem gestehe ich zu, daß der zehnsylbigte Jambe die Wahl eines epischen Dichters verdiente, wenn der Hexameter unnachahmbar wäre. Der Trochäe ist zu lang, zu schleppend, und in grössern Werken noch schwerer auszuhalten, als der zwölfsylbigte Jambe. Was soll also der Verfasser einer Epopee wählen? Wenn ich nicht ganz irre; so muß er entweder nicht in Versen schreiben, und sich seine Worte wie Demosthenes, oder Fenelon von derjenigen Harmonie, welcher die Prosa fähig ist, zuzählen lassen; oder er muß sich zu dem Verse der Alten entschliessen.

Aber vielleicht ist in lyrischen Werken diese Entschliessung nicht so nothwendig? Und wir können, ohne die Sylbenmasse der alten Ode, Pindarisch oder Horazisch seyn? Ich gebe zu, daß unsre lyrischen Verse einer grössern Mannichfaltigkeit fähig sind, als die andern; daß wir einige glückliche Arten gefunden haben, wo, durch die Abwechslung der längern und kürzern Zeilen; durch die gute Stellung der Reime; und selbst manchmal durch die Verbindung zwoer Versarten in Einer Strophe, viel Klang in einige unsrer Oden gekommen ist. Aber daraus folgt nicht, daß sie die horazischen erreicht haben; daß es unsern Jamben oder Trochäen möglich sey, es der mächtigen alcäischen Strophe, ihrem Schwunge, ihrer Fülle, ihrem fallenden Schlage, gleich zu thun; mit den beiden choriambischen zu fliegen; mit der einen im beständigen schnellen Fluge; mit der andern mitten im Fluge, zu schweben, dann auf einmal den Flug wieder fortzusetzen; dem sanften Flusse der sapphischen, besonders wenn sie Sappho selbst gemacht hat, ähnlich zu werden; oder die feine Ründe derjenigen Oden im Horaz zu erreichen, die nicht in Strophen getheilt sind. Horaz ist ein solcher Meister in der lyrischen Harmonie, daß seine Versarten einige besondre Anmerkungen verdienen, um uns recht aufmerksam auf ihre Schönheit zu machen, eine Schönheit, die in seinen meisten Arten mit einer so glücklichen Sorgfalt erreicht ist, daß sie verführen könnte, einige Kleinigkeiten wider ein paar andre Arten bey ihm zu sagen, welche die feine Wahl der übrigen nicht ganz zeigen. Wenn Horaz am höchsten steigen will, so wählt er die Alcäen, ein Sylbenmaß, welches, selbst für den Schwung eines Psalms, noch tönend genung wäre. Er läuft da am oftesten mit dem Gedanken in die andre Strophe hinüber, weil es, so zu verfahren, dem Enthusiasmus des Ohrs und der Einbildungskraft gemäß ist; da jenes oft noch mehr als den poetischen Perioden, der nur in Eine Strophe eingeschlossen ist, verlangt, und diese den Strom des schnell fortgesetzten Gedanken nicht selten fordert. Horaz wuste entweder den Einwurf nicht, daß, wegen des Singens, die Strophe und der Periode zugleich schliessen müßten, weil ihm die Sänger und die lyrische Musik seiner Zeit denselben nicht machten: oder er opferte die kleinere Regel der grössern auf. Die eine Choriambe, die aus vier Versen, und nur Einem ungleichen besteht, hat viel Feuer, sanfteres, und heftigeres, wie Horaz will, dazu eine ihr eigne lyrische Fülle. Aber sie dürfte wohl, wegen der Gleichheit ihrer drey ersten Zeilen, nur sehr selten aus so vielen Strophen bestehen, als die Alcäische. Die zweite Choriambe, die der vorigen bis auf den dritten Vers gleicht, welcher sich, mit einem sanften Abfalle herunter läßt, würde denjenigen Oden vorzüglich angemessen seyn, die sich von der hohen Ode etwas zu dem Liede herablassen. Die Stellung dieser dritten Zeile allein sollte uns schon abschrecken, neue Sylbenmasse zu machen. Sappho hat eine Ode erfunden, deren Harmonie, ob wir gleich nicht einmal zwey ganze Stücke von ihr haben, sie am besten getroffen hat. Die drey ersten Zeilen sind in dieser Strophe einander gleich, und wenn der gewöhnliche, an sich harmonische Abschnitt immer wiederhohlt wird, so verliert die Harmonie des Ganzen; ein kleines Versehn, das Horaz mehr begangen, als vermieden hat. Es ist zwar dieß desto leichter zu verzeihn, je verführender der Abschnitt an sich durch seinen Wohlklang ist, und je weniger man ihm in den ersten zwo Strophen die Eintönigkeit ansieht, die er schon in der dritten und vierten verursacht. In der Ode an Pettius besteht die Strophe nur aus drey Zeilen, da eine vierzeiligte einer viel vollern Harmonie und eben der Ründe fähig ist. Die zweite Zeile ist vielleicht zu kurz, oder schlösse doch besser die Strophe. Vielleicht wäre auch in der Ode an Melpomene, und in den andern von eben dem Sylbenmasse, der längere Vers glücklicher der erste, als daß er der zweite ist.

Wenn diese Fragmente einer Abhandlung (denn ich kan es keine Abhandlung nennen) einigen Lesern von Geschmack einen bestimmtern Begrif von dem Sylbenmasse der Alten gemacht haben sollten, als sie bisher davon gehabt haben; so wird es ihnen vielleicht nicht unangenehm seyn, wenn ich noch etwas von der Kunst, Gedichte zu lesen, hinzusetze. Es ist mit Recht der zweite Wunsch jedes Dichters, der für denkende Leser geschrieben hat, daß sie diese Geschicklichkeit besitzen möchten; eine Geschicklichkeit, die Boileau, der sie besaß, für so wichtig hielt, daß er dem glücklichen Vorleser den zweiten Platz nach dem Dichter anwies. Zu unsern Zeiten, da man so sehr aufgehört hat, sich aus der guten Vorlesung ein Geschäft zu machen, ist es genung, dieß wenige davon zu sagen. Zuerst müßten wir die Biegsamkeit unsrer Stimme, und den Grad ihrer Fähigkeit, den Wendungen und dem Schwunge des Gedankens mit dem Tone zu folgen, durch leichte und scherzhafte Prosa, kennen lernen. Hierauf versuchten wir die poetische Erzählung, und das Lied. Ein Schritt, der schwerer ist, als er scheint. Dann gingen wir zu dem Lehrgedichte, oder dem Trauerspiele fort. Hier würden wir finden, daß auch die sorgfältigste Reinigkeit der Jamben den Fehler der Eintönigkeit nicht ersetzen konnte; und daß so gar Jamben von genauerer Ausarbeitung, durch die immer wiederkommende kurze und lange Sylbe unvermerkt verführt, von der eigentlichen Aussprache mehr abwichen, als selbst diejenigen Hexameter, die mit weniger Sorgfalt gearbeitet sind. Von den Jamben erhüben wir uns weiter zu den volleren Perioden der Redner. Wenn wir diese lesen könnten; so fingen wir mit dem Hexameter an. Wir brauchten hierbey seine prosodische Einrichtung eben nicht zu wissen: und da die Geschicklichkeit, die Redner zu lesen, vorausgesezt wird; so dürften wir nur mit der gesezten Männlichkeit, mit der vollen und ganzen Aussprache, und, wenn ich so sagen darf, mit dieser Reife der Stimme, den Hexameter lesen, mit der wir die Prosa lesen. Wollten wir die Prosodie des Hexameters noch dazu lernen; so würden wir dem gearbeiteten seine völlige Gerechtigkeit wiederfahren lassen; dem weniger sorgfältigen mehr Zierlichkeit geben; und des rauhen ganze Rauhigkeit aufdecken können. Wir würden auch durch diese Kenntniß bestimmter wissen, wie man den Vers zwar noch anders, als den besten prosaischen Perioden lesen: aber niemals in die schülerhafte Verstümmlung desselben verfallen müsse, durch welche die Stücke des Verses dem Hörer vorgezählt; und nicht vorgelesen werden. Zulezt könnten wir uns mit den lyrischen Stücken beschäftigen, die dem Alcäus, der Sappho, oder dem Horaz gefolgt sind. Sollten einige ihrer Strophen, den Perioden des Hexameters, wenn er in seiner ganzen Stärke ist, und im vollen Strome fortfließt, auch nicht in Betrachtung der Vollkommenheit der poetischen Harmonie überhaupt, gleich kommen; so sind wieder andre Strophen, die diesem nur sehr wenig nachgeben, und dann verschiedne, von einer Ründe, und von so zierlichen Feinheiten des Wohlklangs, daß man von der lyrischen Dichtkunst überhaupt sagen kann, daß sie am nächsten an die Musik gränze.

Zur Abbadona-Episode

Die fünf Folgen der Abbadona-Episode (Gesang II, V, IX, XIII und XIX) erschienen im Kontext ihrer Gesänge erstmals 1748, 1751, 1756, 1768 und 1773. Den Schluß arbeitete Klopstock aber schon bis zum Frühjahr 1751 und bestimmt vor den Fortsetzungen in Gesang IX und XIII aus; zumindest war die Weltgerichtsszene schon vor der Fortsetzung der Episode in Gesang V konzipiert. Dieser entstehungsgeschichtliche Vorgriff hing wohl weitgehend mit der Diskussion zusammen, die der Anfang der Episode nach dem Erscheinen der ersten drei Gesänge 1748 auslöste. Sie betraf die Frage, ob Abbadona nach den Erwartungen, die er als reuiger Teufel in der ersten Folge auslöst, im Weltgericht Gnade finden oder nach dem Dogma von der Ewigkeit der Höllenstrafen verdammt werden müsse. Klopstocks ursprüngliche Entscheidung darüber gibt der Schluß der handschriftlichen Fassung von 1747 zu erkennen; für den Druck verschleierte er 1748 die günstige Prognose, die er aber schon 1750/51 bei der Ausarbeitung der Begnadigung Abbadonas im Weltgericht endgültig bestätigte. Der Anfang der Episode im zweiten und der Schluß im neunzehnten Gesang sind thematisch vollständig aufeinander bezogen und einheitlich.

Die drei übrigen Folgen der Episode hat Klopstock stärker in die Thematik des Epos eingebunden. Durch gewisse Erweiterungen der Konzeption – nach Klopstocks Brief vom 21. September 1748 an Bodmer (s. Brief Nr. 12) ist Abbadona nun »zur Verherrlichung des Messias« da, und es wird ihm bewußt, »daß der Messias nicht auch sein Messias«, sondern nur ein Erlöser der Menschen ist – erhält Abbadona einzigartige Voraussetzungen, die Höhepunkte des Heilsgeschehens zu reflektieren.

Eine Variante und die Fortsetzung der Abbadona-Episode

Gesang II, Vers 824–831. Text eines Manuskripts von 1747

Jezo stand er ermüdet auf einer erhabenen Sonne,
Sahe von da in die Tiefen hinab. Da drängten Gestirne
Andre Gestirne, wie glüende Seen. Ein irrender Erdkreis
Näherte sich, schon dampft er, schon war sein Weltgericht nahe.
Auf den stürzte sich Abbadonaa, um mit zu vergehen.
Doch er verging nicht, u kam nach seiner langen Verzweiflung
Wieder besänftigt, wie nach erzürnten Gewittern ein Regen
Mit dem Bogen des Friedens umgürtet, zur Erden herunter.

Gesang V, Vers 483–700. Text der Ausgabe von 1751

Inhalt: Der Meßias geht wieder ins Gericht [in Gethsemane]. Abbadona kömmt. Er hatte den Meßias lange gesucht. Er entdeckt ihn nicht auf einmal. Endlich erkennt er ihn, und redet ihn an. Der Meßias leidet, und betet. Abbadona flieht zuletzt. Die zweyte Stunde ist vorbey.

Aber seitswärts um das Gebirge kam Abbadona
In den Hüllen der schweigenden Nacht, und sprach zu sich selber:
Ach, wo werd ich endlich ihn finden, den Mann, den Versöhner?
Zwar ich bin unwürdig, zu sehn den besten Sohn Adams!
Aber ihn hat doch Satan gesehn! Wo soll ich dich suchen?
Und wo werd ich endlich dich finden, Mann Gottes, Versöhner?
Alle Wüsten hab ich durchirrt! Ich bin zu den Quellen
Aller Flüsse gegangen! In aller dämmernden Haine

Einsamkeit hat sich mein Fuß mit leisem Zittern verloren!
Zu der Ceder hab ich gesagt: verbirgst du ihn, Ceder,
O so rausche mir zu! Und zu der Hügel Haupt sprach ich:
Neige dich, einsamer Hügel, nach meinen Thränen herunter,
Daß ich sehe den göttlichen Mann, der etwa dort schlummert!
Ihn hat, dacht ich, vielleicht sein für ihn sorgender Schöpfer,
Unter schattende Decken der Abendröthe verhüllet:
Ihn hat die Weisheit vielleicht und menschenfliehender Tiefsinn
In die Hölen der Erde geführt. Doch ich fand ihn am Himmel,
In der Erde Schooß nicht. Ja, ich bin unwürdig, dein Antlitz,
Ach, unwürdig, die Blicke zu sehen, mit welchen du lächelst,
Bild der Gottheit, unsterblicher Mensch! Du erlösest nur Menschen.
Mich erlösest du nicht! Du hörst die jammernde Stimme
Meiner Ewigkeit nicht! Ach, du erlösest nur Menschen!
Also sagt er, und sahe vor sich die schlafenden Jünger.
Und es lag der schöne Johannes im lächelnden Schlummer
Nahe vor ihm. Er sah ihn, und trat mit zitterndem Fusse
Furchtsam zurück. Kaum wagt ers zuletzt, still also zu sagen:
Wenn du es bist, den ich suche, wenn du der göttliche Mensch bist,
Der sein Geschlecht zu erlösen, erschien: so sey mir mit Thränen,
Sey mir in deiner holdseligen Schönheit, mit ewigen Thränen,
Und mit bangen unsterblichen Seufzern, Erlöser, gegrüsset!
Warlich, in deinem Antlitz sind Züge der himmlischen Unschuld:
Laute Zeugen von einer bewundernswürdigen Seele.
Ja, du bist es! Dich hab ich gesucht! Wie athmet die Ruhe,
Deiner Tugend Belohnung, aus dir! Ein Schauer befällt mich,
Da ich sehe die Ruh, die aus voller Seele dir zuströmt.
Wende dein Antlitz von mir! Sonst muß ich wegsehn, und weinen!

Indem Abbadona so sprach, da wandte sich Petrus
Ängstlich gegen Johannes, und sprach, da er itzo erwacht war:
Ach, Johannes, ich sah im Traume den Meister! Er sah mich
Ernst mit Blicken voll Drohungen an, mit Blicken voll Mitleids!
Dieses vernahm der Seraph und blieb voll Bewunderung stehen.
Ihn umgab die Stille der Nacht, und er hörte von fern her,
Durch die schauernde Stille, wie eines Sterbenden Stimme.
Und er neigte sein forschendes Ohr nach dem Orte der Stimme,
Wo sie herkam, er neigte sich tiefer, und hörte die Stimme
Immer trauriger werden, und näher dem Tode. Da stand er
Bang und erstaunt, da bebte sein Herz von diesen Gedanken:
Soll ich hingehn, zu schauen den Mann, der dort mit dem Tode
Und mit Gedanken von jenem Gericht voll Seelenangst ringet?
Soll ich sehn des Erschlagenen Blut? Er gieng vielleicht ruhig
In den Schatten der Nacht, und eilte, stammelnde Kinder
An dem Halse der Mutter mit Vaterfreuden zu grüssen;
Da erschlug ihn ein lauernder Feind, ein Unmensch, im Dunkeln!
Und es war doch vielleicht sein Wandel mit Unschuld gekrönet,
Und sein Thun mit Weisheit geschmückt! Ach, soll ich ihn sehen?
Soll ich sehen des Sterbenden Blut, und die brechenden Augen;
Und die Todesblässe der Wangen, die nun nicht mehr blühen?
Soll ich hören der Seufzer Getön, den rufenden Donner
Seiner Stimme, mit welcher er stirbt? Ach Blut des Erschlagnen!

Furchtbares Blut des unschuldigen Manns! Auch du bist ein Zeuge
Wider mich vor jenem Gericht, das Erbarmung nicht kennet.
Auch ich habe den Tod die Kinder Adams gelehret!
Ach, Blut! Blut unschuldiger Menschen! Das je ward vergossen,
Und noch künftig, durch manches Jahrhundert, vergossen wird werden,
Laß von mir ab! Ich höre die Stimme, mit welcher du donnerst!
Ach, ich höre dein furchtbares Seufzen, mit dem du zu Gott schreyst,
Rache forderst, und mich der ewigen Rache dahin giebst.
Ich muß schauen dahin, wo deine Verwesungen ruhen!
Kinder Adams, auf eure Gebeine, dahin muß ich schauen!
Mein Gewissen ergreift, wie ein Krieger, mein weggewandt Antlitz,
Wendet es um, und kehrt es gewaltig dahin, wo die Todten,
Die auch ich mit erschlug, in stillen Gräbern verwesen.
Todesstille, mich schauert vor dir! Er kömmt nicht im Stillen,
Nicht in dieser ruhenden Nacht, der gegen mich wütet:
Donnernd geht er in Wolken daher! Sein Schritt ist ein Wetter.
Seines Mundes Gespräch ist der Tod; ist Gericht ohn Erbarmen!
Also dacht er, und nahte sich säumend des Sterbenden Stimme.
Itzo sah er von fern den Meßias, doch sah er sein Antlitz
Und die blutende Stirne noch nicht. Es lag der Meßias
Auf dem Antlitz, und betete still mit gerungenen Händen.
Abbadona gieng fern und voll Furcht auf dem ruhenden Boden
Um den Meßias herum. Indem trat Gabriel langsam
Aus den dichten Schatten hervor, in die er gehüllt war.
Abdiel zitterte schweigend zurück. Der himmlische Seraph
Trat hinzu, und neigte sein Ohr nach dem Mittler herunter,

Und hielt im hinschauenden Auge, voll tiefer Ehrfurcht,
Eine menschliche Thräne zurück, stand denkend und hörte
Nach dem Meßias herab. Und mit dem Ohre, mit dem er,
Millionen Meilen entfernt, den Ewigen wandeln,
Und die jauchzenden Morgensterne vom weiten sonst höret,
Hört er das langsamwallende Blut des betenden Mittlers
Bang von Ader zu Ader fliessen. Viel lauter vernahm er,
Aus den Tiefen des göttlichen Herzens, stillbetende Seufzer,
Unaussprechliche, himmlische Seufzer, dem Ohre des Vaters
Mehr, als aller Geschöpfe Gesang, die ewig ihn singen;
Herrlicher, als die Stimme, die schuf; so hoch, als ihm selber
Gott Jehovah, erklingt, wenn er, Jehovah sich nennet!
Also vernahm des Meßias geheimes Leiden der Seraph.
Und er hub sich von ihm empor, trat schauernd seitwärts,
Faltete seine Hände zu Gott, und sahe gen Himmel.
Abdiel schlug sein Auge kaum auf, da er Gabriel sahe,
Da er auf einmal über sich sahe der himmlischen Schaaren,
Ihrer Augen Gebet, und ihres Schweigens Gedanken,
All ein Antlitz, auf dich, o Meßias, herunter gerichtet.
Abdiel schauerte nur, und richtete Blicke voll Ohnmacht,
Auf den Meßias, der itzt aus dem noch blutigen Staube,
Und aus dem Todesschweisse sein Antlitz langsam empor hub.
Abdiel sah den Meßias, sein Auge ward dunkel, kaum dacht er.
Da er wieder zu denken vermochte, da dacht er also.
Bald verschloß er die bangen Gedanken, bald ließ er sie jammernd,
Durch die Schauer der Nacht in vollen Seufzern ertönen.
O du, der du vor mir mit dem Tode ringest, wer bist du?
Einer vom Staube gebildet? Ein Sohn der niedrigen Erde,
Die verflucht ward, und reif zum Gericht, vor dem letzten der Tage
Und dem offenen Grabe der alten Vergänglichkeit zittert?
Einer von diesem Staube gebildet? Ja! Aber es decket

Deine Menschheit ein Schimmer von Gott! Was höhers, als Gräber
Und Verwesung, redet dieß Auge! So ist nicht das Antlitz
Eines Sünders! So schaut er nicht hin der Verworfene Gottes!
Du bist mehr, als ein Mensch. In dir sind Tiefen verborgen,
Deren Abgrund mir unsichtbar ist, Labyrinthe der Gottheit!
Immer näher schau ich dich an! Wer bist du? O wende,
Wende dein Antlitz von ihm, Verworfner! Ein schneller Gedanke
Trift, wie ein Donner, auf mich; ein schreckender, grosser Gedanke!
Eine furchtbare Gleichheit erblick ich. Kalt giesset die Angst sich
Über mein Haupt, mein Antlitz umströmen die Schauer des Todes!
Ach, er gleichet dem ewigen Sohne, der ehmals vom Thron her,
Hoch vom Thron, auf den Flügeln des dunkeln Gerichtsstuls getragen,
Donnernd über uns kam, und dicht an unsere Fersen
Heftete seine Verderben, und kein Erbarmen nicht kannte.
Da die Unsterblichkeit, Fluch, das Leben ein ewiger Tod ward.
Da die Unschuld der Schöpfung, mit allen Freuden des Himmels,
Uns auf ewig entfloh, verloren ins Heer der Gerechten.
Da Jehovah nicht Vater mehr war! Ich wandte mein Antlitz
Einmal bebend herum, und sah ihn hinter mir kommen;
Sah den furchtbaren Sohn, des Donnerers schauendes Auge!
Hoch stand er auf dem dunkeln Gerichtsstul, die Mitternacht um ihn,
Um ihn der Tod! Ihn hatte der Vater mit Allmacht bekleidet,
Mit Verderben gerüstet, das Bild der ersten Erbarmung.
Seinen donnernden Gang, den Schwung der strafenden Rechte,
Bebte die bange Natur in allen Tiefen der Schöpfung

Schauernd nach! Ich sah ihn nicht mehr, mein Auge verlor sich
Tief in die Nacht. So schlummert ich hin, durch Sturmwind und Donner,
Durch das Weinen der bangen Natur, im Gefühl der Verzweiflung,
Und unsterblich. So sah ich den Richter. Ihm gleichet das Antlitz
Dieses Mannes im Staube gebückt, der mehr als ein Mensch ist.
Ist er vielleicht des Ewigen Sohn, der gegebne Meßias?
Jener Richter? Wie aber er leidet! Er ringt mit dem Tode!
Er, der stand auf dem hohen Gerichtsstul! Er ringt mit dem Tode!
Ohne Maß ist die Angst, die seine göttliche Seele
Rings um erschüttert! Er jammert im Staube! Die steigenden Adern
Bluten Todesangst aus! Ich, dem kein Jammer verdeckt ist,
Der ich alle Stufen der Quaal und Verzweiflung hinabstieg,
Weis mit keinem Namen die Angst der Seele zu nennen,
Die er fühlt! Mit keiner Empfindung ihm nachzuempfinden,
Diesen dauernden Tod! . . . In tiefer, nächtlicher Ferne,
Seh ich neue Gedanken, voll wunderbarer Begriffe,
Und in Labyrinthe verflochten, sich gegen mich nähern.
Jener König des Himmels, der Sohn, Jehovah, des Vaters
Ewiges Bild, stieg vom Himmel in eines Menschen Leib nieder, . . .
Leidet itzt für die Menschen, statt seiner sterblichen Brüder
Geht er hin ins Gericht! Kann ich mich himmlischer Dinge
Recht noch erinnern, so ist mirs, als hätt ich von diesem Geheimniß
Einst was dunkles im Himmel gehört. Auch bekräftigt es Satan
Durch das, was er von ihm und seinen Reden erzählte.
Und wie nähern die Engel sich ihm! Wie betet ihr Antlitz

Und die gefaltete Hand vor ihm an. Auch scheint die Natur hier
Überall still zu schauern, als wäre Gott wo zugegen.
Wenn du gehst ins Gericht für deine sterblichen Brüder,
Wann du bist des Ewigen Sohn, so will ich entfliehen;
Daß du nicht, wenn du mich siehst vor deinen Füssen hier zittern,
Gegen mich zornig erwachst, und auf deinen Gerichtsstul dich hebest.
Aber du blickst mich nicht an! Doch kennst du mein innerstes Denken!
Darf ich diesen Gedanken hinaus zu denken es wagen,
Dessen erstes Zittern ich fühle? Du wardst der Meßias
Für die Menschen, und nicht der Meßias der höheren Engel!
Ach, wenn du uns gewürdiget hättest, ein Seraph zu werden,
Und lägst über die Felder des Himmels hinüber gebreitet,
Wie du hier im Staube itzt liegst; und giengst ins Gericht hin,
Unserntwegen tief ins Gericht des ewigen Vaters;
Faltetest so die Hände zu Gott, und sähst so zum Thron auf:
O wie wollt ich alsdann mit aufgehabenen Händen
Gehen um dich herum, und mit Hallelujagesängen,
Mit der Stimme der Harfenspieler dich, Göttlicher, segnen!
Aber weil ihrs denn seyd, die süssen Lieblinge Gottes,
Kinder Adams, so fasse der Fluch mit ewigem Feuer
Jedes Haupt, das niedrig gnug denkt, den Sohn zu verkennen!
Jedes Herz, das, seiner nicht würdig, die Tugend entheiligt!
Die ihr kommen werdet, Geschlechter so vieler Erlösten,
Wenn ihr entehret das Blut, das von diesem Angesicht rinnet,
So sey es euch zum Tode vergossen, zum ewigen Tode!
Ja, euch mein ich, und nenn euch zugleich bey dem furchtbaren Namen,
Den euch der Unerschaffne selbst gab, unsterbliche Seelen,
Wenn nun über euch auch das Bild von jenem Gedanken,
Mit der gefürchteten Mine der ernsten Ewigkeit, stehn wird,
Jener Gedanke, daß ihr, gleich uns, verworfen von Gott seyd;
Von dem ersten und besten der Wesen, auf ewig verworfen!

Dann will ich auf die offenen Wunden der ewigen Seelen,
Durch die Gefilde voll Elend und Nacht, herabschaun und sagen:
Heil dir, ewiger Tod, dich segn' ich Jammer ohn Ende!
Zwar das Anschaun, die selige Ruh der hohen Erlösten,
Die mit weiserer Sorge durch Tugend der Ewigkeit lebten,
Wird mich vom Himmel herab, aus ihrer Herrlichkeit, schrecken.
Doch will ich auf die offenen Wunden der ewigen Seelen,
Durch die Gefilde voll Elend und Nacht, herabschaun und sagen:
Heil dir, ewiger Tod, dich segn' ich Jammer ohn Ende!
Aus dem eisernen Arm der Hölle will ich mich reissen,
Gehn zum Throne des Richters, und rufen mit donnernder Stimme,
Daß es die Erden umher, und die Himmel alle vernehmen:
Ich bin ewig, wie er! Was that ich, daß du den Sünder,
Nur den menschlichen Sünder allein, nicht den Engel, erlöstest.
Zwar dich hasset die Hölle! Doch ist ein Verlaßner noch übrig;
Einer, der edler gesinnt ist, und nicht dein Hasser, Jehovah!
Einer, der blutende Thränen, und Jammer, der nicht bemerkt wird,
Ach, zu lange vergebens, zu lange! Gott vor dir ausgießt,
Satt, geschaffen zu seyn, und der bangen Unsterblichkeit müde!
Abdiel floh. Es stand der Meßias vom Staube der Erde
Itzo zum zweytenmal auf, der Menschen Antlitz zu sehen.

Gesang IX, Vers 427–655. Text der Ausgabe von 1756

Inhalt: Von den Leiden des Mittlers am Kreuze. Das Erdbeben fängt von neuem an. Es dringt bis in eine unterirrdische Höle, wohin Abbadona vom Ölberg geflohn war. Seine

Empfindungen bey dem Erdbeben. Er entschließt sich, den Meßias von neuem zu suchen. Seine Zweifel, ob er sich in einen Engel des Lichts verstellen solle? Seine Gedanken, da er herauf kömmt, und die verfinsterte Erde sieht. Endlich nimmt er zitternd die Gestalt eines guten Engels an. Er hatte Jerusalem schon entdeckt, und izt fliegt er auf die Gegend zu, über welche die Nacht am dunkelsten herabhängt. Bey seiner Annäherung hört er Satan und Adramelech im todten Meere. Die Engel erkennen ihn, seines angenommenen Schimmers ungeachtet; aber sie lassens ihm zu, daß er sich weiter nähere. Nach einigen Zweifeln erkennt er den in der Mitte Gekreuzigten, für den Meßias. Was er dabey empfindet. Er sieht seinen ehmaligen Freund Abdiel, und so sehr er sich bemüht, nicht von ihm erkannt zu werden, so wird ers doch, und entflieht zulezt in seiner verdunkelten Gestalt. Der Todesengel Obaddon führt die Seele Ischariots zum Kreuze, und zeigt ihr den sterbenden Meßias; [...]

Und der Erde geheimes Entsetzen durchbebt izt die Klüfte
Eines finstern Felsengebirgs, zu welchem, um einsam
In den Tiefen der Erde zu trauern, ferne vom Ölberg
Abbadona geflohn war. Er saß am Hange des Felsen
Sah dem stürzenden Strom, so bey seinen Füssen herabfiel,
Starrend nach; begleitete, mit hinhörendem Ohre,
Jeden Donner des schäumenden Stroms, der hinab von den Höhen
Überhangender Berge von Abgrund zu Abgrund sich wälzte.
Schnell empfindet er unter sich wandelndes Beben; dann stürzen
Neben ihm Felsen hin! Abbadona erschreckte der Erde
Lautes Trauren! So nannt' er ihr Zittern. Bejammert die Erde,
Daß der Staub ihr Kinder gebahr? und ist sie ermüdet,
Ihrer Kinder Verwesung in ihrem Schoosse zu tragen,
Ihnen ein ewiges Grab, das stets von neuen Gebeinen
Schwillt, inwendig fürchterlich ist, obs aussen der Frühling

Gleich mit Blumen beduftet? Ach, oder beklagt sie den grossen,
Göttlichen Mann, den ich in jener Mitternacht sahe?
Leiden sahe, was nie noch ein Endlicher litt? Was ist wohl
Izt sein Schicksal? Und warum verweil ich, ihn wieder zu suchen?
Ist mir die Hand des ernsten Gerichts auf der oberen Erde
Etwa näher, als hier? Ihr kann ich nirgends entfliehen!
Flöh ich auch aus der Schöpfung, sie würde doch mich ergreifen!
Ja, ich such ihn! Ich will den Ausgang der furchtbaren Leiden
Sehen, will ganz die wunderbare Begebenheit wissen!
Aber wenn ihn nur nicht so viele himmlische Schaaren
Stets umgäben! Als ich jüngst vor ihm flohe, wie schreckte
Mich ihr schleuniger Anblick! Und wagt ich, der himmlischen Schimmer
Nachzuahmen, und kühn in einen Engel des Lichts mich
Zu verwandeln; würden mich nicht die Blitze des Richters
Schnell enthüllen? die Engel mich dann in meiner Gestalt sehn?
Aber Satan thut es ja, er, so durch größre Verbrechen
Gott erzürnt hat, als ich! der unnachlassende Sünder
Thuts! Dazu verheel ich in meinem qualvollem Herzen
Keinen niedrigen Zweck, warum ich mich also verstelle!
Aber soll ich es, soll sich Abbadona verstellen?
Geh, Verworfner, in deinem Elend! . . . Also beschließ ich
Nicht zu gehn? und das Ende des wunderbarsten der Leiden
Nicht zu wissen? Denn wie vermöcht ich, die Blicke der Engel
Zu empfinden, und nicht zu fliehn? So denkt er, und schwingt sich,
Zweifelhaft noch, aus den Tiefen empor. Kaum hat er der Erde
Obersten Staub betreten, als er mit Staunen zurückbebt.
Denn er sahe vor sich in schreckenden Nächten die Erde
Liegen. Am Mittage, (dacht er) in diesen belastenden, bangen

Finsternissen! Ist sie nun auch dem ernsten Gerichte
Reif geworden? Und soll sie vergehn? Des Ewigen Schrecken
Ruhen auf ihr! Die Hand des Allmächtigen hat sie ergriffen!
Und warum? Hat ihr Schooß den wunderbaren Erdulder
In sich begraben, und fordert von ihren Söhnen ihn Gott
nun?
Aber kann Er sterben? Wohin ich blicke, verwirrt mich
Jeder neuer Gedanke! Viel besser eil ich, und such ihn,
Seh ihn, und lerne dadurch, als daß ich einsam hier grüble.
Als er so sich entschloß, stand er am waldigten Gipfel
Eines Gebirgs, und sucht', in der überhüllenden Dämmrung,
Lange sucht' er die heilige Stadt mit fliegenden Blicken;
Sah sie endlich, wie Trümmern, auf denen bewölkender
Dampf schwimmt,
Vor sich liegen. Und nun (Ihm bebten seine Gebeine,
Da er es that!) nimmt er die Gestalt der Engel des Lichts an;
Seine Jünglingsgestalt, womit er im Thale des Friedens
Schimmerte! Doch sie ward ein fernnachahmendes Bild nur!
Zwar floß glänzendes Haar auf seine Schultern hernieder,
Unter den glänzenden Locken erklangen goldene Flügel,
Und die Klarheit des werdenden Tags bedeckte des Seraphs
Leuchtendes Antliz: allein sein Aug' hielt Thränen zurücke!
Und nun flog er den bebenden Flug. Wo am dicksten die
Nacht lag,
Dieser Gegend nähert' er sich. Zum Todeshügel
Strömt' am dicksten die Nacht vom schweigenden Himmel
herunter.
Als er über dem Ufer des todten Meeres heraufschwebt,
Hört er ungewöhnliches Brüllen der steigenden Wasser;
Mit der Wogen Gebrülle, gequälter Verzweiflungen
Jammern!
So, wenn im Erdbeben, gerichtbelasteter Städte
Wenn nun Eine der grossen Verbrecherinnen verurtheilt
Im Erdbeben versinkt, so winseln dann mit dem Schlage,
Jenem dumpfen Schlage der unterirrdischen Rache
Todesstimmen herauf! Noch einmal erzittert die Erde,

Und noch einmal ertönen mit ihr, entheiligte Tempel,
Stürzende Marmorhäuser, und ihrer zu sichern Bewohner
Todesstimmen! Es flieht der bleiche, rufende Wandrer!
Abbadona vernimmt mit des todten Meeres Getöse
So der beyden Gerichteten Brüllen, erkennt sie, entsezt sich,
Flieht mit wankendem Fluge die jammerhallenden Ufer.
Und nun nähert er sich dem Kreise der Engel. Ein schnelles,
Unbezwingbares Schrecken befiel ihn, als er den vollen,
Majestätischen Kreis der Ungefallnen erblickte!
Bald wär seine lichte Gestalt in entstellendes Dunkel
Wieder zerflossen! Die äussersten Engel, vertieft in das Anschaun
Deß, so den wunderbaren, den sündeversönenden Tod starb,
Merkten den Kommenden nicht. Allein Eloa erblickt ihn,
Schnell erkennt er ihn, denkt: Der Gottverlaßne! der bange,
Qualvolle Seraph will er den Gekreuzigten sehen? . . . Er sah ihn
Schon am Ölberge leiden! Er sucht ihn wieder! Wie elend
Ist er! . . . Von dieser gebeugten und daurenden Reue geschmolzen!
Fast seit seiner Erschaffung in diese Thränen ergossen! . . . .
Gott! Weltrichter! du wirst mit ihm es alles vollenden,
Was du beschlossest! . . . . Und ich, wie könnt ich über sein Schicksal
Noch erstaunen? Ist nicht, durch den die Unsterblichen wurden,
Jesus Christus am Kreuze, den ewigen Tod zu erdulden:
Und den Tod der Menschen zu sterben? . . . Er fiel auf sein Antliz
Betend nieder, und lag, und weinte zum grossen Erdulder!
Jezt erhub er sich, winkte der Engel einem. Der Seraph
Stand vor ihm da. Es sagt' Eloa: Fleug zu den Engeln
Und den Vätern, sage zu ihnen: Mit zweifelndem Zittern
Naht sich euch Abbadona. Wofern er, in eure Versammlung
Noch zu kommen, es wagt; so laßt den Trauernden kommen.

Denn er naht sich mit Thränen, den sterbenden Mittler zu sehen.
Keiner gebiet ihm zu fliehn! Laßt ihm die qualvolle Lindrung!
Denn es umgeben das Kreuz noch größre Sünder, als er ist!
Abbadona umzitterte noch der Engel Versammlung.
Zweifelte, schwebt', und stand, und schlüpft' am Boden. Er wäre
Gerne geflohn. Allein er ermannte sich durch den Gedanken:
Keinen Geringeren, als den Versöner, könne der grosse
Festliche Kreis der Engel umgeben. Izt wagt ers, und schwebte
In den schreckenden Kreis. So wie die Engel ihr Antliz
Wandten, und ihn erblickten; so sahn sie, die bange Verstellung,
Todtes Lächeln, und Glanz, der keine Seligkeit strahlte,
Tausendjährigen Gram, unüberwindliches Trauern,
Abbadona! Sie liessen mit stillem Mitleid ihn fortgehn.
Und er näherte sich dem nachtbelasteten Hügel;
Sah die Gekreuzigten; wandte sich. Nein ich will sie nicht sehen,
Nicht der Sterbenden Antliz! Ihr Leiden verwundet zu tief mich!
Führt zu graunvolle Bilder vor meinen Gedanken vorüber!
Klagt zu laut vor dem Richter mich an! Denn, ach, der gewandte,
Kurze, fliegende Blick auf ihre Wunden, durchflammt mich
Schon mit wütender Angst! . . . Mitunglückselige Menschen,
Und so sehr mitschuldige, daß, durch schwarze Verbrechen,
Eure Brüder euch zwingen, sie, vor dem Antliz der Sonne,
Feyerlich vor unzählbarer Mengen Versammlung, zu tödten!
Nein, es soll sie mein Auge nicht sehn, die ihr izt der Verwesung,
Grausam oder gerecht, zusendet! . . . Dem trüben Gedanken,
Qualenvoller, entreiß dich dem ängstlichen Todesgedanken.
Den ich suche, wo find ich ihn auf? Ja, diese Versammlung
Aller Himmel, sie ist nicht umsonst herunter gestiegen!

Sie umgiebt ihn! Er ist in diesem heiligen Raume!
Aber, wo? ... Am Ölberge war das furchtbarste Dunkel,
Wo er war! Doch hier strömts auf den gebeinvollen Hügel!
Und da kann er nicht seyn! Wenn mir ein Engel ihn zeigte!
Wenn ich fragen dürfte, dann mir ein Engel ihn zeigte!
Unglückseliger! ... Wenn sie mich nur an dieser Erschüttrung,
Dieser schleunigen Wehmut, nicht kennen, zu fliehn mir gebieten! ...
Nein! sie bemerken mich nicht, vertieft in grosse Gedanken
Von dem göttlichen Manne, zu dem der Richter sie sandte!
Ach wo ist er? Ist er vielleicht in des deckenden Tempels
Allerheiligstem? Betet er dort von neuem? Und soll ihn,
Wie er leidet, kein Endlicher mehr, nicht den blutigen Schweiß sehn,
Der von seinem Angesicht rinnt? ... Doch der himmlischen Augen
Sind mehr auf den Hügel, als auf den Tempel, gerichtet;
Wenn ich anders es sehe, wohin sie blicken. Verworfner!
Ja, so bist du erniedrigt, du darfst dein schamvolles Auge
Nicht zu den Gottgetreuen erheben, obgleich du es wagtest,
Ihnen selber in ihrer verklärten Gestalt dich zu zeigen!
Auf dem gebeinvollen Hügel? ... Vielleicht, daß er dort, wo Verbrecher,
Diese lautesten Zeugen des Falls der Sterblichen, bluten,
Was er auf Erden zu leiden beschloß, vollendet? Vielleicht liegt
Unter Gebeinen der Göttliche dort, und betet zum Richter?
Ach so muß ich denn wieder zum Todeshügel mein Antliz
Wenden! Er wandt es; doch schwebt' er mit bangem, säumenden Fluge;
Seitwärts schwebt' er hinab, und suchte lange mit scharfen,
Schnellen Blicken unter den Kreuzen. Er findet Johannes,
Und begleitet mit seinem Auge die Blicke des Jüngers.
Und der Geopferte für die Verbrecher hing in der Nacht hin;

Schien mit brechendem Aug' ein Grab, zur Ruhe, zu suchen!
Als von dem ersten Entsetzen sich Abbadona emporwand,
Dacht er: Es ist nicht möglich! Es ist nicht möglich! Er ists nicht!
Sterben? ... Es ist nicht möglich! ... Allein, ihr Himmel! (Was wag ich,
Mir zu überreden? ... Ich täusche mich nicht! Ich seh ihn!)
Ja! er ist es dennoch! ... Ach, den ich am Ölberge sahe,
Leiden sahe, was nie noch ein Endlicher litt, dein Opfer,
Unerbittlicher Richter, er ists! ... Izt sank er zum Hügel
Tiefer hinab. Hier will ich am Staube der Erde, (so dacht er,)
Auf den Ausgang des wunderbarsten aller Gerichte,
Warten; und, wenns ein Endlicher kann, den göttlichen Dulder
Sterben sehn! ... Was ist es in mir, so wie Ruhe mich lindert?
Ists Betäubung der Angst? wie? oder wirkliche Hofnung?
Ach der Hofnungen beste, vernichtet zu werden? O täusche,
Einzige Hofnung, täusche mich nicht! Mich deucht ja, ich dürfe
Um die Vernichtung dem Richter izt flehn! Es deucht mich, er werde
Jezt mich erhören! ... O wenn der göttliche Dulder sein Haupt nun,
Richter der Welt! am Kreuze geneigt hat, und du, ein Rächer,
Daß wir die Sünd erschufen; zur Sünde die Menschen verführten!
Einige dieser Verbrecher, als Todesopfer, dem Schatten
Deines Getödteten weihst, und um sein Grab sie vernichtest!
Ach, dann sondre mich auch, mich den verworfensten Sünder,
Abbadona mit aus, daß du dem Todten mich opferst!
Ach, dann bin ich nicht mehr! Dann fühl ich der nächtlichen Qualen

Flamme nicht mehr! Ich war einmal! Dann bin ich vergangen!
Aus der Wesen Reihe verlöscht! auf immer vergangen!
Von den Engeln, von allen Erschafnen, von Gott, vergessen!
Sieh, ich strecke mein Haupt, Gott, deiner Allmacht entgegen!
Würdige, Richter der Welt, mich, daß ihr geheimes Berühren,
Oder ihr fallender Blitz, aus deiner Schöpfung mich tilge!
Also wünscht, so wähnet er, hoffen zu dürfen; erfreut sich,
Und entsezt sich, über die Hofnung! Er schwebt' am Staube,
Blickte zum blutvollen Kreuz hinauf, zum sterbenden Mittler,
Dachte, mit jedem fliegenden Blicke, der Göttliche würde,
Nun! nun! sterben! Und trüberes Schrecken, vernichtet zu werden!
Überfiel, mit jedem Gedanken, ihn! Sichtbar verdunkelt,
Stand er, und strebt', und rang, die lichte Gestalt zu behalten!
Als er so sich bestrebt, und sich in der Bangigkeit wendet,
Sieht er nicht ferne von sich, bey einem der Kreuze, zur Rechten
Jenes erhabneren Kreuzes, das mitten schreckender aufstieg,
Sieht er dort auf Einmal den mitgeschafnen, geliebten,
Furchtbaren Abdiel schweben! . . . Die ringsumglänzenden Engel
Hüllt' ihm izt Dunkelheit ein! Die Schöpfung ward ihm zu enge!
So ergrif ihn die Angst, es werde sein Freund ihn erkennen!
Was in ihm unsterbliches war, die geistigen Kräfte
Alle, ruft er zurück, daß Abdiel ihn nicht erkenne!
Eilend, als wär er von Gott, aus fernen Welten, zu andern
Fernen Welten, gesandt, und dürft' auf der Erde nicht weilen;
Wandt' er zu Abdiel sich, und sprach die geflügelten Worte:
Sag, Geliebter, du weist es vielleicht: Wenn ists dem Versöner,
Daß er sterbe, gesezt? Mir ist zu eilen geboten,

Und ich wünsche doch auch, den heiligen, gottgewählten,
Schrecklichen Augenblick, wo ich auch sey, anbetend zu
feyern!
Abdiel stand gewendet. Allein izt kehrt er sein Antliz
Auf den Verlornen, und spricht mit Ernste, den Wehmut
mildert:
Abbadona! . . . So steigt ins Gesicht des blühenden
Jünglings,
Den der rufende Blitz erschlug, die Farbe des Todes
Schnell herauf! So strömte die Nacht des Abgrunds ins Antliz
Abbadonas empor! Die Heiligen sahen ihn alle,
Dunkel werden! Er floh aus ihrem schreckendem Kreise!
Als er am fernen Himmel bey einem Hügel hinabsank,
Kam an der anderen Seite des Hügels, ein angstvoller Schatten
Dunkler, als Abbadona, herauf. Die Himmlischen sahn ihn.
Und es sagte zum andern der Himmlischen einer: Wer ist er
Jener Verworfne, der dort vom Hügel gegen uns herkömmt?
Wie die Hand des Gerichts ihm seine Stirne gebrandmarkt,
Wie der ewige Tod den Gottverlaßnen entstellt hat!
Aber er wagts, in unsre Versammlung zu fliehn? . . . Doch ich
staune
Jetzo, Geliebter, nicht mehr. Siehst du den hohen Obaddon,
Der dem Schatten gebeut? Ach, es ist der Geist des
Verräthers!

Gesang XIII, Vers 454–545. Text der Ausgabe von 1768

Inhalt: Der Todesengel Obaddon ruft Satan, und Adramelech aus dem todten Meere hervor, und gebietet ihnen, entweder jezt zur Hölle zu fliehn, oder zum Grabe zu kommen. Satan entschließt sich zu diesem, und Adramelech zu jenem. Adramelech darf seinen geänderten Entschluß nicht ausführen. Der Todesengel überläßt es Abbadona, ob er zum Grabe kommen will, oder nicht. Die Herrlichkeit des Messias naht sich vom Himmel.

Und er hüllte sich ein in Nacht, und stand am Gestade,
Rufte die Ewigtodten herauf. Mit thürmender Woge,
Kamen sie, traten vor ihn. Der Todesengel enthüllte
Aus der Nacht sich. An seiner Stirne nur säumte noch Dunkel
Einer Donnerwolke, die sich, von ihm weg, am Meer hin
Langsam zog. Jezt rufte die niedergeschmetterten Kräfte
Satan in sich zusammen, und sprach zu dem Engel des Todes:
Glüklicher, fast allmächtiger Sclav, was bringst du vor Botschaft?
Auf dein Schmähn antwortet' ich dir seit Aeonen nicht! werd ich
Heut dir darauf antworten? Vernehmt Befehle! Der Todte,
Welcher auferstehet, gebeut: Entweder entfliehet
Gleich in den Abgrund! oder begleitet mich jezt zu dem Hügel,
Wo er gekreuziget ward! Er steht bey dem Hügel vom Tod' auf.
Diesen Flammenschwung, den ich schwinge mein Schwert, und nicht länger,
Sollt ihr ihn sehn! Dann stürzet ihr hin auf die Stirn! Ergrimmet,
Sünder, nicht also! Daß Er euch anzubeten geböte,
Würdiget Er euch nicht! Euch stürzt der Allmächtige nieder!
Und ihr betet nicht an. Das könnt ihr nicht! Wenn ihr mir folget;
Bleibt ihr noch hier! und folget ihr nicht; so entflieht ihr zur Hölle!
Zischender Spott, und brüllendes Hohngelächter erwarten
Euch in der Hölle. Denn viele der eurigen sahns, wie ihr flohet,
Als euch Flucht Eloa gebot! Wählt jetzo, Empörer!
Satan blickte mit Grimm auf ihn her; doch blieb er entfernt stehn.
Denn dem furchtbaren Schwerte des Todesengels entströmten
Flammen, wiewohl es ruhte. Der Hasser Gottes und Satans

Riß vom Gestad' ein Felsenstück, und zermalmts an der Stirne,
Stampft' auf die fallende Trümmer, und wollte den Ewigen lästern;
Aber er schwieg! Wählt! rufte der Engel des Todes, und hüllte
Seines Schwertes drohende Strahlen in Wolken, die dampften.
Aber sie zweifelten noch. Jezt nahte sich Abbadona,
Blickt', indem er vorüberging, Adramelech und Satan
Ohn' ihr Wüten zu fürchten, und ohne rächenden Stolz an.
Denn er war nicht ihr Richter. Doch trat er zum himmlischen Seraph
Näher, als sie vor ihm standen, und sprach: Ein Bote der Rache
Bist du, aber du kennst auch, o Engel Gottes, das Mitleid!
Darf ich nicht auch, da die beyden Empörer dürfen, den Gottmensch,
Sehn, wenn er aufersteht? Wie könnt ich es wagen zu wähnen,
Daß ich ihn anzubeten vermöge? Willkommen, willkommen
Ungesehne Hand, die mit ihnen auch mich in den Staub stürzt,
Hand des Allmächtigen! Ach! daß ich ihn nur seh, wenn er aufsteht
Aus dem Grabe, der Sündeversöhner, der Überwinder!
　Satan hört' ihn, und rief ihm entflammt mit stammelnden Grimm zu:
Sclav, nicht Gottes, der Höll'! elendester unter den Sclaven!
　Doch schon unterbrach ihn der schreckende Todesengel:
Satan, verstumme vor mir! Ich habe keine Befehle,
Abdiel Abbadona, für dich. Ich weis nicht, wie lange
Dir auf der Erde zu bleiben, und, ob dir, den göttlichen Todten,
Wenn er erwacht, zu sehen vergönnt sey. Ich kann dir nur sagen,
Daß der Hügel von Schaaren der auferstandnen Gerechten,

Und von Schaaren der Engel umringt ist. Diese Verworfne
Sehn ihn, wenn sie dieß wählen, damit des Erwachten
Triumphe
Sie zu strafen beginnen, für jenen Entschluß, den Gefallnen
Ihren Erlöser zu nehmen! du hattest an diesem Entschlusse,
Abbadona, kein Theil! Ihn aber mit meiner Entzückung,
Mit der Wonne der auferstandnen Erlösten zu sehen,
Abdiel, könntest du dich mit diesem Wunsche wohl
täuschen?
Feurig, mit Ungestüm, sprach Abdiel: Nicht, mit
Entzückung
Ach! mit Wonne nicht! allein nur sehen, nur sehen!
Ha! du Niedrigster! ruft' ihm Adramelech entgegen,
Ja, du warst es! du nanntest den Namen Eloa der Hölle!
Engel des Todes! ich geh zu der Hölle! Wehe dem Stolzen,
Der mein spottet! den sollen geschleuderte Felsen begraben!
Warum folgst du mir nicht, verworfenster unter den Engeln?
Doch kein Engel nicht mehr, nur eine Seele! Du fürchtest,
Und du täuschest dich nicht, daß ich an die untersten Stufen
Meiner Throne mit diamantnen Ketten dich feßle,
Und, indem ich in grosse Gedanken vertieft, auf den Höhen
Meiner Throne size, den Fuß auf deinem Nacken
Ausruhn lasse! Doch werde zuvor an dem Hügel ein Opfer
Deiner Kriechsucht! Schauernd, mit zürnender Traurigkeit
schüttelt
Abbadona sein Haupt: Nicht deine flammenden Worte
Schrecken, Wütender, mich! die gerechten Engel und Seelen
Schrecken mich, und Jehova mein Feind! . . . . Er wandte sein
Antliz.
Adramelech verließ sie. Ich folge dir! stammelte Satan
Wütend zum Todesengel. Die Stirne voll Donnernarben
Wurd ihm dunkler, indem er folgte. Sie schwebten. Voll
Zweifels
Stand noch Abdiel. Ungestüm wandt' izt Adramelech
Wieder sich um. Er wälzt' in dem rasenden Felsenherzen
Eine Lästrung, schwarz, wie die Nacht der untersten Hölle.

Und entschlossen, herauszuströmen das Ungeheuer
In der Versammlung der Heiligen, schrie er: Ich folge dir, Engel!
Wende dich! rief mit des Donners Ruf der Verderber, die Schöpfung
Sollst du nicht sehn! Dein Auge wird Blindheit schlagen! dich führen,
Beb' ihm nach! ein Geheul! . . . Schon starrte sein Aug' ihm in Nacht hin,
Und schon rauscht' es um ihn, und heult' in dem führenden Sturme.
Jammernd Geheul, er folgte; das must' er! izt fernersterbend,
Dann erschütternd nah, war in dem geflügelten Sturme.
Schnelles, unwiderstehliches, unnennbares Entsezen
Faßt' ihn, wenn das Geheul, wie Gerichtsposaunen, ihm zurief:
Weh dir! Weh! Weh dir! und es dann ihm dauchte, Gebirge
Naher Sterne wankten davon, und schmetterten krachend
Nieder auf ihn, und wälzten ihn fort in dampfenden Trümmern!

Gesang XIX, Vers 91–235. Text einer Abschrift von 1751

Inhalt: Abbadonas Schicksal wird entschieden.

Und die Sünder standen allein. Vom Throne des Richters
Stiegen die Todesengel herab, die Verworfnen zu führen
In die Wohnung der ewigen Nacht. Sie trugen die Schrecken
Deß auf dem Thron im richtenden Blick. Zu tausenden welzten,
Da sie giengen, die Donnerwolken des hohen Gerichtstuls
Ihrem eilenden Fuße sich nach. In einsamer Stille
Und mit sterbendem Blick, starr in die Tiefe gesenkt, stand
Abbadona, und einer der Todesengel kam nahe
Gegen sein Antliz herab. Er sah den Seraph und kannt ihn,

Und ergab sich zu sterben. Er schaute mit bebendem Auge
Auf den Richter, und rief aus allen Tiefen der Seele.
Gegen ihn wandte das ganze Geschlecht der Menschen sein Antliz
Und der Richter vom Thron. So sprach der anbetende Seraph:
Weil nun alles geschehn ist, und auf den lezten der Tage
Diese Nacht der Ewigkeit folgt, so laß nur noch einmal,
Der du stehst auf dem Throne, mit diesen Thränen dich anschaun,
Die seit der Erde Geburt mein brechendes Auge geweint hat.
Schau vom Thron, wo du stehst, du hast ja selber gelitten,
Schau ins Elend herab, wo deine Gerichteten stehen.
Auf den verlaßensten aller Erschafnen! Ich bitte nicht Gnade,
Aber laß um den Tod, Gottmensch, Erbarmer, dich bitten!
Siehe, diesen Felß umfaß ich, hier will ich mich halten,
Wenn der Todesengel von Gott die Gerichteten wegführt:
Tausend Donner sind um dich her, nimm der tausenden einen,
Waffn' ihn mit Allmacht, und tödte mich Sohn, um deiner Liebe,
Deiner Erbarmungen willen, mit denen du heute beseligst.
Ach ich bin ja von dir auch mit den Gerechten geschaffen!
Laß mich sterben, vertilg aus deiner Schöpfung den Anblick
Meines Jammers, und Abbadona sey ewig vergeßen!
Meine Schöpfung sey aus, und leer die Stätte des bängsten
Und des elendsten aller Erschaffnen . . . Es schweigt dein Donner,
Und du antwortest mir nicht! Ach muß ich leben, so laß mich,
Von den Verworffnen gesondert, auf diesem dunkeln Gerichtsplaz
Einsam bleiben; daß mirs in meinen Qualen ein Trost sey,
Tief nachdenkend mich umzuschauen. Dort stand auf dem Throne

Mit hellglänzenden Wunden der Sohn! Da huben die Frommen
Sich auf schimmernden Wolken empor! Hier ward ich gerichtet!
Abbadona blieb sinnlos stehen. Im eilenden Fluge
Standen die Todesengel, und wandten ihr Antliz zum Richter.
Feyerlich schwieg das Menschengeschlecht; die Donner verstummten.
Abbadona erwacht und fühlt die Ewigkeit wieder.
Gegen ihn kam durch die wartenden Himmel die Stimme des Richters:
Abbadona; ich schuf dich; ich kenne meine Geschöpfe;
Sehe den Wurm, eh er kriecht, den Seraph, eh er empfindet;
Kenn' im Labyrinthe des Herzens den tiefsten Gedanken:
Aber du hast mich verlaßen, und jene Gerichteten zeugen
Wider dich auch, du verführtest sie mit; auch sie sind unsterblich.
Abbadona erhub sich, und rang die Hände gen Himmel.
Also sagt' er: Ach wenn du mich kennst, und wenn du den bängsten
Aller Engel gewürdiget hast, sein Elend zu sehen;
Wenn dein göttliches Auge die Ewigkeiten durchschaut hat,
Die ich leide, so würdige mich, daß dein Donner mich faße,
Und dein Arm sich meiner erbarme, mich endlich zu tödten.
Gottmensch, ich sinke betäubt in des Abgrunds furchtbarste Tiefen;
Und mein bebender Geist fliegt über der Ewigkeit Schauplaz
Gränzenlos hin, und ruft dem Tod, so oft ich dran denke,
Daß du mich schufst, und ich es nicht werth war, geschaffen zu werden.
Schau, wo du richtest herab, und sieh, o Erbarmer, mein Elend,
Laß den Gedanken nur einmal noch meine Seele gedenken,
Daß du mich schufst, daß auch ich von dem Besten der Wesen gemacht ward,

Und dann tilg auf ewig sie weg vom Antliz der Schöpfung.
Sey gegrüßt Gedanke vom nahen Abschied von allen,
Die Gott schuf, und dem Unerschaffnen, der lezte Gedanke.
Da der vollendete Himmel in seinen Kreisen herauf kam,
Und der erste Jubelgesang die Unendlichkeit füllte,
Da mit einer großen Empfindung, die von dem Erschaffer
Alle auf einmal empfanden, die werdenden Engel sich fühlten,
Da der Einsame sich vor Myriaden enthüllte,
Wie er von Ewigkeit war, und zuerst der höchste Gedanke
Nicht allein von Gott mehr gedacht ward, da schuf mich mein Richter.
Damals kannt ich kein Elend, kein Schmerz entweihte die Hoheit
Meiner Seele. Von allen, die ich zu lieben mir wählte,
War mir der liebenswürdigste, Gott. Mit schattenden Flügeln
Deckte mich ewiges Heil! In jeder Aussicht erblickt' ich
Seligkeit um mich herum; mir jauchzt' ich in meiner Entzückung,
Daß ich geschaffen war von dir geliebet zu werden,
Von dem besten der Wesen. Ich maß mein dauerndes Leben
Nach der Ewigkeit ab, und meine seligen Tage
Nach der Zahl der Erbarmungen Gottes! Nun muß ich vergehen,
Nicht mehr seyn; nicht mehr mit tiefer Bewunderung Gott sehn,
Und am Throne des Sohns kein Halleluja mehr singen.
Werde denn aufgelöst, ewiger Geist, dein Zweck ist vollendet;
Sey nun zum lezten mal angebetet, o du, der zum Zeugen
Seiner Huld mich, zum Zeugen der ernsten Gerechtigkeit machte.
Also sagt er, und sank vor dem Thron des Richters aufs Antliz,
Und erwartet den Tod. Und tiefe, feyrliche Stille
Breitet noch über den Himmel sich aus, und über die Erde.

Damals hub ich mein Angesicht auf, und sah durch die Himmel,
Und ich sah auf den goldenen Stühlen die Heiligen beben,
Vor Erwarten der Dinge, die kommen sollten; ich sah auch
Die Schaar der Verworfnen um Abbadona erwartend
Umherstehn, es lagen um sie die nächtlichen Wolken
Unbeweglich. So sah ich die Todesengel, sie wandten
Starr von Abbadona ihr Antliz zum Throne des Richters.
Hier verstummte der Vater der Menschen. Die Heiligen sahn ihn,
Als wenn er unter ihnen noch einmal vom Tod erwachte,
Da er fortfuhr, zu erzähln; wie die liebende Stimme des Vaters
Zu dem Sohn, wie der Nachhall der Jubel, erhub sich vom Throne
Diese Stimme: Komm Abbadona zu deinem Erbarmer!
Adam verstummte von neuem. Da ihm die Sprache zurük kam,
Da er mit feurig geflügelten Worten zu reden vermochte,
Sagt' er: Schnell, wie Gedanken der Himmelsteigenden Andacht,
Wie der Sturmwinde Flügel, in denen der Ewige wandelt,
Schwung sich Abbadona empor, und eilte zum Throne.
Als er durch die Himmel dahergieng, erwachte die Schönheit
Seiner heiligen Jugend im betenden Auge, das Gott sah,
Und die Ruh der Unsterblichen kam in des Seraphs Gebehrde.
So ist keiner von uns an der Auferstehungen Tage
Über den Staub gestanden, wie Abbadona daher gieng.
Abdiel konnte nicht mehr des Kommenden Anblik ertragen,
Schwung sich durch die Gerechten hervor, mit verbreiteten Armen
Jauchzt' er laut durch die Himmel, die Wange glüht' ihm, die Krone
Klang um sein Haupt; er zittert auf Abbadona herunter,

Und umarmt ihn. Der liebende riß sich aus seiner Umarmung,
Und sank itzt zu den Füßen des Richters aufs Angesicht nieder.
Nun erhub sich in allen Himmeln des lauten Weinens
Stimme, die Stimme des sanften Jubels, der betenden Harfen
Silberton kam von den Stühlen der vier und zwanzig Gerechten
Zu dem Stuhle des Sohns, und sang von dem Todten, der lebte.
Wie kann ich reden die Worte, die Abbadona gesagt hat,
Da er kam vor den Thron, und zu dem auf dem Throne sich wandte!
Also sagt' er, und hatte die Zeichen des ewigen Lebens:
O mit welchen festlichen Nahmen, mit welchen Gebeten
Soll ich zuerst dich nennen, der du dich meiner erbarmt hast?
Kinder des Lichts, die ich liebte, zu euch bin ich wieder gekommen!
Erstgebohrner der Schöpfung, und ihr durch die Wunden des Sohnes
Erben des ewigen Lebens! wohin bin ich wieder gekommen.
Sagt mir, ach sagt mir, wer rief mir, wes war die Stimme vom Throne,
Der beym Nahmen mich nennte? Du bist die Quelle des Lebens!
Fülle der Herlichkeit! ewige Quelle des ewigen Lebens!
Heil ist dein Nahmen! Du bist Jehova, der Erstling vom Vater!
Licht von Licht, des Bundes Mittler, das Lamm, das erwürgt ward!
König heißest du auch! Ich will die Liebe dich nennen!
Siehe, Gott hat an des Weltgerichts Abend noch einmal erschaffen!
Denn ich war einer der ewig Todten; den lezten der Tage
Schuf er mich neu, und riß mich aus meines Todes Umschattung

Wieder zum ewigen Heil, das unaussprechlich, wie Gott, ist!
Halleluja, ein feyerndes Halleluja, o erster
Sey dir von mir nun ewig gesungen! Zur Todesangst sprachst du,
Sey nicht mehr, und zu den Thränen, ich hab euch alle gezählet.
Freudenthränen, und Dank, und Anbetung sey dem auf dem Throne.

Zur Rezeption des *Messias*

Die Rezeptionsgeschichte des *Messias* beschreibt unmittelbar einen Ausschnitt der Literatur- und Geistesgeschichte. Ein bedeutendes Seitenstück zu den Dokumenten der öffentlichen Wirkung in selbständigen Publikationen oder in Zeitschriften ist mit Zeugnissen gegeben, die für keine oder doch nur eine eingeschränkte Öffentlichkeit bestimmt waren, und zwar in Briefen, die Klopstock mit seinen Freunden und diese untereinander wechselten. Davon wird hier eine Auswahl auszugsweise mitgeteilt. Sie kann die in den Jahren 1748–1750 öffentlich geäußerte Kritik vertreten, weil dort zunächst im groben, wortreich und literarisch weitgehend unqualifiziert, für und gegen Klopstocks Epos geschrieben wurde; relevant wird die kritische Auseinandersetzung erst nach der Ausgabe von 1751. Von der Aufnahme der Erstveröffentlichung vermitteln diejenigen ein zutreffendes Bild, die bei einer grundsätzlich positiven Einstellung zum *Messias* abgewogene Bedenken und aufschlußreiche Reflexionen der öffentlichen Wirkung austauschten. Diesen muß grundsätzlich ein höheres spezifisches Gewicht zuerkannt werden als den polemischen Äußerungen der literarischen Gegner oder dem emphatischen Lob mancher Freunde Klopstocks.

Da Bodmer eine oder sogar die treibende Kraft bei der Durchsetzung der Messiade war, ist verständlich, daß die meisten Zeugnisse aus seinen Korrespondenzen stammen. Bei der Auswahl der Briefe, die weder von noch an Klopstock geschrieben sind, wurden die für die historisch-kritische Edition der Werke und Briefe Klopstocks zusammengeführten Materialien herangezogen, darunter handschriftlich überlieferte Zeugnisse, die dankenswerterweise von verschiedenen Bibliotheken zur Verfügung gestellt worden sind.

1. *Carl Christian Gärtner an Bodmer, 8. April 1747:*

[. . .] Indessen statte ich Ihnen für das Vergnügen, so mir Dero Zuschrift erweckt hat, den aufrichtigsten Dank ab. Ich und alle meine Mitarbeiter an den Neuen Beyträgen[1] sind sattsam belohnt, wenn wir an Ihrem und Hrn. Canonicus Breitingers Beyfall über unsre Bemühungen nicht zweifeln dörfen. Da ich die Ausgabe dieser Monatsschrift nicht länger besorgen kann: So habe ich Hrn. Giseken aus Hamburg, einem Freunde des Herrn von Hagedorn diese kleine Amtssorge überlassen [. . .]. Das erste Stück des IV. Bandes ist izo unter der Presse, und wird mit Fabeln und Erzählungen angefüllt werden. In eben diesen Band werden wir das erste Buch von einem grossen Epischen Gedichte setzen, in welchem sich der Verfasser das Werk der Erlösung zu besingen vorgenommen hat. Er hat sich einen Grundplan davon gemacht, welcher ungefehr zwölf Bücher, oder einige mehr betragen könnte, bey den Versen aber hat er sich das griechische Sylbenmaaß des Homers gewählt, welches seiner Meynung nach, mehr Abwechslung und Anmuth hat, als die deutschen Jamben. Ich nehme mir die Freyheit, Ihnen ein Stück aus dem zweyten Buche[2] mitzuschicken, woraus Sie selbst seine Schreibart und seine Fähigkeit beurtheilen können. Wollen Sie mich über dieses Stück Ihrer Aufrichtigkeit würdigen, so werde ich es sowohl als die Verfasser[3] für eine besondre Probe Ihrer Freundschaft halten, wie wir denn blos in der Absicht, das Urtheil der Kenner zu erfahren, das erste Buch dieses Gedichts in die Neuen Beyträge einrücken lassen. [. . .]

Litterarische Pamphlete. Aus der Schweiz. Nebst Briefen an Bodmern. Zürich 1781. S. 111 f. [Zit. als: Litterarische Pamphlete.]

1 *Neue Beyträge zum Vergnügen des Verstandes und Witzes*, Bd. 1–4, Bremen/Leipzig 1744–48 (*Bremer Beiträge*).

2 Das Manuskript befindet sich in der Zentralbibliothek Zürich; es umfaßt Gesang II, Vers 1–16, 55–306, 631–831. Textwiedergabe: HKA, Werke IV,4 (Synopse der textkritisch relevanten Zeugen von Gesang I–V), S. 132–292, H 2.

3 Verfasser der *Bremer Beiträge*.

2. *Friedrich von Hagedorn an Bodmer, 10. April 1747:*

[. . .] Ist Ihnen schon bekannt, daß ein junger Dichter in Leipzig, Klopstock, an einem ganz grossen und homerischen Gedichte vom Meßias arbeitet. Es bestehet aus Hexametris. Über den schweren Innhalt mag ich mich nicht erklären. Incedit per ignes suppositos cineri doloso.[1] Mich deucht, er stehet in weit grösserer Gefahr, angefochten zu werden, als Milton selbst. Ich vernehme, daß er eine Probe seines Gedichts, das eine Zeit von Jahren erfodern soll, Ihnen zur Beurtheilung einsenden wird. Noch aber will er alles geheim gehalten wissen und hat sich nicht entschliessen können, etwas davon in die Beyträge einrücken zu lassen. Was ich erhalten,[2] sende ich Ihnen, *im Vertrauen*. Er hat von Jugend auf den Homer gelesen. Ein scherzhafter Freund sagte mir, der Dichter würde Gefahr laufen, daß man seine im Anfange des Gedichts beschriebene Erdsonne mit der Sonne im Klimm, den Sie gelesen haben werden, vergleiche. Ich vergleiche sie damit nicht, und lasse allen Dichtern ihre Schöpfung und ihr Gestirne, solemque suum, sua sidera norunt[3]. Der weitere Verfolg wird zu erkennen geben, warum der Poet gleich anfangs eine solche, und keine andere Sonne zu seinem Endzwecke gewählt habe, und ehe man im Stande ist, das Ganze zu beurtheilen, kann man von diesem Stücke seiner epischen Welt auf das übrige so wenig einen hinlänglichen Schluß machen, als man ein Haus aus einer Ziegel kennen lernet. Ich kann mich nicht so sehr zu den Griechen rechnen, als zu den unzähligen Ungriechen. Doch halte ich den Homer fast so sehr in Ehren, als wenn er ein Patriarch gewesen wäre. Ich hege folglich immer ein günstiges Vorurtheil für jeden

1 Horaz, *Carmina* II 1, 7 f.: »durch Gluten schreitend, / Die unter trugvoller Asche schwelen« (Horaz, *Sämtliche Werke*, lat. und dt., hrsg. von Hans Färber, München 1957, S. 66 f.).

2 Gesang I, V. 612–685. Das Manuskript befindet sich in der Zentralbibliothek Zürich. Textwiedergabe: HKA, Werke IV,4 (Synopse der textkritisch relevanten Zeugen von Gesang I–V), S. 112–126, H 1.

3 Vergil, *Aeneis*, VI,641.

Dichter, der, zumal zeitig, den Vater der Dichtkunst kindlich lieben und ehren lernet. Diesen Dichter [Klopstock] aber kenne ich einigermaßen aus den kritischen Briefen des laconischen Janozki, S. 108.120.[4] [. . .]

Litterarische Pamphlete. S. 104 f.

3. *Klopstock an Christian Wilhelm Becker, 22. Juni 1747:*

[. . .] Man sagt hier, daß ein gewisser finstrer u einsiedlerischer Mensch ein Gedicht vom Messias schreibe. Einige von meinen Freunden, die ihn kennen, haben ein Blätchen davon erwischt, es ist der Anfang des dritten Gesangs, er heist:[1]

Sey mir gegrüst, ich sehe dich wieder, die du mich gebarest,
Erde, mein mütterlich Land, die du mich im külenden Schosse
Einst bey die Schlaffenden Gottes begräbst, u meine Gebeine
Sanfte bedekst, doch dann erst, dies hoff ich zu meinem Erlöser,
Wenn von ihm mein heiliges Lied zu Ende gebracht ist
Alsdann sollen die Lippen sich erst, die ihn zärtlich besangen,
Dann erst sollen die Augen, die seinentwegen vor Freuden
Oftmals weinten, sich schliessen, dann sollen erst meine Freunde
Und die Engel mein Grab mit Lorbern u Palmen umpflanzen,

4 Johann Daniel Janozki, *Critische Briefe an vertraute Freunde geschrieben und den Liebhabern der gelehrten Geschichte zu gefallen herausgegeben*, Dresden 1745. – Janozki (1720–86) war zeitweilig Mitschüler Klopstocks in Schulpforta und stellt in seinem Buch Charakter und literarische Produktion von Lehrern und Mitschülern dar. Vgl. HKA, Briefe I, S. 177.

1 [Nr. 3] III 1–11; vgl. die Umgestaltung der Verse in Klopstocks Brief an Bodmer (Brief Nr. 27).

Daß, wenn ich einst nach himmlischer Bildung von
todten erwache,
Meine verklärte Gestalt aus stillen Haynen hervorgeh.

Hamburger Klopstock-Ausgabe. Briefe I. S. 3 f.
[Zit. als: HKA.]

4. *Klopstock an Christian Wilhelm Becker, 5. August 1747:*

[. . .] Sie sind sehr gütig in Beurtheilung des Fragments.[1] Ich habe mit dem Verfasser gesprochen. Er läst sich bey Ihnen recht sehr bedanken, er war aber auch ein wenig ungehalten, dass Sie, wie er von andern gehört, zu gute Absichten mit seinem Gedichte hätten. Nehmen Sies dem Menschen nicht ungütig, er ist bisweilen ein bischen eigensinnig. Dass Sie aber wirklich einige Absichten damit zu haben scheinen erhellet daraus, dass Sie den Grundris verlangen. Den Grundris? sagte er, und wenn ihn Bodmer von mir verlangte, so würde er ihn nicht bekommen. Und diesen Eigensinn verzeih ich ihm selber. Das habe ich wohl gehört, dass er vielleicht die ersten zween Gesänge bald wird drucken lassen. [. . .]

HKA, Briefe I, S. 5.

5. *Bodmer an Johann Elias Schlegel, 2. September 1747:*

[. . .] Man hat mir aus Leipzig das zweyte Buch des Messias gesandt. Es soll ein episches Gedicht von 10 oder 12 Büchern werden. Milton's Geist ruht auf dem Verfasser. Es ist ein Karakter darin, der Satans zu übersteigen drohet;[1] und ein anderer, der uns mitten unter den verdammten Engeln zum Mitleiden beweget.[2] Der Vers ist eine Art von Hexametern, trefflich wohl gerathen, und ohne Reimen. Er ist um ein grosses fließender und bequemer als der Vers, den Ew. Hoch-

1 Vgl. Brief Nr. 3.
1 [Nr. 5] Adramelech.
2 Abbadona.

edelg. in dem Gärtner-Könige[3] gebrauchen, welcher den Hintertheil allzu langsam nachschleppt.

Ich bin versichert, daß das Gedicht von dem Messias mit einer gewissen Geschwindigkeit zuwegen bringen wird, was die Kritik mit vieler Mühe und in langer Zeit nur halbig gethan, nämlich, den Deutschen einen Geschmack an Milton's Erfindungen und der Hoheit seiner Gedanken beyzubringen. [. . .]

Morgenblatt für gebildete Stände (3. 8. 1810) Nr. 185. S. 738.

6. *Bodmer an Johann Wilhelm Ludwig Gleim, 12. September 1747:*

[. . .] Ich kenne die Herren Uz, Ramler, Kleist nicht weiter, als daß ich ungemein viel Gutes von ihren Geschicklichkeiten habe rühmen hören; ich wünsche sehr, ihre Musen genauer kennen zu lernen. Von einem jungen Menschen in Leipzig hat man mir etwas Ungemeines gezeigt; es ist das zweite Buch eines epischen Gedichts vom Messias.[1] Aus diesem Stücke zu urtheilen, ruhet Miltons Geist auf dem Dichter; es ist ein Charakter darin,[2] der Satans Charakter zu übersteigen drohet. Ein Anderer[3] erwirbt sich das Mitleiden mitten unter den verdammten Engeln. Welches Prodigium, daß in dem Lande der Gottscheds ein Gedicht von Teufels-Gespenstern und Miltonischen Hexenmährchen geschrieben wird!

Briefe der Schweizer Bodmer, Sulzer, Geßner. Aus Gleims litterarischem Nachlasse. Hrsg. von Wilhelm Körte. Zürich 1804. S. 66. [Zit. als: Briefe der Schweizer Bodmer, Sulzer, Geßner.]

3 Johann Elias Schlegel, *Der Gärtnerkönig. Eine Tragikomödie*. Textprobe in: *Werke*, Th. 2, hrsg. von J. H. Schlegeln, Kopenhagen/Leipzig 1773, S. 635–637. Versmaß: reimlose Alexandriner mit der Zäsur in der fünften Silbe.

1 [Nr. 6] Zum Manuskript, auf das sich Bodmer hier bezieht, vgl. Brief Nr. 1.

2 Adramelech.

3 Abbadona.

7. Friedrich von Hagedorn an Nicolaus Dietrich Giseke, 24. September 1747:

[. . .] Hr. Bohn[1] bringt den Messias seinem geschickten Verfasser wieder.[2] Ist die Kunst zu gefallen auch der Dichtkunst gantz unentbehrlich, so läuft dieses Gedicht Gefahr nur bewundert zu werden. Ich würde eine andere Materie mir aus so vielen gewählt haben, damit man mich nicht mit so vielem Rechte immer mit dem Milton vergleiche etc. Nun aber Hr. Kloppstock schon so weit damit gekommen und in den schon verfertigten Gesängen nicht gemeine Kräfte gewiesen; halte ich nicht für rathsam, mit dergleichen Scrupeln ihn zu beunruhigen. Mit meinem Briefe wird er hoffentlich nicht unzufrieden, ich aber möchte doch davon, durch Sie, vergewissert seyn. [. . .]

Hs.: Karl-Marx-Universität, Universitätsbibliothek Leipzig.

8. *Nicolaus Dietrich Giseke an Bodmer, 25. November 1747:*

[. . .] Ihr Urtheil von dem Meßias hat nicht allein seinen Verfasser, sondern auch seine Freunde ungemein vergnügt. Was sollte auch einen poetischen Geist in unsern Zeiten anders aufrecht erhalten können, als der Beyfall solcher Männer, deren Urtheilen er sich allein unterwirft? Ich muß es unserm Freunde, dem Hrn. Klopstock, nachrühmen, daß er in der That keine andre Aufmunterung nöthig hat, und ungeachtet aller der widrigen Urtheile, die auf ihn warten, mit dem Muthe eines Geistes fortfährt, welcher sie verachtet, weil er sie vorhersieht, und sehr unzufrieden seyn würde, wenn ihn seine Hofnung, einem gewissen Theile von Lesern zu mißfallen, betriegen sollte. Er ist so ungedultig dieses zu erfahren, daß er gesonnen ist im 4ten und 5ten Stücke des izigen Bandes der Beyträge, die ersten drey Bücher den Urtheilen des

1 Johann Carl Bohn (1712–73), Hamburger Buchhändler.
2 Welche Teilfassungen, die bis dahin ausgearbeitet waren, Hagedorn erhielt, ist nicht bekannt.

Publici Preis zu geben. Wir wollen hoffen, daß noch eine Zeit kommen wird, welche den Verdiensten mehr Gerechtigkeit wiederfahren läßt, und uns unterdessen durch den Beyfall der wenigen belohnt machen, die es allein verdienen für das Publikum unsrer Zeit angesehen zu werden. Wir haben uns in Leipzig immer eingebildet, daß nur bey uns die Unwissenheit und die Verachtung des guten Geschmacks und der schönen Wissenschaften so allgemein wäre. Es ist uns also eine Art vom Troste gewesen, als wir von dem Hrn. D. Hirzel erfahren haben,[1] daß auch Sie in Ihren freyen und glückseligen Gegenden mit uns leiden. Wir müssen uns wohl freylich zufrieden geben, wenn unsre wenigen Bemühungen noch keinen bessern Fortgang gehabt haben, da es auch Ihnen und Ihrem würdigen Freunde[2] noch nicht möglich gewesen ist, die Hindernisse des Geschmacks bey Ihnen ganz aus dem Wege zu schaffen. Desto angenehmer sind uns die Nachrichten gewesen, die wir durch eben den Hrn. D. Hirzel von dem Hrn. v. Kleist, von Hrn. Rammlern, und ihren poetischen Freunden erhalten haben. [. . .]

[. . .] Herr Rabener, Hr. Ebert, Hr. Gellert, Hr. Klopstock, Hr. Cramer und Hr. Pottelwitz versichern Sie Ihrer besondern Hochachtung.

Litterarische Pamphlete. S. 113–115, 120.

9. *Heinrich Waser an Bodmer, 22. Dezember 1747:*

[. . .] Die schönen gedankenvollen Schriften die Sie mir unlängst zugesandt und welche hier wieder mit höflichem Dank zurükkommen haben mich sehr ergözt. Man hat sie zum Theil Ihnen und Hrn. Breitingern zu danken und ich gratuliere Ihnen deßwegen. Ich rede nemlich besonders von dem Jüngling, den Messias und der Landlust[1] [. . .]

1 Hans Caspar Hirzel (1725–1803) bereiste 1746/47 – ähnlich wie später Johann Georg Schultheß (vgl. Brief Nr. 31) – Deutschland, um die literarischen Verhältnisse kennenzulernen. Er war Arzt in Zürich.

2 Johann Jakob Breitinger (1701–76).

1 [Nr. 9] Ewald Christian von Kleist, *Der Frühling* (urspr. Titel: *Landlust*), zuerst 1749 veröffentlicht.

Dem Abdruke des Messias sehe ich mit Verlangen entgegen: ich glaube Milton habe darin einen Vortheil gehabt, daß von dem Fall der Teuflen in [der] H[eiligen] Schrifft (dieses factum ausgenohmen) gar nichts steht und er mithin die Art und Weise samt den Folgen völlig nach seiner eigenen Phantasie hat bilden können, da hingegen der Verfaßer des Messias eine Vorschrifft hat nach der er sich richten muß; ohne dieselbe ist mir vorgekommen würde der Teufel schon in diesem Buch[2] vielleicht da und dort anders geredt und gethan haben. Warum hat er z[um] ex[empel] nicht gleich da Jesus ihn aus dem Beseßenen[3] getrieben hat einen Anfall auf ihn gewagt und ihn gesucht zu vertilgen? etc. Der Teufel Abaddonaah ist eine recht glükliche und reizende fiction: mich wundert nur was zulezt orthodoxe mit ihm werde werden können? Muß er in der Helle bleiben so deucht mich er werde auch wieder zu einem wahren Teufel müßen gemacht werden: denn jezt redet er wie ein bußfertiger Sünder [. . .] Kommt er aber heraus so können wirs Theologi nicht gelten laßen. Wir werden ihn wieder herunter predigen noch tieffer herunter als er zuerst gewesen: und wenn der Abadonaah sich an dem Autor halten will so mag dieser zusehen daß er ihn nicht mit sich herunterziehe, wir sind in solchem Falle nicht verpflichtet ihm nachzulauffen und ihn zu erretten. [. . .]

Hs.: Zentralbibliothek Zürich.

10. *Friedrich von Hagedorn an Nicolaus Dietrich Giseke, 25. Dezember 1747:*

[. . .] In welchen Umständen befindet sich der Miltonische Hr. Klopstock? Erlauben Sie ihm die zufriedene Musse, welche sein erhabenes und ausführliches Gedicht vom Messias so sehr erfodert? Werden die mystischen Vorstellungen nicht, ohne die glücklichste Sorgfalt, Gefahr lauffen, denen

2 Gesang II. Zum Manuskript vgl. Brief Nr. 1, Anm. 2.
3 Samma.

Neumeistern[1] künftiger Zeiten anstössig zu seyn? Ich mögte wissen, ob er, ohne es zu vermuthen, auf Erfindungen gerathen, die, in gleicher Materie, Milton im Paradise Regained angebracht hat. Nichts ist möglicher. Heute bin ich so schweitzerisch, daß ich mit Bodmern glaube, dem sich selbst gelassenen Deutschen Leser falle es schwer, sich nicht in die Tieffen solcher Gedichte zu verlieren. [. . .]

Hs.: Staats- und Universitätsbibliothek Hamburg.

11. *Friedrich von Hagedorn an Bodmer, 13. April 1748:*

[. . .] Eben izt erhalte ich ein Schreiben vom Hrn. *Giseke*. Er gehet von Leipzig über Hamburg nach Hannover, die Erziehung der Kinder des Herrn Geheimjustizraths *Strube* daselbst über sich zu nehmen. Vermuthlich vernehme ich noch vieles von ihm, das ich schriftlich nicht erfahren habe. [. . .]

Die geneigte Meinung, welche Sie über den »Messias« des Herrn *Klopstok's* äussern, bekräftigt mich in der meinigen. Sie haben Recht, indem sie sagen, es sey eben so arg, für einen Kezer angeschwärzt zu werden, als für einen Zauberer. Solte K[lopstock] nicht Gefahr lauffen, der Zauberkunst angeklagt zu werden, so lasse ich noch sehr dahin gestellt seyn, ob sein Gedicht ihn nicht einer Kezerei verdächtig machen kann. Er und jeder Kezer incedit per ignes suppositos cineri doloso[1]. Ich werde nun wohl hören, wie weit er mit seinem Gedichte gekommen ist.

Briefe berühmter und edler Deutschen an Bodmer.
Hrsg. von G. F. Stäudlin. Stuttgart 1794. S. 74 f.

1 Erdmann Neumeister (1671–1756), bekannt geblieben als Kirchenlieddichter, war damals Pastor an der Jacobikirche in Hamburg und galt als eifriger Verfechter des Luthertums gegen Pietisten und Reformierte.

1 [Nr. 11] Siehe Brief Nr. 2, Anm. 1.

12. *Ewald Christian von Kleist an Johann Wilhelm Ludwig Gleim, 10. Juni 1748:*

[...] Sie haben doch schon den *»Messias«* in den »neuen Beiträgen« gesehn. Ich bin ganz davon entzückt; Milton's Geist hat sich über den Verfasser ausgegossen; nur schade, daß die Versart noch toller wie die meinige ist.[1] Nun glaube ich, daß die Deutschen noch was Rechts in den schönen Wissenschaften mit der Zeit liefern werden; solche Poesie und Hoheit des Geistes war ich mir von keinem Deutschen vermuthen außer von Ihnen. Wissen Sie nicht, wie der Verfasser heißen mag?[2] Ich glaube nicht, daß er schon ehr an den »Beiträgen« mitgearbeitet; wenigstens erinnere ich mich nicht, einer ähnlichen Schreibart vorher darin gewahr geworden zu sein.

Ewald von Kleist's Werke. T. 2: Briefe von Kleist.
Hrsg. von August Sauer. Berlin [o. J.] S. 115.

13. *Klopstock an Bodmer, 21. September 1748:*

[...] Aber haben Sie nicht, bey Ihren Zweifeln selbst, noch ein zu gütiges Vorurtheil vor unsre Nation? Ich glaube, daß man sie oft aufwecken müssen wird, eh sie nur mercken, daß ein Messias da ist. Sie wollen den Messias in der Sprache des Tasso recensiren. Es ist mir ein grosses Vergnügen den Verehrern des Tasso, u den Bewundrern des Angelo bekandt zu werden. [...]

Das Sylbenmaaß des Messias wird noch vielen anstössig seyn. Ich sehe, es wird eine ziemliche Zeit dazu gehören, eh man ausgemacht haben wird, daß deutsche Hexameter vor sich, u besonders zu einem langen Gedichte, harmonischer u klingender sind, als deutsche Jamben. Die Fremdlinge im Homer werden sich darein nicht finden können; u man verlangt doch nichts weiter von Ihnen, als daß sie eben den Ton

1 Gemeint ist *Der Frühling* (s. Brief Nr. 9, Anm. 1).
2 Veröffentlichungen in den *Bremer Beiträgen* erfolgten anonym.

auf die Worte eines Hexameters sezen, den sie auf die Worte eines klingenden Perioden einer Rede sezen. [. . .]

Denen werthen Herren, die so viel Mitleiden mit Abbadonaa haben, sagen Sie, daß ich selbst so wehmüthig über sein Schicksal bin, daß ich kaum so viel Gewalt über mein Herz habe, mich dem strengen Ernste der Religion, die über unser Herz ist, zu unterwerfen. Doch soll seine Geschichte, wie ich glaube, Ihre Zärtlichkeit niemals zu gewaltig angreifen. Er ist zur Verherrlichung des Messias da. Bald wird er weinen; daß der Messias nicht auch sein Messias ist. Und beym Weltgerichte wird er so gewaltig um Gnade flehen, daß vor dem lauten Weinen des Menschengeschlechts u der Seraphim die Stimme der Donner nicht mehr wird gehört werden.[1]

Wie glücklich werde ich seyn, wenn ich bey Vollendung des Messias, etwas zur Verherrlichung unsrer grossen u ganz göttlichen Religion werde beygetragen haben. Wie süß u entzückend sind diese Vorstellungen meinem Geiste! Das ist meine grosse Belohnung. Und die zeigen Sie mir, mein theurster Freund, von ferne. [. . .]

HKA, Briefe I, S. 17–20.

14. *Georg Friedrich Meier an Bodmer, 23. Dezember 1748:*

[. . .] – Beykommende Schrift[1] wird Ihnen zeigen, wie sehr mich der Messias gerührt, und ob ich gleich gestehe, dass Ew. Hochedelgeb[oren] zu gefallen ich diesse Blätter geschrieben, so muss ich doch sagen, dass diesses nicht der eintzige Bewegungsgrund gewesen. [. . .] Man muss die Deutschen gleichsam mit der Nase drauf stossen, wenn sie die Schönheiten fühlen sollen. Vielleicht hat diesse Schrift den Nutzen, den ich wünschte. Ich habe H. Klopstocken ein Paarmal freundschaftlich getadelt. Das erste ist eine Kleinigkeit und ich kan mich auch geirrt haben. Allein bey dem andern Tadel des

1 Gesang V und XIX, vgl. Anhang, S. 147 und 162 ff.

1 [Nr. 14] G. F. Meier, *Beurtheilungen des Heldengedichts, der Meßias*, Halle 1749.

Abbadonaa wegen[2] bitte ich mir Ew. Hochedelgeb[oren] Gedanken aus, ob Sie meine Empfindungen billigen. [. . .]

Ernst Bergmann: Die Begründung der deutschen Ästhetik durch Alex. Gottlieb Baumgarten und Georg Friedrich Meier. Mit einem Anhang: G. F. Meiers ungedruckte Briefe. Leipzig 1911. S. 262.

15. *Johann Georg Sulzer an Bodmer, 18. Januar 1749:*

[. . .]

Sie thun ein sehr gutes Werk, daß Sie sich des Messias und seines Verfassers so eifrig annehmen. Wenn jemals ein Genie würdig gewesen, daß man sich seiner angenommen, so ist es gewiß dieses. Was für Hoheit und Reichthum der Erfindung, Gedanken und Ausdrücken! Und wie konnte ein so feuriger Geist zugleich so reitzend natürliche und einfältige Scenen anbringen? – Es kommt mir um so viel nöthiger vor, diesen Verfasser aufzumuntern, da Herr Ebert mir selber gesagt, daß die Verfasser der Bremischen Beiträge nicht ungerne sähen, daß er stehen bliebe.[1] Ist er ihnen etwa in seinen Gedanken und Ausdrücken zu hoch? Mir ist er's zuweilen. Es sind ganze Verse und bisweilen einzelne Begriffe, da ich ihn nicht erreichen kann. Er kommt mir gegen Virgil vor, wie Newton gegen den Euclid betrachtet. Man findet nicht, daß Euclides wo gefehlt hat. Newton hat seine Fehler; aber der Umfang

2 Die wichtigsten diesbezüglichen Sätze lauten: »Ein Teufel aber *Abbadonaa* fängt eine Rolle an zu spielen, die einen mitleidigen Leser aufs höchste rühren muß. [. . .] er ist anders gesinnt als die gantze Hölle. Er ist ein Verfechter Gottes und des Meßias. Er ehrt und fürchtet Gott, und seinen Meßias noch. Er ist also gleichsam nur ein halber Teufel. Ich will mir also die Freyheit nehmen zu sagen, daß dieser Character entweder unwahrscheinlich ist, oder der Dichter muß das System der Wiederbringung annehmen. [. . .] Läßt der Dichter diesen Teufel ewig verdamt bleiben, so gestehe ich frey, daß meiner Einsicht nach diese Sache ein grosser Fleck dieses Gedichts seyn wird. [. . .] Wenn an statt eines Teufels ein ruchloser Mensch, der noch Gnade zu hoffen hat, des Abbadonaa Rolle spielte, so wäre diese gantze Stelle ein Meisterstück« (ebd., S. 46–52).

1 [Nr. 15] Vgl. dazu HKA, Briefe VII,3, S. 937.

seiner Wissenschaft ist eine ganze Welt gegen das kleine Land, das Euclides bearbeitet hat. [. . .]

Briefe der Schweizer Bodmer, Sulzer, Geßner. S. 103 f.

16. *Klopstock an Johann Heinrich Meister, 26. Januar 1749:*

[. . .] Weitere Nachrichten von der Fortsetzung des Meßias kan ich Ihnen deßwegen nicht geben, weil ich nicht gesonnen bin von dem Plane des Gedichts etwas in Voraus zu entdekken. Ich überlaße es Ihnen[1], ob Sie vor nöthig befinden sollten, die Freyheit in diesem so wichtigen Theile der Religions-Geschichte zu dichten, kurz zu rechtfertigen. Der Hauptgrund dieser Freyheit ist ein Ausspruch Johannis, wo er sagt, daß die Welt die Bücher nicht faßen würde, wenn alle Thaten des Meßias aufgeschrieben werden sollten.[2] Der zweyte Puncte kömmt darauf an, ob ich des erhabenen Systems der Christlichen Religion würdig gedichtet habe. [. . .]

HKA, Briefe I, S. 35.

17. *Johann Joachim Spalding an Gleim, 8. März 1749:*

[. . .] Wenn ich eine Vollmacht zur Bedienung bekomme, so mögt' ich sie an Herrn *Klopstock* geben.[1] Wer sollte nicht unruhig seyn, so lange ein solcher Geist noch unversorgt ist. Er ist doch ein eigentlicher Deutscher? Warum kennt ihn denn niemand, als *Bodmer* und die Schweitzer. Sobald die Pommerschen Nachrichten wieder anfangen,[2] die seit dem

1 Meister plante, wie aus diesem Brief Klopstocks, aber auch aus dem an Meister vom 26. 4. 1749 (HKA, Briefe I, S. 45–48) hervorgeht, den *Messias* zu rezensieren. Eine Veröffentlichung der Rezension ist nicht nachzuweisen.

2 Joh. 21,25.

1 [Nr. 17] Spalding war Pfarrer in Lassahn (Vorpommern). Er zählt zu den Begründern der aufklärerischen Theologie.

2 *Pommerische Nachrichten von gelehrten Sachen*, Greifswald 1743–48. – Wurde nicht fortgesetzt.

Anfange dieses Jahres unterbrochen sind, sollen Sie das Lob des Meßias verkündigen. [. . .]

Briefe von Herrn Spalding an Herrn Gleim. Frankfurt 1771. S. 50.

18. *Klopstock an Nicolaus Dietrich Giseke, 18. März 1749:*

[. . .] Bodmer hat durch Hallern den Mess. an den P[rinzen] von Wallis[1] schicken lassen. Haller hat mir den englischen Brief eines gewissen Wetsteins geschickt, worin versichert wird, daß der Prinz das Gedicht wohl aufgenommen habe, u der Prinz würde sich ohnfehlbar nach den Umständen des Verfassers erkundigen. [. . .]

HKA, Briefe I, S. 38.

19. *Bodmer an Johann Georg Sulzer, 29. März 1749:*

[. . .] Im übrigen bleibt Klopstok mein Held; er ist unter den Poeten, was der Messias unter den Menschen. Der Hr. Pfarrer Heß von Altstätten hält ihn für einen Poeten der nicht fehlen kann; Er hat ihn sehr tief gestudiret. Ich höre noch nicht, daß ihn ein deutscher Kunstrichter geprediget habe; die deutschen Heiden werden doch ohne das Wort der Predigt nicht an ihn glauben; Er ist ihnen eine Thorheit. Es wäre gut, daß ein Gottesgelahrter die Freiheit in einem so wichtigen Theil der Religionsgeschichte zu dichten rechtfertigte. [. . .]

[. . .] Er sendet mir bißweilen kleine Fragmente, und entdeckt mir etwas von seinem Plane. [. . .] Jemand hat einen scrupel,[1] ob Klopstok dem Vater des Ischarioth nicht unrecht gethan, daß er ihn als einen Geizhals eingeführet,[2] da er wol ein großmüthiger, gerechter Mann gewesen seyn mag. Hr. Prof. Meyer hat mit seiner Beurtheilung Zufällige Gedanken

1 Frederick Louis, Prince of Wales.

1 [Nr. 19] Johann Caspar Heß äußerte die Kritik in: *Zufällige Gedanken über das Heldengedicht, der Meßias. Veranlasset durch Herrn Georg Friedrich Meiers [. . .] Beurtheilung dieses Heldengedichtes*, Zürich 1749.

2 Gesang III, V. 585 f., in den späteren Auflagen weggelassen (vgl. dazu Brief Nr. 30).

bey einem unsrer Freunde verursacht[3] welche diesen Frühling das Licht sehen sollen. Er, (Hr. prof. Meyer) meldet mir daß Hr doctor Baumgarten den Messias in der Hallischen Bibliothek gewiß loben werde.[4] Ein Gottesgelahrter lobet zwar nicht, wie ein Kunstrichter, doch ist allzeit gut, wenn er nur lobet. Unter den Deutschen muß das beste Ding zuerst gelobt seyn, bevor sie wissen, daß es da ist. [. . .]

Hs.: Zentralbibliothek Zürich.

20. *Johann Georg Sulzer an Bodmer, 4. Mai 1749:*

Herr Sack[1] ist Ihnen für die Ehrenerklärung sehr verbunden, und läßt Sie seiner Hochachtung versichern. Der Messias hat ihn entzückt; er konnte nicht ruhig zwei Zeilen hinter einander lesen hören. Er hat dieses Gedicht hernach lange in der Tasche getragen, und überall gepriesen, wo er hingekommen ist. Ein andrer Freund, der zugegen war, da ich es zum ersten Male brachte, hatte die folgende Nacht einen ausserordentlich poetischen Traum, der es verdiente, neben dem Messias zu stehen.

Briefe der Schweizer Bodmer, Sulzer, Geßner. S. 105.

21. *Gottlieb Wilhelm Rabener an Bodmer, 7. Mai 1749:*

Herr Klopstocks Meßias ist mitten unter uns getreten, und wir kennen ihn nicht. Es fehlt also noch sehr viel, daß er einen Evangelisten unter uns finden sollte. Ich würde über den schlechten Geschmack, und die schweren Begriffe meiner Landesleute untröstbar seyn, wenn dieser Vorwurf allgemein wäre. Die Pharisäer, Schriftgelehrten und Obersten des

3 Siehe Anm. 1. [Nr. 19]

4 *Nachrichten von einer hallischen Bibliothek*, hrsg. von S. J. Baumgarten, Halle 1748–51.

1 [Nr. 20] August Friedrich Wilhelm Sack (1703–86), Hof- und Domprediger in Berlin. Sack, der sich um die aufklärerische Theologie bemühte, versuchte für Klopstock eine Versorgung in Berlin zu finden (vgl. Brief Nr. 36).

Volks glauben zwar nicht an ihn, aber ich freue mich, daß bey denenjenigen, welche nur für sich, und nicht fürs Vaterland witzig sind, dieses vortrefliche Gedicht ungemeinen Beyfall findet.

Unser Frauenzimmer rächet den Verfasser an der pedantischen Gleichgültigkeit unsrer gründlichgelehrten Männer, und den abgeschmackten Vorurtheilen unsrer Kunstrichter von Profeßion. Es läßt mich dieses hoffen, daß man an dem Geschmacke meiner Landesleute noch nicht verzweifeln darf; und ist zugleich eine stillschweigende Demüthigung, für die kritischen Herolde, welche glauben, daß der hiesige Witz den Witz aller Ausländer, und ihr Geschmack den Geschmack aller Völker übertreffe.

Ich wünsche meinem Freunde, Hrn. Klopstocken, Muth und Kräfte dieses Werk auszuführen. An dem letztern zweifle ich nicht, desto mehr aber an dem erstern, denn seine Umstände sind nicht so ruhig, als es dergleichen Arbeit erfordert. Ich glaube, er wird der erste Märtyrer für seinen Meßias werden. Ein geistlich Amt mag er nur nicht verlangen. Es wird gnug seyn, wenn man ihn noch in unsrer Gemeinde lange duldet. Hätte er die Paßionshistorie, ohne ein Wort im Texte zu verändern, in Reime gebracht, so würden ihn alle Schulmeister und Pfarrer ihren Kindern und Bauern lassen auswendig lernen, und Herr Klopstock wäre gewiß binnen Jahr und Tag Substitute[1] auf einem kleinen Dörfgen geworden: Aber so zu schreiben, wie er schreibt, und so zu denken, wie seine dummen Richter nicht denken können; das schreyt um Rache, und ist klar wider die Augspurgische Confeßion. Was soll ein Dichter vor ein Schicksal zu erwarten haben, wider den sich Tartüffe und Gottsched waffnen. Ich und viele sehn dem 4ten und 5ten Buche mit Verlangen entgegen, und Hr. Klopstock wird, wie ich glaube, unverbesserlich seyn, wenn er mit seinem Witze und seiner feurigen Einbildungskraft nicht gar zu verschwenderisch haushält, und in der

1 Geistliches Amt in der Funktion eines Vikars.

Mäßigung bleibt, in welcher er angefangen hat. Verfällt er aber in den Fehler einer allzu grossen Verschwendung des Witzes und besonders der Gleichnisse; so bin ich doch gewiß, daß niemand auf eine so prächtige und einnehmende Art fehlt, als er. [. . .]

Litterarische Pamphlete. S. 130 f.

22. *Klopstock an Bodmer, 7. Juni 1749:*

Ich habe nunmehr Ihre neuen critischen Briefe[1] erhalten. Fahren Sie fort, mich zu unterrichten. Es ist mir ein ungemeines Vergnügen, mich von Ihnen auf die Spur neuer Gedanken bringen zu lassen[.] Mit dem jungen Menschen, auf dessen Gesichte alle Scenen aus dem Milton so lebhaft sich vorgestellt haben, stehe ich auch in einiger Bekanntschaft,[2] [. . .] Ich bitte mir von Ihnen u H. Breitinger, dem ich für Seine überschickte Schrift danke, Critiken über meine drey ersten Gesänge aus, ich bin entschlossen, sie mit noch zwey neuen Gesängen, als einen ersten Band, auf Michaelis drucken zu lassen. Was halten Sie izo von Ihrem ehmaligen Vorschlage einer Subscription? Und wie ist die Einrichtung derselben zu machen? Verschiedne Buchführer liegen mich an, ihnen die Fortsezung zu lassen. – Ich wünschte auch von Ihnen zu erfahren, ob die Juden haben keine Bildsäulen haben dürfen. Haller hat mir, in diesem Gesichtspunkt eine Critik wider die Bildsäule des Hesekiels[3] gemacht; ferner, ob es Ihnen wahrscheinlicher ist, daß die Leiber der Heiligen zur Zeit des Todes Jesu auferstanden, oder ob dieß erst nach seiner Auferstehung geschehen.[4] – [. . .] Den Engländern bekannt zu werden, kann mir vielleicht einen Weg bahnen. Der H. von Hagedorn hat gemeint, ich müste durch Van den hoek in Göttingen ein Exemplar an den Verfasser der Übersezung aus

1 Johann Jakob Bodmer, *Neue critische Briefe*, Zürich 1749.
2 Im ersten der *Neuen critischen Briefe* malt Bodmer ein Bild aus vom *Messias*-Dichter, wie er als Knabe von der Lektüre Miltons begeistert wird.
3 Gesang III, V. 538–540, in den späteren Ausgaben weggelassen.
4 Betrifft Episoden des elften Gesangs, die Klopstock 1756 textlich ausarbeitete.

dem Haller in Gentlemans Magazin besorgen lassen. Wollten Sie wohl deswegen an Haller schreiben, [...]

HKA, Briefe I, S. 51 f.

23. *Bodmer an Johann Caspar Heß, 14. Juni 1749:*

Mein wehrtester Herr Pfarrer.
Endlich habe [ich] einen Brief von Klopstok;[1] und die Ode an Gott. Sie sehen darinnen etliche Spuren, daß sie ihm schon bekannt sind. [...]

Wollen sie mir auch Ihre Meinung von seinen Fragen sagen, wegen der jüdischen Bildsäulen, und der Zeit der Auferstehung der Heiligen, so werden sie mir eine Mühe abnehmen.

Ich glaube, er werde aus den Zufälligen Gedanken sehen, ob sie den Abbadonaa seelig haben wollen. [...]

Klopstok bittet um Critiken. Haller hat ihm eine kleine gemacht.[2] Ich wünschte daß sie keinen genugsamen Grund hätte. Breitinger wird ihm keine machen; sollte ich eine machen so würde es dise seyn, daß die Teufel im II. Ges[ang] und die Apostel im III. allein durch Züge und Beschreibungen bekannt gemacht werden. Dises sollte durch Handlungen geschehen. [...]

Hs.: Zentralbibliothek Zürich.

24. *Johann Caspar Heß an Bodmer, 18. Juni 1749:*

[...] Klopstock's Brief und Ode[1], sende ich Ihnen mit dem allergrößten Dank zurück. [...]

Ihre Critik über die Charactere der Teufel und Apostel ist freilich, wie Sie sagen, für den Poeten so gar fürchterlich nicht. Doch könnte es vielleicht nichts schaden, ihm auch

1 Vom 12. 4., 17. 5. und 7. 6. 1749 (HKA, Briefe I, S. 49–52, s. auch Brief Nr. 22).
2 Die von Klopstock in Brief Nr. 22 erwähnte, »Bildsäulen« auf alten jüdischen Friedhöfen betreffend.
1 [Nr. 24] »Dem Erlöser« (Anhang, S. 111–113).

etwas darüber zu schreiben. Es könnte wenigstens für das künftige dazu dienen, daß er uns von denselben, bei derlei Personen, sonderlich den Aposteln, so oft sie fürderhin zum Vorschein kommen, nichts weiter als Handlung zu lesen gäbe, und zwar solche, die in den schon entworfenen Characteren, allemal ihren guten Grund hätte. Daraus werden wir dann sehen, warum der Dichter bisher weiter nichts gesucht, als uns mit diesen Personen auf eine so einnehmende Weise bekannt zu machen. Mit Ihnen wünschte ich herzlich, daß Haller's Critik weniger gründlich wäre; es wäre jammerschade nicht so fast um Hesekiels, als aber vielmehr um Melchisedecks Bildsäule[2], wenn sie aus dem Messias müßten ausgemerzet werden. Bei Hesekiels Grabmahl, thäte allenfalls der Spruch 37,7–10[3] auf dem Grabsteine gezeichnet, beinahe so gute Wirkung als die Bildsäule, wenn es schon ein wenig minder poetisch herauskäme. Aber Melchisedeck's Säule im 2. Gesang, wäre unersetzlich. So viel ich weiß, beruhet hiebei das meiste auf dem Zeugniß des Josephi,[4] bei welchem in der That für unsere Bildsäulen wenig Trost zu finden. [...] Gleichwohl da in den Evang. Historien Math. 22,29 eine klare Ausnahme steht, so meinen einige, auch Josephus rede nur von solchen Bildern, die zum Gottesdienst hätten können mißbraucht werden. Dazu kömmt, daß [...] die Zierrathen der Gräber, deren Math. 23,29 Meldung geschieht, nach der Meinung einiger Juden selbst, in gewissen prächtigen Structuren oder *Säulen* bestanden. Wenn dieses nicht genug ist, die poetische Wahrscheinlichkeit einiger weniger *von altem her* über gebliebener Bildsäulen bei den Gräbern zu rechtfertigen, so weiß ich hernach nicht besser zu helfen.

[...] Noch eins hätte ich schier vergessen. Wenn Sie gern dem Herrn Klopstock meine eigentliche Herzensmeinung von dem Abbadona noch sagen wollen, so bitten Sie ihn, daß

2 Gesang III, V. 538–540, Gesang II, V. 237–247.
3 Weissagung von der Auferstehung der Toten (Hes. 32,7–10).
4 Flavius Josephus, *Jüdische Altertümer*.

er künftig dieses armen Teufels schone, so viel immer möglich. Und wenn ihm desselben Seligmachung ebenso wie mich, der Religion nicht gemäß dünkt; daß er doch dem Leser den Zweifel, und folglich auch die Hoffnung übrig lasse, er könnte noch ebenso wohl selig werden, als verdammt geblieben sein; denn sonst bliebe es allezeit schwer, den Dichter vor dem Vorwurf völlig zu retten, daß er dem Abbadona, als einem verdammten Teufel, zu viel Gutes beigelegt habe. [. . .]

Josephine Zehnder: Pestalozzi. Idee und Macht der menschlichen Entwickelung. Bd 1. Gotha 1875. S. 481, 485.

25. *Bodmer an Johann Georg Sulzer, 26. Juli 1749:*

[. . .] Ich habe einen Artikel von seinem Messias in den Journal helvetique von Neufchatel einrücken lassen, ein andrer soll in die bibliotheque germanique oder raisonnée kommen; mein Absehn war, ihn dem Maupertuis[1] nur von weitem zu erkennen zu geben. Hier und dar hat man versucht, ob der Messias sich französisch übersetzen lasse. Aber man hat die Arbeit zu schwer befunden. Ich kan die Freunde Klopstoks, Gärtner, Rabner, Giseke, nicht loben, daß sie keinen Versuch thun, ihre Landsleute aus der Kaltsinnigkeit wegen des Messias aufzuweken. Sie sind zu diesem Werk so still, als ob es ein gewöhnliches Gedicht wäre. Sie sollten der Nation mit einem positiven Urteil vorgegangen seyn; sie sollten sie gestimmt haben. [. . .]

Hs.: Zentralbibliothek Zürich.

26. *Gottlieb Wilhelm Rabener an Bodmer, 9. September 1749:*

[. . .]

An Herr Klopstocken werde ich morgen die mir zugefertigten Sachen absenden. Beynahe hätten wir ihn durch eine gefährliche Krankheit verlohren, von der er sich wieder eini-

1 Vgl. Brief Nr. 28.

germaßen erholen soll. Ich bin stolz auf diesen Freund. Anfangs war er mir nur liebenswürdig, der öffentliche Beyfall so grosser Kenner macht, daß ich ihn auch verehren muß, wenn ich aus meiner prosaischen Tiefe zu der Höhe hinauf sehe, auf welche ihn sein redliches Herz, sein Witz, seine Freunde und Gönner erhöht haben. Ich wünsche ihm Mut gnug, das Lob und den Tadel zu ertragen, womit er überhäuft wird. Für das erste würde mir noch mehr leid seyn, wenn ich nicht seine grosse Bescheidenheit kennte, welche ihn vor so vielen grossen Geistern vorzüglich macht. Der Herr Pastor Hesse hat alles dasjenige öffentlich gesagt,[1] was Klopstocks hiesige Freunde nur unter der Hand den Leuten versichern. Mehr dürfen wir, die wir mit ihm zu genau bekannt sind, und die wir ihn zu nahe bey uns haben, nicht füglich thun, ohne partheyisch zu scheinen. Sie thun uns aber ein wenig unrecht, wann Sie, wie es aus Dero Briefe vom 12ten Jun. scheint,[2] glauben daß Herr Klopstock mehr nicht als ein leeres Mitleiden von seinen hiesigen Freunden habe. So viel er Freunde hier hat, so viel hat er Emissarien, welche unter der Hand Proselyten machen, und die Macht des Unwitzes untergraben, ohne die gewaltsamen Mittel einer öffentlichen Reformation zu wagen. Wir müssen dem Volke noch ein wenig seine alten Götzen lassen, und sind zufrieden, wann sie selbige verehren, ohne sie anzubeten. Mit der Zeit gehn wir weiter, und bekennen unsern Glauben öffentlich. Ein guter Anfang ist in dem 5ten Stücke der vermischten Schriften gemacht, wo der Verfasser in der letzten Strophe der Ode von der Auferstehung[3] sich den Engel sagen läßt, wie unmöglich es sey, daß auch der gröste Geist eines Sterblichen sich vollkommene Begriffe von dem glückseligen Zustande jenes Lebens machen könne.

1 Johann Caspar Heß, *Zufällige Gedanken über das Heldengedicht, der Meßias* (vgl. auch Brief Nr. 19).
2 Über Bodmers Vorbehalte vgl. Brief Nr. 25.
3 Johann Andreas Cramer, »Die Auferstehung«, in: *Sammlung vermischter Schriften*, Bd. 1, Stück 5, 1749, S. 339–347. – Vgl. Brief Nr. 31.

Dann wirst du bey uns seyn, und lernen,
Was ihr in euern tiefen Fernen,
In keinem Liede singen könnt.
Nicht der, so zu euch wiederkehret,
Euch den Meßias singt, und lehret,
Nicht Milton, den ihr Klopstock nennt.
Kein sterblich Ohr hat es vernommen,
Wer Staub ist, weiß nicht Gottes Rath,
Weiß nicht, was er verklärten Frommen
Für Freuden zubereitet hat.

Ich bedaure den Prof. Meyer,[4] welcher zwischen ein doppeltes Feuer kommt. Herr Pastor Hesse greift ihn an, daß er den Meßias nicht genung gelobt, und ein elender Zeitungsschreiber in Halle, hat ihm allen Geschmack abgesprochen, daß er ihn zu sehr gelobt. Hr. Prof. Meyer hat diesen häßlich abgefertigt, aber ich bin unzufrieden damit. Der Feind war gar zu klein, und verächtlich. Dieser Zeitungsschreiber heißt Schröker, war sonst ein sächsischer Amtmann in Thüringen, und kam wegen seiner Ungerechtigkeiten ins Zuchthaus nach Waldheim, wo man ihn hätte sollen verwesen lassen. Die eine Berlinerzeitung, deren Verfasser Mylius ist,[5] hat bey Gelegenheit der Recension des 5ten Stücks der vermischten Schriften, auch wider den Meßiadischen Geschmack kläglich geeifert. Die Erlangische gelehrte Zeitung[6] hat des Hrn. Pastor Hessens zufällige Gedanken auch nicht vertragen können, und seine Spöttereyen sind beissend gnug. In der That wollte ich aus Liebe zu meinem Freunde Klopstock, daß der Hr. Pastor Hesse gewisse Ausdrücke seines sonst so billigen Beyfalls ein wenig gemäßigt hätte. Sie sind alle gerecht, sie geben aber dem Gegentheil Gelegenheit zu bittern Spöttereyen, und Klopstock müßte weniger bescheiden seyn, als er ist, wenn er bey einem so ungewöhnlichen Lobe, welches ihm vor den

4 Vgl. Brief Nr. 14, Anm. 1.
5 *Berlinische privilegirte Zeitung*, später *Rüdiger* bzw. *Vossische Zeitung*.
6 Nicht nachgewiesen.

Augen ganz Deutschlands gegeben wird, nicht erröthen sollte. Vergeben Sie mir dieses Bekenntniß. Ich habe gegen des Hrn. Pastors redliche Absichten zu viel Hochachtung, und gegen meinen Klopstock zu viel Freundschaft, als daß ich Ihnen die Besorgniß, so mir am Herzen liegt nicht äussern sollte.

Was kann leichter geschehen, als daß Klopstock durch die Bewegungen, so über die Meßiade entstehn, schüchtern werde. Seine Feinde, und die Neider seines Ruhms warten auf deren Fortsetzung, um ihre Spöttereyen zu verdoppeln. Das weiß Klopstock; aber vielleicht ist er zu groß, darüber zu erschrecken. Seine Freunde und unpartheyische Zuschauer erwarten eine Fortsetzung, so dem Anfange gleich kommt. Hr. Klopstock hat Vermögen gnug, sie zu liefern; er weiß aber auch, daß die Fortsezungen eines mit so vielem Verlangen erwarteten Werks vieles wider sich haben. Sollte er muthig genug seyn, daran zu gedenken, ohne feige zu werden? Seine äusserlichen Glücksumstände sind so ruhig nicht, als sie zur Ausführung einer Meßiade unumgänglich erfordert werden. Die Besten von diesen Deutschen bewundern den Witz, und lassen ihn verhungern. Klopstocken zu belohnen und zu unterstützen ist das Werk eines Hofs. Welcher Hof soll das thun? Berlin? Dieser ist zu groß für die deutsche Muse. Braunschweig? Dieser hat den besten Willen, es fehlet aber sonst. Sachsen soll es thun, werden Sie vielleicht sagen. Sie spotten. Und überdieses: quaerenda pecunia primum post nummos musae![7]

Litterarische Pamphlete. S. 135–138.

27. *Klopstock an Bodmer, 13. September 1749:*

Ich bin izt beynahe von einer Krankheit ganz wieder hergestellt, die etliche Wochen hinter einander gewährt, u die, ob sie gleich nicht eben ausserordentlich gefährlich war, mich doch sehr oft mit jener Welt beschäftigt hat. Ich habe zu

7 »Geld ist zuerst gefragt, hernach das Vermögen der Musen.«

dieser Zeit diese Verse gemacht, die ich Ihnen anvertraue, u die kein Freund von geringern Mute als Sie u ich lesen darf. Sie heissen:[1]

Sey mir gegrüßt! ich sehe dich schon, dem Gottmensch erlöste
Himmel, mein ewiges Land, der du mich im Schoosse des Friedens
Unter den Schlafenden Gottes empfängst: in deß deckt die Erde
Meine Gebeine, schon izt (so wollt es mein hoher Erlöser!)
Da noch nicht mein heiliges Lied zu Ende gebracht ist.
Izo sollten die Lippen sich schon, die ihn zärtlich besangen,
Izt schon sollten die Augen, die seinentwegen vor Freuden
Oftmals weinten, sich schliessen, izt sollten schon meine Freunde
Und die Engel mein Grab stilllächelnd umgeben, u denken:
Es sind Gottes Gedanken nicht unsre Gedanken, sein Weg ist
Unser Weg nicht! So beweint will ich schlummern, bis ich erwache,
Ein Gott würdigers Lied der neuen Erde zu singen.

Ich bin izt so ziemlich in diese Welt zurück gekehrt, u da ich in meinen vorigen Gedanken an Sie gewöhnt war, so ist es mir in dieser Welt sehr natürlich mich mit Ihnen zu beschäftigen, [. . .].

Ich habe Ihr Paquet zwar noch nicht erhalten,[2] aber des H. Heß Zuf. Ged. sind mir von dem hiesigen Buchhändler zu-

1 Der Wortlaut der ersten elf Verse des dritten Gesangs ist hier so verändert, daß sie auf einen vorzeitigen Tod des Dichters angewandt werden könnten.
2 Vgl. dazu den Anfang des Briefes Nr. 26.

geschickt worden. Was für Reichthümer des Lobes hat er über mich ausgeschüttet, u wie freundschaftlich hat der liebenswürdige Mann dies alles gethan! Aber wenn das monstrari digito – hier eine gewöhnliche Sache wäre, so würde ich mich nicht getrauen, auszugehen. [...]

Ich habe mich beynah entschlossen (wiewohl mir dieser Entschluß sehr schwer eingegangen ist) mein Gedicht dem Prinzen von Wallis[3] zu dediciren. [...]

HKA, Briefe I, S. 57–59.

28. *Bodmer an Johann Georg Sulzer, 14. September 1749:*

[...] Der jüngere Hr Tscharner hat das ganze erste Buch der Messiade französisch gemacht,[1] und fährt in dieser Arbeit mit vieler Geschicklichkeit fort. Ich will dem neuen französischen Ambassador, der von den quarante de l'academie française ist, eine Abschrift davon in die Hand fallen lassen. Ich will auch ihnen ein gutes Stük davon senden, daß sie es dem Hr von Maupertuis[2] zeigen. Vielleicht kömmt die Messiade durch disen Weg dem Könige vor die Augen. [...]

Hs: Zentralbibliothek Zürich.

29. *Johann Georg Schultheß an Bodmer, 27. September 1749:*

[...] Erst in Leipzig fand ich endlich, wornach ich mich sehnte: zwar Klopstock meinen größten Wunsch nicht, [...]

[...] Gellert und Rabener halten dafür, daß Klopstocks »Messias« keinen Mäcen gewinnen werde: sie wenigstens wissen keinen deutschen Fürsten, von dem zu vermuthen wäre, daß er sich dieses Maro annehmen würde. Ihrem Bedünken nach ist »Messias« noch zu frühe aufgetretten, ehe

3 Frederick Louis, Prince of Wales.

1 [Nr. 28] Die Übersetzung von Vinzenz Bernhard von Tscharner umfaßte bis Ende 1750 alle drei Gesänge des *Messias*. Sie wurde nicht veröffentlicht.

2 Pierre Louis Moreau de Maupertuis (1698–1759), Mathematiker und Philosoph, Präsident der Berliner Akademie durch Friedrich II. von Preußen.

der Geschmack der Deutschen genugsam zubereitet war, sich in solche Höhen nachzuschwingen. Von der bißherigen biß an Klopstoks Poesie sey ein solcher Sprung, da die meisten deutschen Leser den Zwischenraum nicht absehen mögen. Mich nimt Wunder, wieviele Jahre man Kl[opstock] noch hätte geben wollen zur Wartzeit, oder dem deutschen Geschmacke zur Reifungszeit: sind denn die Wege nicht schon angezeigt und geöfnet, die den Geschmack zu dem natürlich schönen und großen hinaufführen? An wem liegt die Schuld, wenn die Menge diese hellen Wege vorübergeht und sich lieber in seltsamen lichtdürftigen Gängen verläuft? [. . .] Hr. Rector Ernesti erholte sich von einem Fieber und ware darum raro et perpauco loquens[1]. Wie ich's Hr. Gellerten wieder erzählte, daß dieser Mann den »Messias« von Klopstock rühmte, hat er mir versichert, daß derselbe den besten Geschmack unter allen Professoren in Leipzig habe [. . .]

Briefe von Johann Georg Schultheß an Bodmer. Hrsg. von Jakob Bächtold. In: Zürcher Taschenbuch auf das Jahr 1894. N. F. Jg. 7. S. 7 f.

30. *Johann Caspar Heß an Klopstock, 30. September 1749:*

[. . .] Aber warum legen Sie mir schon in der zarten Jugend unsrer Freundschaft eine so schwere Probe auf, daß Sie mir verbieten, ja nichts mehr von Ihnen zu schreiben? Bedenken Sie nicht, wie schwer es einen angehenden Schriftsteller ankömmt, wie er seine Authorschaft schon wieder aufgeben soll, sobald er ihre Süssigkeit zu schmeken anfängt? Und ich wüßte doch nichts anders zu schreiben, das mir selbst recht gefiele, als von Ihnen und von Ihrem »Messias.« Doch ich verstehe Sie. Sie wollen mir hierüber nur zwei Stüke verbieten. Das eine, daß ich Sie nicht mehr so gar nach Herzenslust loben; das andere, daß ich von dem Verfolg Ihres Gedichtes nichts mehr errathen soll. Beides kann ich Ihnen wohl versprechen, [. . .]. – Warum fordern Sie nicht auch von mir, daß

1 »selten und schweigsam«.

ich Sie nicht mehr tadeln soll? Dieses hätte ich Ihnen lieber als alles andere versprochen. Besonders da mein erster Tadel eine Wirkung gethan, die ich mir nicht gewünscht hatte. Warum haben Sie die getadelte Stelle von »Judas Vater« so geschwinde ausgestrichen?[1] Ich war eben im Begriff, da ich Ihren Brief bekam, dieselbe Stelle aus dem Grund der poetischen Nothwendigkeit noch weiter zu vertheidigen, nachdem mir jemand in den »freimüthigen Nachrichten« dazu Anlaß gegeben.[2] Aber nun thue ich es nicht mehr, wenn Sie mirs nicht selbst befehlen. Es küzelt mich jezo allzusehr, daß ein solcher Poet in seinem Gedicht mir zu Gefallen etwas geändert hat. [. . .] Ich hatte Sie gebeten, daß Sie mir das Rührende in dem getadelten halben Verse zeigen sollten.[3] Und Sie haben mir's so wohl gezeigt, daß es mir jezo noch einmal so schön einleuchtet, als wenn ich es nie mißkannt hätte. Ich wohne beinahe auf dem Kirchhofe, und wandle fast täglich unter den Gräbern herum. Daher kams vielleicht, daß mich der allzugewohnte Gedanke vom Begrabenliegen in die-

1 Gesang III, V. 585 f. – Zu den Bedenken gegen diese Textstelle vgl. Brief Nr. 19. Die Kritik hat auszugsweise folgenden Wortlaut: »Ich bin gutherzig, und urtheile von jedermann gern nach der Liebe. Bey mir wäre also der Vater des Judas, wenn ich jemals an ihn gedacht hätte, mein Lebtag der ehrlichste und unverleumdetste Mann von der Welt gewesen. Hier aber erblicke ich ihn ganz unversehens, ohne daß jemand etwas unrechtes auf ihn dargethan habe, in dem erschrecklichen Zustande, da er als ein verruchter Geitzhals ein klägliches Ende nimmt, und in der Verzweiflung gerades Wegs zur Hölle fährt. Ein gewaltiger Schauer fasset mich hier, wenn ich bedenke, was das für ein entsetzliches Urtheil ist, welches da ganz unverhörter und unverschuldeter Weise über den ehrlichen Mann gefällt wird! Bey uns ist die löbliche Gewohnheit, daß man gern dem schönen alten Sprüchgen folget: De mortuis non nisi bene! [. . .] Aber das des Judas ehrlicher Vater sel. so lange nach seinem Tode, da bisher niemand nichts Böses über ihn zu sagen gewußt, jetzo plötzlich in Verzweiflung und in die Hölle hinab dichten, das ist nicht nur lieblos: das ist die größte Ungerechtigkeit, die an einem Menschen nur immer begangen werden könnte« (J. C. Heß, *Zufällige Gedanken [. . .]*, S. 48 f.).

2 Die Diskussion in den *Freymüthigen Nachrichten von neuen Büchern und andern zur Gelehrtheit gehörigen Sachen* hatte V. B. von Tscharner eröffnet.

3 Gesang I, V. 586: »Wo kein Todter begraben liegt, wo kein Auferstehn seyn wird.«

ser Stelle nicht sonderlich gerührt, oder daß vielmehr alles Rührende in demselben von dem folgenden: »Wo kein Auferstehn seyn wird,« bei mir gleichsam verschlungen worden. Jezo helfe ich mir damit, daß, so oft ich auf den Kirchhof komme, ich zuerst dem niederschlagenden Gedanken: »wieviel todte liegen hier begraben!« ein wenig nachhänge, und dann erst mit dieser entzükenden Vorstellung mich erhole: »was wird hier für ein Auferstehen seyn!« – [. . .]

Werden Sie den ersten Band Ihrer »Messiade«, welchen Sie herausgeben wollen,[4] nicht auch mit einer Vorrede begleiten? Sie sollten darinn fürnemlich das Recht eines christlichen Poeten behaupten, von den wichtigsten Wahrheiten unserer allerheiligsten Religion so zu dichten, wie Sie dichten.[5] Es giebt auch bei uns unter den besten Kennern und redlichsten Liebhabern Ihres Gedichtes solche zarte Gewissen, die sich über diesen Punkt unnöthige Schwierigkeiten machen. Und diese wären es werth, daß ihnen ihre Scrupel von dem Herrn Dichter selbst auf die Weise benommen würden, wie Sie es in einer solchen Vorrede gar wohl thun könnten.[6] [. . .]

HKA, Briefe I, S. 62–64.

31. *Johann Adolf Schlegel an Nicolaus Dietrich Giseke, 23./24. Oktober 1749:*

[. . .] Ein Schweizer, der itzt, wie Herr Rabner spricht, auf die witzige Wallfahrt geht, der Bodmers Abgesandten an die ganze Nation der deutschen witzigen Köpfe vorstellt, der schon in Leipzig, in Halle, in Laublingen beym Pastor Langen gewesen ist, uns hier in Cröllwitz besucht hat, itzt sich in Berlin aufhält, und auf den Frühling auch Ihnen in Hamburg

4 Vgl. Brief Nr. 22.
5 Vgl. Brief Nr. 16.
6 Eine solche Einführung gab Klopstock erstmals 1755 dem ersten Band der dritten Ausgabe des *Messias* bei, und zwar die Abhandlung *Von der heiligen Poesie*, vgl. Anhang, S. 114–127.

zusprechen wird [. . .], Herr Schultheiß[1] erstaunte darüber entsetzlich, daß Cramer die so Klopstockische Ode gemacht haben sollte.[2] Er bildete sich fest ein, daß die Ode auf die Auferstehung von Hr. Klopstocken verfertigt seyn müßte, und der Vers; Nicht Milton, den ihr Klopstock nennt, der sodann das unverschämteste Lob wäre, das sich noch ie ein Poet gegeben hätte, hat ihn davon nicht abgehalten. [. . .]

Ich sagte vorhin von der schweizerischen Abgötterey gegen Klopstocken; ausser den Bodmerischen Briefen an Hr. Rabnern können vornehmlich Pastor Hessens zufällige Gedanken über die meyerische Beurtheilung des Messias davon zeugen. Höher kann die Abgötterey nicht getrieben werden und es fehlt weiter nichts, als daß der Hr. Pastor noch ein tägliches Gebet an Hr. Kloppstocken drucken läßt. Niemand dauert mich dabei mehr, als Herr Kloppstock, denn ausser den Feinden, die ihm ein so unmäßiges Lob erwecken wird, kann es ihm selbst zu einem Gifte werden, das sein Genie stolz und nachläßig macht, und Deutschland um seinen Heldendichter bringt. Wüßte Bodmer, wie unbarmherzig Cramer und Ebert mit den drey ersten Büchern des Messias umgegangen wären: So würden auf diese Verwegnen aus dem zürichischen Vatican soviel Bannstralen losdonnern, daß sie sich nie wieder erhohlen würden; [. . .]

Hs.: Karl-Marx-Universität, Universitätsbibliothek Leipzig.

32. *Bodmer an Johann Georg Schultheß, Anfang Dezember 1749:*

[. . .] Es hat mich schon lange gedünkt, daß Klopstoks Cameraden seine Verdienste nicht in ihrer Höhe erkennen: sie ärgern sich zu leicht an dem großen Lob, das er bekömmt; und sind zu langsam und zu blöde, ihn öffentlich, und ex

1 Johann Georg Schultheß bereiste Deutschland und berichtete Bodmer regelmäßig über das literarische Leben dort, vgl. Brief Nr. 29.

2 Vgl. das Zitat der Ode in Brief Nr. 26.

professio, und mit einer entschlossenen Mine, eines Märtirers, zu loben. Ich dünkte mich selbst viel grösser, seitdem ich mich fähig sehe, die Vortrefflichkeit der Klopstokischen Poesie einzusehen. [. . .]

Ein paar Landprediger haben Hrn. Pastor Heß und mir ein paar Briefe wider die Messiade[1] durch unbekannte Wege zugefertiget. Der erste ist sehr ländlich, wie er seyn könnte, wenn ihn ein Dechant geschrieben hätte; der andere ist spitzfündig genug, und gleichsam ein Commentarius des ersten. Wir können die Verfasser nicht errathen. Wir werden uns hüten, die Briefe zu publiciren, damit sie den Pöbel nicht irre machen. [. . .]

Hs.: Zentralbibliothek Zürich.

33. *Albrecht von Haller an Bodmer, 12. Dezember 1749:*

[. . .] Vor drei Monaten habe das Clopstokische Gedicht an den Prinzen von Oranien[1] durch Herrn König[2] bestellen laßen, aber noch keine Antwort erhalten. Es ist unerträglich, mit welcher Schlafsucht die Großen dieser Welt einen so starken und seltenen Geist ansehen. [. . .]

Hs.: Zentralbibliothek Zürich.

34. *Johann Georg Sulzer an Bodmer, 31. Dezember 1749:*

Neulich hatte ich mit Hrn. Maupertuis eine lange Unterredung von unsern deutschen Dichtern. Er lernt nun Deutsch und hat schon Verschiedenes von Gellert gelesen, dem er den Titel eines bel esprit nicht abspricht. Ich habe ihm von Klopstock, Haller und Hagedorn gesprochen und gesagt, daß ich ihm von der Messiade vielleicht eine französische Überset-

1 Die sogenannten »antimessianischen Briefe«, von Heinrich Waser verfaßt. Unter dem Titel *Briefe zweyer Landpfarrer, die Meßiade betreffend* kursierten sie in Manuskripten. Erster Druck eines der beiden Briefe in: *Neues Schweitzersches Museum*, 1793/94.

1 [Nr. 33] Wilhelm IV., Prinz von Oranien.

2 Samuel König war Bibliothekar des Prinzen von Oranien.

zung werde geben können.[1] Er kann sich kaum vorstellen, daß das Gedicht dem Verlornen Paradies könne an die Seite gestellt werden. So viel ich aber merke, wird dies alles kaum etwas beitragen, dem König[2] einen bessern Begriff von dem deutschen Witz beizubringen.

Sulzer über die deutsche Literatur seiner Zeit. Auszüge aus seinem 30-jährigen Briefwechsel mit Bodmer. Isis. Bd. 5 und 6. Zürich 1807.

35. *Johann Georg Sulzer an Bodmer, 12. Mai 1750:*

[. . .] Diesen Augenblick, da ich Ihren Brief wegschicken will, schickt mir Herr de Maupertuis die Messiade wieder zurück. Ich will Ihnen seinen ganzen Brief, so weit er dieses Gedicht betrift, hier abschreiben: J'ai reçu par Mr. Kleist la traduction des deux premiers chants du Poème, que vous avez eu la bonté de me communiquer. Je vous en fais bien des remerciemens. Il me paroit, qu'il y a du feu et des images dans ce poème, qui ne me paroit pourtant, qu'une imitation de Milton. »Il tire apparemment ses principaux avantages de la poésie et du style, dans lequel il est écrit;« mais je doute fort, qu'il se soutint dans notre langue.

Ex ungue leonem.[1] Wenn Sie den Urheber dieses Briefes so kennten wie ich, so würden Sie das kleine Lob, welches er dem Gedichte beilegt, noch sehr bewundern müssen; denn die französische Höflichkeit tadelt nicht anders, als so. Ich wußte vorher, daß nichts Mehreres herauskommen würde.

Briefe der Schweizer Bodmer, Sulzer, Geßner. S. 148.

1 Vgl. Brief Nr. 28.
2 Friedrich II. von Preußen.
1 [Nr. 35] »Ich habe durch Herrn Kleist die Übersetzung der ersten beiden Gesänge des Gedichtes erhalten, das mir bekannt zu machen Sie die Güte hatten. Ich danke Ihnen sehr dafür. Mir scheint, es gibt Feuer und Bilder in dem Gedicht, welches, wie mir gleichwohl scheint, nur eine Nachahmung des Milton ist. ›Es zieht offenbar seine Hauptwirkung aus der Poesie und dem Stil, mit dem es geschrieben ist;‹ aber ich zweifle stark, daß sich dieser in unserer Sprache behaupten kann. – Aus der Klaue des Löwen.«

36. *Klopstock an Maria Sophia Schmidt, 11. Juli 1750:*

[. . .] Von H. Sack[1] muß ich ihnen noch etwas erzählen. Er sagte schon den ersten Nachmittag, da ich ihn sprach, zu mir: »Ich muß ihnen sagen, wenn sie es noch nicht wißen, daß sie ein Amt von der Vorsehung bekomen haben, u. dieses Amt ist viel wichtiger, als eine große Menge andre Ämter. Das ist das Amt, den Meß zu schreiben. Dieß wollen wir vorher festsezen. [. . .] Ich habe einen Plan gemacht, daß sie 2 Jahr in Berlin leben sollen, mit agrement u ein völliger Herr ihrer Stunden. Diesen Plan will ich ihnen binnen vier Wochen nach Zürch schreiben. Und was ihr Glück anlangt, so sehen sie leicht, daß Berlin der eigentliche Ort für sie ist. [. . .]

HKA, Briefe I, S. 105.

37. *Friedrich von Hagedorn an Bodmer, 1750:*

[. . .] Nunmehr hat Herr Klopstok das beneidenswerthe Glük gehabt, sie zu sehen.[1] [. . .] Ehegestern habe ich vernommen, daß der König von Dännemark[2] ihn mit einem jährlichen Gehalt von 400. Thalern begnadiget. Dieses verursachet mir und allen meinen Freunden die größte Freude. [. . .] Ist es möglich, daß, wie der brave Herr Verfasser Sulzer mir aus Berlin, unterm 25. Mai, meldet, ein sonst so sinnreicher und erleuchteter Maupertuis den »Messias,« von dessen ersten zweien Gesängen man ihm eine französische Übersezung zu lesen gegeben, für eine blosse Nachahmung des »Miltons« angesehen?[3] Das sollte unerlaubt seyn.

Briefe berühmter und edler Deutschen an Bodmer. Hrsg. von C. F. Stäudlin. Stuttgart 1794. S. 201 f.

1 Vgl. Brief Nr. 20 und 40.
1 [Nr. 37] Klopstock war am 13. Juli in die Schweiz abgereist und am 21. Juli in Zürich eingetroffen.
2 Friedrich V. von Dänemark.
3 Vgl. Brief Nr. 35.

38. *Johann Caspar Hirzel an Christian Ewald von Kleist, 4. August 1750:*

[. . .] Man sammelte sich bei der frohen Tafel,[1] zerstreute sich dann wieder und genoß die Annehmlichkeiten dieses Ortes, bis verlängerte Schatten uns die Rückreise antreten hießen. Kaum waren wir eingeschifft, so wurde Klopstock noch um eine Vorlesung gebeten. Er gab uns ein Fragment:[2] Abadonna, den redlichsten Teufel, den je die Hölle sah. Voll zärtlichsten Mitleidens baten unsre Freundinnen einmüthig den Dichter, jenen Elenden, Reuevollen doch in seinen Schutz zu nehmen und ihm die Seligkeit zu schenken. Klopstock erzählte, daß schon eine ähnliche Gesellschaft in Magdeburg für die Beseligung dieses Teufels einen förmlichen Synodalschluß gefällt habe unter dem Präsidium des Herrn Hofprediger Sack;[3] doch hätte er sich damals durch keine Unterschrift seine poetische Freiheit rauben wollen und würde es auch heute nicht thun. Es wäre in der That schade, wenn er sie nicht behielte. Wer wird dem rührenden Auftritte einen würdigern Ausgang erfinden als er? [. . .]

Ewald von Kleist's Werke. Tl. 3: Briefe an Kleist. Hrsg. von August Sauer. Berlin [o. J.]. S. 132 f.

39. *Klopstock an Vinzenz Bernhard von Tscharner, 13. September 1750:*

[. . .] Eine Neuigkeit, die mich betrift, ist, daß der König von Dännemark mir eine jährliche Pension von 400 Reichsthl. giebt, den M e s s zu vollenden. Der König, wie Er sich selbst ausgedrückt hat, will mich dadurch nicht belohnen, sondern nur seinen Wohlgefallen über den M e s s bezeigen. [. . .]

HKA, Briefe I, S. 137.

1 Bericht über die Fahrt auf dem Zürcher See; vgl. Klopstock darüber im Brief vom 1. 8. 1750 an M. S. Schmidt (HKA. Briefe I, S. 130 f.).
2 Aus Gesang V, vgl. Anhang, S. 140–148.
3 Vgl. Brief Nr. 36.

40. *August Friedrich Wilhelm Sack an Klopstock, 5. Januar 1751:*

[...] Was meinen Berlinischen Entwurf betrifft,[1] so war es gantz natürlich, daß ich nicht mehr an denselben dencken konnte, so bald ich die Ruhe und die Vortheile mit Gewißheit erfuhr, die Ihnen in Dänemark angebothen werden. So viel hätte ich hieselbst nicht erlangen können. Dänemarks Anerbieten muß von Ihnen ohne Verzögerung angenommen u zu völliger Ausarbeitung des Meßias angewandt werden. Alle Ihre Freunde erwarten solches von Ihnen, und Sie sind dazu gegen die Vorsehung verbunden, oder Sie streuen den Saamen der tiefsten Reue in Ihr Hertz. Ich wenigstens mag es nicht erleben, daß Klopstock dem Meßias untreu werden, und die besten Seelen dadurch so sehr betrüben solte. [...]

HKA, Briefe II, S. 2.

41. *Bodmer an Johann Caspar Heß, 14. Februar 1751:*

[...] Hr. Kl[opstock] sagte mir gestern, wann ich Freitags gekommen wäre, so hätte er mir das Schicksal Abbadonnas lesen wollen, welches er für uns gearbeitet hätte; nun wäre es schon gepackt. Es käme erst im XVII G[esang].[1] Also werde ich dieses Schicksal schwerlich wieder anfeinden wollen. [...][2]

Josephine Zehnder: Pestalozzi. Idee und Macht der menschlichen Entwickelung. Bd 1. Gotha 1875. S. 493.

1 Vgl. dazu Brief Nr. 36.

1 [Nr. 41] Nachdem Klopstock den *Messias* vollständig ausgearbeitet hatte, wurde die Darstellung von der Begnadigung des Abbadona (vgl. Anhang, S. 161 ff.) in Gesang XIX plaziert.

2 Aus Bodmers Briefwechsel mit J. C. Heß wird ersichtlich, daß Bodmer die »Seligmachung« des Abbadona nicht bejahen konnte, daß er statt dessen die »Vernichtung« des verzweifelten Teufels für eine poetisch angemessene und theologisch haltbare Lösung des Abbadona-Schicksals hielt und auch eine solche Darstellung in Fortsetzung des Anfangs der Episode im zweiten Gesang des *Messias* selbst verfaßte.

42. *Johann Georg Sulzer an Bodmer, 30. Juni 1751:*

[. . .] Seit diesem habe ich Gelegenheit gehabt, den Herrn von Voltaire vom Messias zu unterhalten. Was ich aber vermuthet habe, ist eingetroffen. [. . .] Er wollte sich nicht nur nicht bereden lassen, die französische Übersetzung[1] zu lesen, sondern er spottete darüber, daß man ihm ein Gedicht geistlichen Inhaltes vorlegen dürfte. [. . .] Unter andern sagte er mir auch diese spöttischen Worte: Je connois bien le Messie, c'est le fils du pere éternel et le frere du St. Esprit, et je suis son très-humble serviteur; mais profane que je suis, je n'ose pas mettre la main à l'encensoir.[2] – Ich konnte auch wohl sehen, daß er vom Milton nicht besser dächte. Er sagte, es wäre kein neuer Messias nöthig, da den alten (Miltons Paradies) Niemand lese. Ich glaube fast, daß er blos aus Furcht vor den Engländern, Hochachtung für Milton zeigt.

Briefe der Schweizer Bodmer, Sulzer, Geßner. S. 156 f.

43. *Johann Wilhelm Ludwig Gleim an Johann Peter Uz, 29. August 1751:*

Ich bin in dem Urtheil von der Modeschreibart völlig ihrer Meinung, und kan die Ausschweifungen vieler jungen und alten Scribenten kaum ertragen. Indeß gestehe ich ihnen, daß ich den Verfaßer des Meßias aus nehme. Deßen Schreibart kan ich nicht allein vertragen, sondern ich finde sie meistentheils seinen Materien so angemeßen, daß ich glaube, die Erhabenheit derselben rechtfertige ihn, nur ihn allein, wegen der Art, mit welcher er etwa von der Simpeln Bahn der Alten abweicht. Ich habe sehr viel darüber mit ihm gesprochen, aber wenn Er sein Gedicht mir gelesen, und sich wieder mich vertheidigt hat, so habe ich allezeit unrecht gehabt. Vielleicht

1 Von V. B. von Tscharner, vgl. Brief Nr. 28.
2 »Ich kenne den Messias gut, er ist der Sohn des ewigen Vaters und der Bruder des Heiligen Geistes, und ich bin sein ergebener Diener; doch weltlich, wie ich bin, wage ich nicht, an kirchliche Dinge zu rühren.«

kan die personelle Freundschaft für einen Verfaßer unserm Urtheil die Richtigkeit nehmen; aber mich dünckt doch, daß ich den Freund vom Scribenten zu unterscheiden weiß, und ich bin, meinem eignen Geschmack nach, wohl am allerwenigsten, ein Freund übertriebener Schönheiten. Ich habe allezeit die Mädchen in anständigem Putz höher geschätzt, als die prächtigen Schönen, nur der einzige Meßias, wenn sie ihn unter diese Gedichte rechnen, gefällt mir mit aller seiner Pracht; indeß mißbillige ich, wie Herr Klopstock selbst, der der bescheidenste unter den Menschen ist, die übertriebenen Lobeserhebungen, die ihn in den Rang höherer Geister erheben, und ihm die Menschheit rauben, die ihn doch so sehr ziert, und die er seinen Panegiristen nicht gern preiß geben würde. Wären sie zu mir gekommen, so hätte ich gesucht sie, als einen guten Christen, zum Meßias zu bekehren! Vielleicht aber hätten sie mich zu einem Heiden gemacht, und mir die epischen Vorzüge des Helden Aeneas so sichtbar gezeigt, daß ich hätte nachgeben müßen! Wir wollen nun so lange Gedult haben, bis der Meßias ganz fertig ist. He. Klopstock ist jetzo beym Könige von Dännemarck, [. . .] So sehr mir auch Klopstocks Muse gefällt, so mißfallen doch alle seine Nachahmer mir desto mehr, [. . .]

Briefwechsel zwischen Gleim und Uz. Hrsg. und erl. von Carl Schüddekopf. Tübingen 1899. S. 229 f.

44. *Christoph Martin Wieland an Johann Heinrich Schinz, 29. Februar 1752:*

[. . .] Wie oft wünsch ich mich zu Ihnen nach Zürich, oder zu meinem Klopstock, der mich nicht kennt ob gleich mein Auge so oft nach ihm geweint hat. [. . .] Der wahre Aufschlus zum Rätzel warum so wenig, die sonst Kenner der Wercke des Geistes sind, sich in den Messias finden können, ist die Denkungsart des Hr. Klopstocks und die Empfindungen die sein Gedicht beseelen. Mann mus ihm nachdenken ihm nachempfinden können, aber wie viele können das? Diese

Unschuld in den Gemüthsbewegungen, diese neue und kühne Erfindungen, diese himmlische Philosophie erfordert ausser der empfindlichsten Seele eine gewisse Richtigkeit und einen Tiefsinn im Geiste, Gaben, die wenigen zutheil sind. [...]

Wielands Briefwechsel. Bd 1. Hrsg. von Hans Werner Seiffert. Berlin 1963. S. 42.

45. *Christian Fürchtegott Gellert an Charlotte Sophie von Bentinck, 1755:*

[...] ich fange ganz getrost an, meine Meynung von K[*lopstocks*] Poesie u. insonderheit von seiner *Messiade* zu sagen. Ich befürchte, daß meine großen Richterinnen meinen Ausspruch *nicht billigen werden*; aber ich bin auch so bescheiden, daß ichs nicht einen Augenblick verlange. Gesetzt, Sie sollten Beide Ihre gute Meynung von meinem Geschmacke vermindern: so werde ich doch auf der andern Seite gewinnen, wenn Sie sehn, daß ich die Tugend der Aufrichtigkeit noch höher schätze, als den Ruhm des guten Geschmacks, u. wenn er auch von dem *größten Throne käme*. Mit einem Worte, es ist itzt meine Pflicht zu sagen, *was ich denke*, es mag auch *überhaupt noch so falsch sein*.

Kloppstock ist nach meinen Gedanken ein *großes* aber *schwehrdenkendes Genie*. Schwer denken heißt deswegen nicht *dunkel* denken; und es kann dem einen Leser eine Schreibart *dunkel* seyn, die es dem andern nicht ist. Da ich die drey ersten Bücher seiner Messiade zum erstenmale las: so bin ich davon trunken worden, als von einem alten Weine, der nicht angenehm schmeckt, sehr stark ist, aber doch keine Kopfschmerzen zurück läßt. Da ich diese Bücher zum andermale las, das *Fremde*, *Harte*, *Rauhe*, *Verwegene* seiner Sprache u. seiner Tour mehr gewohnet war: so fielen mir seine Gedanken noch besser u. größer in die Augen. Ich konnte nicht läugnen, daß er viel melancholischen Tiefsinn, kühne, jähe, herabstürzende Vorstellungen hatte; aber sie gefielen mir meistens; so wie uns in der Natur eine bergigte unwegsame Gegend mit herabhängden Felsen und drohenden Klippen in dem einsamen Thale oft mit einer gewaltsamen aber doch majestaetischen Empfindung erfüllt. Seine Gedanken und auch seine Ausdrücke schienen mir den alten Eichen in heiligen Haynen ähnlich zu seyn die weniger Anmuth und mehr Ehrwürdiges haben. Ich sahe, daß ihn der Himmel mit *viel Witz* gesegnet hatte, aber weniger mit *der Gabe*, ihn *zu gebrauchen*. Und das sehe ich noch heute. Er versteht die Kunst vortrefflich, sein geflügeltes Pferd *muthig zu machen*; aber die Kunst, es *zu regieren*, weis er weniger; und gleichwohl muß man es erst anzuhalten wissen, ehe man ihm seinen Lauf lassen kann. Ich rede von Kloppstocken vielleicht in Kloppstocks Tone; aber kurz von seinen Gedanken zu reden: so glaube ich, daß sie *richtig* u. im Grunde *wahr gedacht* sind, ob sie gleich oft die Mine des *Übertriebnen* haben. Er hat große Gedanken, die kein Homer hat; und sein Gröstes, sein Prächtigstes in [ist?] der Gedanke u. in dem Ausdrucke ist oft die Beredsamkeit der Psalmen und Propheten, die ihn inspiriret.

Seine Sprache ist *stark*; aber *hart*; *kühn*, aber auch zuweilen *fremd*. Er bedient sich zu oft gewisser *Leibredensarten*, die selbst durch den öftern Gebrauch ihr *Starkes* verlieren.

Sein *Versmaß*, das Lateinisch ist, ist für deutsche Ohren *rauh* und nicht *musikalisch*. Er hätte wohlklingender schreiben können und sollen.

Er wird nie ein Poet für die Welt, sondern nur für wenig Leser seyn. Die *Schweizer* haben ihn zu hastig u. ausschweifend gelobt. Die andre *Partey* hat ihn zu seicht u. zu beleidigend getadelt. Seine *unglücklichen Nachahmer* haben seinem Ansehn mehr geschadet, als seine zu *gütigen Lobredner* u. seine zu *unbilligen Tadler*. Die Englische Nation würde groß mit Kloppstocken thun, wie mit Milton; aber erst nach ein paar Menschenaltern. [...]

Man kann sein Gedicht nicht gründlich beurtheilen, da es nicht fertig ist. Es sind Theile; aber man muß erst das Ganze und die Übereinstimmung dieser Theile sehn. Da ich den

Menschenfreund geschrieben hatte: so sagte Rabener zu mir: Mein liebes Kind, wenn ich Ihnen rathen soll: so sterben Sie bald; itzt wissen Sie sicher, daß Sie mit Ruhm sterben.

Das Gedichte als ein Gedichte betrachtet: so kann ich die Erfindungen für poetisch schön halten; das Gedichte von der Seite der Religion und der Erbauung betrachtet: so störet mich auch die geringste menschliche Erfindung bey einer so wichtigen Sache. Wenn die menschliche Einbildungskraft die Lücken der Religion u. dieser Geschichte ausfüllen soll: so sind Kloppstocks Erfindungen poetisch gut u. hypothetisch wahrscheinlich; allein, wenn mich die Religion erheben und bessern soll: so mag ich nichts, keine Geschichte wissen, ausser die wahr ist u. wie sie wahr ist. Die Reden indessen u. viele Beschreibungen in seiner Messiade sind oft in mein Herz gedrungen. Kloppstock hat ein grösser Genie als ich und meine Freunde, nämlich zum Heldengedichte.

C. F. Gellerts Briefwechsel. Hrsg. von J. F. Reynolds. Bd. 1 (1740–1755). Berlin 1983. S. 271–273.

46. *Moses Mendelssohn an Gotthold Ephraim Lessing, 2. August 1756:*

[. . .] Der zweyte theil des Messias hat mir an vielen Stellen überaus wohl gefallen, und ich schreibe es meiner Religion zu, daß er mir nicht allenthalben gleich gefallen hat. Der 8te und 9te Gesang schien mir etwas langweilig, der 10te hingegen alle vorhergehende zu übertreffen. Besonders sind einige Hymnen, einige entworfene Charaktere, und das Gespräch Satans mit Adramelech, meines Erachtens, Meisterstücke. Sonst sind die Charaktere der Hauptpersonen gut souteniret, der Knoten einfach geschürzt, und die Auflösung homerisch vorbereitet. Der Kunstgriff, den Abadonna wieder auf die Schaubühne zu bringen,[1] ist so ungekünstelt als meisterlich. Ist aber der Poet nicht unglücklich, daß jetzt selbst, da alles in der stärksten Bewegung seyn soll, der Held wenigstens tot zu

1 Gesang IX, vgl. Anhang, S. 148–157.

seyn scheinet, und die Aktion der übrigen Personen nichts als eine stumme Bewunderung, und eine inbrünstige Andacht seyn kann? [. . .] Ja vielleicht ist dieser große Dichter auch darinn unglücklich, daß alle kleine Umstände seines Subjekts allzu bekannt sind, und daß er nicht den mindesten Umstand darinn ändern könnte, ohne sich in theologische Streitigkeiten einzulassen. Es wäre mehr als ein Wunder, wenn sich eine Begebenheit so in der Natur zugetragen hätte, wie sie der Dichter brauchet.

Lessings sämtliche Schriften. Hrsg. von Karl Lachmann und Franz Muncker. Bd. 19. Leipzig 1904. S. 38.

Zur Edition

Von Klopstocks *Messias*-Epos wird hier eine Teilfassung vorgelegt, die auch der Dichter in dieser Form herausgegeben hat, und zwar 1748 als Erstveröffentlichung überhaupt. Die ersten drei Gesänge in der ersten gedruckten Fassung unabhängig von dem Kontext der übrigen siebzehn Gesänge wiederzugeben ist also historisch begründet und bedarf keiner weiteren Rechtfertigung. Trotzdem erscheint es im Hinblick auf das Werk, dessen Fundament mit den ersten drei Gesängen 1748 gelegt wurde, angemessen, wenigstens anhand einer Episode das Ausmaß und die Vielfalt des vollständigen Epos erkennbar zu machen und im Anhang die Geschichte des reuigen Teufels Abbadona, die von Klopstock im zweiten Gesang begonnen und dann an fast allen Höhepunkten der Handlungsverläufe wieder aufgegriffen wurde – beim Gericht über den Messias im Garten Gethsemane, am Kreuz auf Golgatha, bei der Auferstehung Christi und im Weltgericht –, abzudrucken. Historisch sprengt die Abbadona-Episode den Rahmen dieser Edition nicht, denn die entsprechenden Verse im neunzehnten Gesang, der erst 1773 veröffentlicht wurde, entstanden bereits 1750 oder 1751.

Der Text der ersten drei Gesänge folgt dem ersten Druck in den *Neuen Beyträgen zum Vergnügen des Verstandes und Witzes*, Bd. 4, Stück 4/5, Bremen/Leipzig 1748, S. 243–378. Einige Druckfehler waren zu korrigieren. Durchgehend wurde die im 18. Jahrhundert häufig geübte Schreibweise »GOtt«, »JEsus« und »HErr« normalisiert. Klopstock teilte sie nicht und lehnte sie auch für seine Ausgaben ab. Umlaute, die in dem alten Druck durch *Ae*, *Oe* und *Ue* oder *U* wiedergegeben sind, wurden durch die Zeichen *Ä*, *Ö* und *Ü* ersetzt, ebenso wurde die Unterscheidung von *i/j* bzw. *I/J* heutigem Gebrauch angeglichen. Trennungen wurden modernisiert. Die einzige Berichtigung, die Klopstock im 6. Stück der *Bremer Beiträge* anzeigte, wurde im Text berücksichtigt; es handelt sich dabei nicht um eine Korrektur, sondern um eine Variante: die Ersetzung des Namens »Jesus« durch die Bezeichnung »Christus«, Gesang III, Vers 165.

Die Abschnitte der Abbadona-Episode im Anhang folgen der jeweils frühesten erreichbaren Textfassung. Die Orthographie des Namens änderte Klopstock 1750 von »Abbadonaa« in »Abbadona«.

Das erläuternde Namenregister zu den Gesängen I–III enthält außer den Textstellenangaben Quellennachweise, die allerdings nur das im edierten Text vorkommende Bedeutungsfeld betreffen. Auskünfte darüber hinaus sind in der *Hamburger Klopstock-Ausgabe* zu finden, Werke IV, Bd. 3 und Bd. 6.

Die Verszahlenkonkordanz ist heranzuziehen, wenn der Text der Fassung von 1748 im Vergleich mit den späteren veränderten Fassungen betrachtet werden soll.

Kommentierendes Register zu den Gesängen I–III

Stellenangaben zu Namen, die in Umschreibungen vorkommen, sind in eckige Klammern gesetzt.

Aaron s. Aron.

Abbadona, auch *Abadonaa*, *Abdiel Abbadonaa* oder *Abdiel*; einer der gefallenen Engel. Als einziger bereut er den Abfall von Gott und versucht, Satan und die übrigen Höllenbewohner davon abzubringen, den Messias auf Erden töten zu wollen. Im Weltgericht wird er begnadigt und in den Zustand seiner ursprünglichen Seligkeit zurückgeführt (s. S. 165 und vgl. Nachwort, S. 246). – II: 633, 642, 663, 701, 703, 744, 748, 757, 762, 828. – III: 307, 491.

Abdiel, einer der Engel, die die Hölle bewachen. Ein Freund Abbadonas vor dessen Abfall von Gott. – Gestalt und Name sind aus Miltons *Paradise Lost* übernommen: Auf A.s Kampf gegen Satan in *Paradise Lost* (Buch IV) spielt Klopstock in II,638 ff. an. – II: 638, 749, 758, 764, 771, 775. – III: 491.
Siehe auch Abbadona.

Abraham, AT: vor Isaak und Jakob (s. d.) der erste der Patriarchen, der Stammväter Israels (1. Mose 11,27–25,11). An A. ist die Prophezeiung gerichtet: »durch deinen Samen sollen alle Völker auf Erden gesegnet werden« (1. Mose 22,18). Sie wurde ihm im Hain von Mamre (s. d.) zuteil durch drei Männer, die er bewirtete und durch die Gott zu ihm redete. Im 18. Jh. galt einer der Männer, die ihrer Botenfunktion entsprechend auch als Engel aufgefaßt wurden, als der Messias. – II: 213. – III: 253.

Adam, AT: Stammvater der Menschen (1. Mose 3). – I: [468], 475, 479, 482, [540], 703. – II: 4, 83, 875. – III: 39, 508.
[Adams Geschlecht:] I: 3. – III: 129.
[Adams Kinder:] III: 24, 514.

Adona, Seraph aus der Ordnung der Engel der Erde und Schutzengel des Jüngers Jakobus des Zebedäiden (s. d.). – III: 221.

Adoram, Seraph aus der Ordnung der Engel der Erde und Schutzengel des Jüngers Jakobus des Alphäiden (s. d.). – III: 257.

Adramelech, einer der gefallenen Engel und mächtigsten Geister der Hölle, verworfener als Satan und insgeheim dessen Feind. – AT: Name eines heidnischen Götzen (2. Kön. 17,31) sowie eines Sohnes von König Sanherib (2. Kön. 19,37; Jes. 37,38). – II: 313, 355, 363 f., 705, 732, 740, 832, 835, 861, 865, 880, 898, 910.

Ägypten, NT: Land der Pharaonen, wohin Jesus als Säugling von seinen Eltern vor der Verfolgung durch König Herodes (s. d.) gerettet wurde (Mt. 2,13–23). – II: 539.
Alphäide s. Jakobus der Alphäide.
Amerika, II: 838.
Andreas, NT: Jünger Jesu und späterer Apostel, Bruder von Simon Petrus (s. d.) und wie dieser ursprünglich Fischer in Galiläa (Mt. 4,18; Mk. 1,16). Andreas war zunächst ein Anhänger Johannes des Täufers (s. d.) und wurde als solcher von Jesus zum Jünger berufen (Joh. 1,37–40; Mk. 1,16–18; Mt. 4,18 ff.). – III: 190.
Aron, AT: älterer Bruder von Mose (2. Mose 6,20; 7,7); ihm und seinen Nachkommen wurde das Priestertum übertragen (2. Mose 28) und damit der Dienst am Heiligtum, d. h. zu Jesu Zeit der Dienst im Tempel von Jerusalem. – III: 237.

Babel, griech. Babylon, die Hauptstadt des babylonisch-assyrischen Reiches. – AT: Residenz des Königs Nebucadnezar (s. d.). – NT: Inbegriff der gottfeindlichen Weltstadt und -macht (Offb. 14,8.17.18). – II: 203.
Babylon s. Babel.
Bartholomäus, NT: Jünger Jesu und späterer Apostel, der als Märtyrer starb (Mt. 10,3). – III: 289.
Belielel, einer der höllischen Geister. Der Name klingt an den biblischen Belial an, im NT Bezeichnung für Satan (2. Kor. 6,15). Wörtliche Bedeutung: Nichtsnutzigkeit. – II: 384, 387, 396, 402.
Benhinnon, wasserloses Tal im Westen und Süden von Jerusalem. – AT: Stätte des Molochkultes, zu dem Kinderopfer gehörten (2. Kön. 23,10 u. a.). – NT: identisch mit dem Tal Gehenna, dem Ort der Verdammten. – III: 439.
Benjamin, NT: eins der Kinder, die Jesus segnete (Mk. 10,15 f.); Namengebung von Klopstock. – I: 675, 682.
Benoni, ein Knabe, der von seinem besessenen Vater Samma (s. d.) ermordet wurde. Nach Jesu Auferstehung wird er mit zahlreichen anderen Heiligen und Seligen den Lebenden erscheinen, auch seinem Vater und seinem Bruder Joel (s. d.). – Der Name bedeutet ›Schmerzenssohn‹. – AT: Rahel nannte Benjamin so, an dessen Geburt sie starb (1. Mose 35,18). – II: [107], 115, 125 f., 228 f., 232, 237.
Bethlehem, Stadt im Süden von Jerusalem. – NT: Jesu Geburtsort und Schauplatz des von König Herodes (s. d.) veranlaßten Kindermordens (Mt. 2,16–18). – AT: In Bethlehem lebte der junge David

(s. d.) und wurde dort von dem Propheten Samuel gesalbt zum Zeichen seiner Bestimmung als König Israels (1. Sam. 16,1 ff.). Bei Bethlehem befinden sich der Brunnen Davids (2. Sam. 23,16 f.) und Rahels Grab (1. Mose 35,19). – II: 29, 523, 664. – III: 256.

Bethlehemiten, Bewohner Bethlehems (s. d.). – II: 529.

Bethlem s. Bethlehem.

Bildai, Seraph aus der Ordnung der Engel der Erde und Schutzengel des Jüngers Matthäus (s. d.). – III: 273.

Canan, AT: Kanaan, das Gelobte Land, das dem Volk Israel verheißen wurde (1. Mose 12,1–8). – I: 104, 701.

Carmel, Gebirgszug in der Nähe von Haifa. – AT: Ort des Gottesgerichts, das Elia über die Baalspriester herbeirief (1. Kön. 18,19 ff.). – II: 250.

Christus, einzige Textstelle, an der Klopstock den Erlösernamen Jesu vor der Darstellung des Opfertodes (Gesang IX und X) gebraucht, weil das Evangelienzitat es erfordert (Mt. 16,15 f.; Mk. 8,29; Lk. 9,20). – III: 165.

David, König Israels (1012–972). – AT: Ihm werden als Dichter 73 Psalmen zugesprochen. – An David knüpft sich die messianische Hoffnung Israels (2. Sam. 7). – II: 487.
Brunnen Davids s. Bethlehem. – II: 30. – III: [256].

Dudaim, NT: eins der Kinder, die Jesus segnete (Mk. 10,13–16); Namengebung von Klopstock, später in ›Jedidda‹ geändert. – I: 675 f., 684 f.

Eden, AT: das Paradies nach der biblischen Bezeichnung »Garten Eden« (1. Mose 2,8). – I: 80, 205, 225. – II: 30, 33, 36, 82. – III: 307, 621.

Elias, AT: Prophet Elia (1. Kön. 17,1), der unter den Königen Ahab und Ahasja den Baalskult bekämpfte und ein Gottesgericht über die Baalspriester auf dem Carmel (s. d.) herbeirief (1. Kön. 18,21 ff.). – NT: Bei Jesu Verklärung auf dem Berg Tabor erschien E. neben Mose (Mt. 17,3; Mk. 9,4; Lk. 9,30). – III: 231.

Elim, Seraph aus der Ordnung der Engel der Erde und Schutzengel des Jüngers Lebbäus (s. d.). – III: 299, 367.

Eloa, der von Gott zuerst geschaffene Seraph. – I: 291, 303, 312, 315, 341, 370 f., 387, 393, 567, 574. – II: 564. – III: 44, 66, 137, 405, 490.

Euphrates, griechische Namensform für ›Euphrat‹. Hauptstrom Vorderasiens bzw. (AT:) Babyloniens. – II: 198, 201.

Eva, AT: Mutter des Menschengeschlechts. Der Name bedeutet ›Lebensspenderin‹ (1. Mose 20). – II: 4, 18, 83.

Gabriel, Seraph, Beschützer der Erde, der dem Messias auf Erden dient. – AT: einer der obersten Engel wie Michael (Dan. 8,16; 9,21). – NT: G. kündigt Maria die Geburt Jesu an (Lk. 1,26 ff.). – I: 55, 59, 157, 172, 228, [281], 315, 338, 346, 465, 507, 511, 516, 519, 525, 560, 597, 628, 670, 687, 694, 704. – II: 485. – III: 69, 408, 475, 490.

Gethsemane, NT: Landsitz und Garten am Fuße des Ölbergs, wo Jesus die Nacht vor seiner Gefangennahme verbrachte, im Bewußtsein seines bevorstehenden Todes betete und sich Gottes Gericht stellte (Mt. 26,36 ff.; Mk. 14,32 ff.; Joh. 18,1 ff.). – I: [118].

Gog, Führer der Gottesleugner unter den Höllengeistern. – AT: Fürst im heidnischen Norden (Hes. 38 und 39). – NT: mit Magog Repräsentant der Gott feindlichen Weltmacht (Offb. 20,8.9). – II: 431.

Golgatha, NT: felsige Anhöhe, die zu Jesu Zeiten außerhalb der Stadtmauer von Jerusalem lag und als Richtplatz diente. Jesus wurde dort gekreuzigt (Mt. 27,3; Mk. 15,20; Joh. 19,17). – I: [106]. – II: 212.

Hermon, dreigipfeliger Berg am Rande des Antilibanongebirges, nordöstlich der Quellen des Jordan gelegen, meist schneebedeckt. – II: 426. – III: 209.

Herodes, König von Judäa, der Große genannt (37 v. Chr. – 4 n. Chr.). Usurpator aus Edom, der das Priestergeschlecht der Hasmonäer in der Regentschaft ablöste. Vater des Herodes Antipas, der zur Zeit der Passion Jesu in Galiläa regierte. – NT: Herodes der Große befahl den Säuglingsmord in Bethlehem (s. d.). – II: 523, 528.

Hesekiel, AT: Priester, der 597 ins Exil nach Babylon gebracht wurde und dort als Prophet wirkte (Hes. 1,2 ff.). Seine Vision von der Auferstehung der Toten (Hes. 37,1–8) wird als Weissagung der Rettung Israels gedeutet. – III: 538.

Hiob s. Job.

Ischarioth s. Judas Ischariot. Wörtliche Bedeutung des Beinamens ›der von dem Ort Karioth‹.

Israel, AT: Name des Patriarchen Jakob, des Stammvaters der zwölf israelitischen Stämme und des aus ihnen gebildeten Volkes Israel. – II: 488.

Israeliten / Israelitinnen, II: 468, 485.
Ithuriel, Seraph aus der Ordnung der Engel der Erde und zunächst Schutzengel des Jüngers Judas (s. d.), nach dessen Verrat an Jesus zweiter Schutzengel des Jüngers Simon Petrus (s. d.). In Miltons Epos *Paradise Lost* gibt es einen namensgleichen Engel (IV,488). – III: 390, 414, 418, 423, 425, 476, 575.

Jakob s. Israel.
Jakobus der Alphäide, auch *der Jüngere*, NT: Jünger Jesu und späterer Apostel, Sohn von Alphäus und Maria (Mt. 10,3; Mk. 3,18; Lk. 6,15; Apg. 1,13). – III: 258.
Jakobus der Zebedäide, auch *der Ältere*, NT: Jünger Jesu und späterer Apostel, der von Herodes Agrippa I. hingerichtet wurde; Sohn von Zebedäus und Bruder des Jüngers Johannes (s. d. – Mt. 10,2; Mk. 3,16; Lk. 6,14; Apg. 1,13). J. war anwesend, als Jesus auf dem Berg Tabor (s. d.) verklärt wurde. Er war der erste Apostel, der das Martyrium erlitt (Apg. 12,1 f.). – III: 221, 235, 238, 538.
Jehova, AT: Gott Vater. – I: 251, 287. – II: 348, 360, 367, 433, 815.
Mann Jehova, AT: Bezeichnung Evas (s. d.) für den ersten Sohn, den sie gebar (1. Mose 4,1). – II: 42.
Jerusalem, über mehrere Berghöhen ausgebreitete Stadt, von den angrenzenden Gebirgen durch tiefe Taleinschnitte getrennt, östlich durch das Tal Josaphat (s. d.), auch Kidrontal genannt, vom Ölberg (s. d.), südlich und westlich durch das Tal Benhinnon (s. d.), auch Gehenna genannt. – AT: von König David erobert und als Hauptstadt des Reiches Israel nach Einung der 12 Stämme Israels gegründet. Mittelpunkt des israelitischen religiösen Lebens durch das Heiligtum, das sich zunächst auf dem Berg Sion (s. d.) befand, nach dem Bau des Tempels auf dem Berg Moria (s. d.). Nach der Teilung des Reiches Hauptstadt Judäas (s. d.). – NT: zur Zeit Jesu Sitz der Verwaltung der römischen Provinzen in Palästina und des römischen Statthalters von Judäa. Im Jahre 70 n. Chr. nach einem jüdischen Aufstand von den Römern eingenommen und geschleift. – I: [23], 42. – II: 104. – III: [537], 617, 695.
Jesus, auch *Christus*, s. auch Messias. – I: 30, 38, 81, 136, 156, 179, 677. – II: 2, 66, 89, 132, 150, 206, 214, 218, 233, 466, 480, 483, 489. – III: 19, 32, 47 f., 53, 55, 60, 103, 112, 153, 159, 164, [165], 173, 177, 196, 200, 233, 246, 252, 270, 278 f., 293, 298, 332, 351, 382, 422, 427, 463, 468, 473, 476, 484, 493, 589, 601, 639, 655, 679, 701, 703, 706, 730.

Kanaan s. Canan.
Kananit, aus Kana, einem Ort in Galiläa, stammend. – NT: Beiname des Jüngers Simon (s. d.), der auch ›Zelotes‹, Anhänger der Partei der ›Eiferer‹ genannt wird (Lk. 6,15). Im Hebräischen heißt Kana auch ›Eiferer‹. Diese Bedeutung des Beinamens hat Klopstock nicht aufgegriffen. – III: 244.
Karmel s. Carmel.

Lebbäus, NT: Jünger Jesu und späterer Apostel (Mt. 10,3), an anderer Stelle auch Judas oder Thaddäus genannt (Lk. 6,16; Apg. 1,13; Mk. 3,18; Joh. 14,22). – III: 300 f., 317, 340, 346, 541, 703, 705.
Libaniel, Seraph aus der Ordnung der Engel der Erde und Schutzengel des Jüngers Philippus (s. d.). – III: 202.
Libanon, Gebirge, das die Nordgrenze Palästinas bildet. – AT: Zusammengefaßt mit dem Antilibanongebirge, dessen höchster Gipfel der Hermon (s. d.) ist, Bestandteil des verheißenen Landes (Jos. 13,5). Bestanden mit Zedern, die von König Salomon zum Bau des Tempels benutzt wurden (1. Kön. 6,1 ff.; 7,1 ff.), wodurch der zedernbestandene Libanon auch zum Inbegriff der Macht Israels wurde; Gott konnte über sie, in Wettern, die Vernichtung verhängen. – II: 426.

Magog, einer der führenden Höllengeister. – AT: Name eines Volkes und Landes im heidnischen Norden (Hes. 38,2). – NT: wie Gog (s. d.) Sinnbild für die Gott feindliche Weltmacht (Offb. 20,8 im Rückgriff auf Hes. 38.39). – II: 406, 409.
Mamre, Anhöhe in der Nähe von Hebron. – AT: ein Hain, Wohnstätte Abrahams (s. d.) und Isaaks. Abraham erbaute dort einen Altar (1. Mose 13,18) und bewirtete die drei Männer, durch die Gott zu ihm redete und die seinen Nachfahren den Segen für die Nachwelt und damit indirekt den Messias prophezeiten (1. Mose 18). – III: 252.
Maria, Mutter Jesu (Mt. 1,18 ff.; Lk. 1,26 ff.). – II: [17], 29, 176, 498.
Matthäus, NT: Jünger Jesu und späterer Apostel, der vor seiner Berufung durch Jesus Zöllner war. Sohn des Alphäus und Bruder des Jüngers Jakobus (s. d.), Verfasser des ersten Evangeliums. – III: 273.
Megiddon, Seraph aus der Ordnung der Engel der Erde und Schutzengel des Jüngers Simon, des Kananiten (s. d.). – III: 245.
Melchisedek, AT: König von Salem, das wahrscheinlich identisch ist mit Jerusalem. M. ist aus der Geschichte Abrahams (s. d.) bekannt

(1. Mose 14,18 ff.) und galt als Vorbild des verheißenen Königs (Ps. 110,4), im NT des Messias (Hebr. 7,1–3). – II: 238.

Messias s. auch Jesus und Christus. – I: 2, 16, 27, 54, 140, 177, 348, 388, 391, 403, 437, 453, 456, 486, 514, 520, 671. – II: 14 f., 17, 21, 50, 62, 69, 73, 130, 145, 330, 453 f., 579, 639, 680, 684, 697, 738, 875, 883. – III: 46, 77, 91, 95, 195, 201, 219, 268, 400, 450, 488, 512, 520, 604, 615, 637, 676, 738, 751, 753, 762.
[Mittler:] I: 20, 43, 49, 70, 163, 170, 281, 337, 435, 460, 463, 492, 497, 502, 522, 525, 530, 651. – II: 72, 78, 95, 128, 192, 247, 904. – III: 18, 50, 71, 100, 144, 157, 168, 198, 228, 231, 371, 412, 420, 426, 433, 457 f., 597.
[Heiland:] II: 179, 474. – III: 336.

Moloch, AT: Sammelbezeichnung für Götter von Götzendiensten kanaanitischen Ursprungs, die sich unter den Israeliten von Zeit zu Zeit ausbreiteten, meist, wie der Baalskult, mit Kinder- bzw. Knabenopfern verbunden (Jer. 2,23; 7,31; 19 ff.; 32,35; Hes. 23,37; 2. Kön. 23,10). Die Kultstätte befand sich u. a. im Tal Benhinnon (s. d.). – II: 366.

Moria, Tempelberg in Jerusalem. – AT: von König David (s. d. – 2. Chr. 3,1) nach der Geschichte Abrahams und des Isaakopfers (1. Mose 22,14) benannt. – I: 50.

Moses, AT: führte das Volk Israel aus Ägypten nach Kanaan (s. d.), dem verheißenen Land. Während des Zugs durch die Wüste Sinai (s. d.) zeichnete M. die biblischen Gesetze auf (5 Bücher Mose). – NT: M. erschien zusammen mit Elia (s. Elias) bei der Verklärung Jesu auf Tabor (s. d.). – I: 580. – II: 573. – III: 231.

Nebucadnezar, König des neubabylonischen Reiches (605–562), der 597 und 587 die Exilierung der Israeliten aus Judäa (s. d.), die sogenannte Babylonische Gefangenschaft der Kinder Israel anordnete. – AT: N. wurde für seine Hybris von Jehova gestraft und nach erfolgter Reue begnadigt (Dan. 4,26–34). – II: 198, 203.

Nil, Hauptstrom Ägyptens, dessen Mündung ein fruchtbares Delta bildet. – I: 581.

Ölberg, mehrgipfeliger Berg östlich von Jerusalem, gegenüber dem Tempelberg Moria (s. d.) und jenseits des Tals Josaphat (s. d.) gelegen. Bevorzugter Begräbnisplatz der Juden bereits zu Jesu Zeiten; im 18. Jh. wie heute eine Nekropole mit wenigen Enklaven. – NT: häufiger Aufenthaltsort Jesu und seiner Jünger, besonders zur Übernachtung; am Fuße des Ölbergs der Landsitz und Garten

Gethsemane (s. d.). – I: [42], [71], [171], 521, 705. – II: 66, 100, 904, 910. – III: 54, 69, 94, 531, 694, 702.

Olympus (auch: *olympisch*), Berg in Thessalien, Griechenland. Nach antiken mythologischen Vorstellungen Sitz der Götter. – I: 693. – II: [438], 725. – III: 560, [666], 689.

Ophir, AT: Land mit großen Goldvorkommen, Hauptlieferant für König Salomon, historisch-geographisch nicht identifiziert (1. Mose 10,29; 1. Kön. 9,26–28; 1. Kön. 22,49; 2. Chr. 8,18), wahrscheinlich in Südwestarabien gelegen. – III: [609].

Orion, Seraph aus der Ordnung der Engel der Erde und Schutzengel des Jüngers Simon Petrus (s. d.). – III: 92, 111, 143, 156, 181, 191.

Orion/Orione, Sternbild. – I: 589. – II: 777.

Patmus, griech. Patmos. Insel im Mittelmeer. NT: Nach altkirchlicher Tradition hielt sich dort der Apostel Johannes (s. d.) vorübergehend auf und schrieb die Offenbarung nieder. I: 470.

Petrus, auch *Simon Petrus*, NT: Jünger Jesu, Sohn des Jona, Bruder des Jüngers Andreas (s. d.). Späterer Apostel und erster Vorsteher der christlichen Gemeinde in Jerusalem. Wurde in Rom durch Kreuzigung hingerichtet. – Während Jesus gefangen war, verleugnete P. ihn (Mt. 26,69 ff. u. a.), wie Jesus es vorausgesagt hatte (Mt. 26,33 ff. u. a.). – III: 169, 538, 599, 615, 720.

Philippus, NT: Jünger Jesu und späterer Apostel, wie Petrus und Andreas aus Bethsaida gebürtig (Joh. 1,43 ff.). Seine Beredsamkeit wird von den Evangelisten nicht hervorgehoben. – III: 202, 204, 211.

Raphael, Seraph aus der Ordnung der Engel am Thron Gottes und erster Schutzengel des Jüngers Johannes (s. d.). R. kommt im *Buch Tobias* als Begleiter Tobias' vor und wird als einer von sieben, die »vor dem Herrn stehen«, bezeichnet (Tob. 12,15). – II: 70, 73, 76, 95. – III: 474, 501.

Sadducäer/sadducäisch, religiös-politische Partei, die sich um die Zeit Salomos unter den Hohenpriestern bildete, benannt nach ihrem Stifter Saddok bzw. Zadok (2. Sam. 15,24 u. a.). Die S. lehnten die pharisäische Lehre von Engeln und Geistern, von der Auferstehung und der künftigen Vergeltung ab (Apg. 23,8 u. a.). – III: [267].

Salem, Seraph aus der Ordnung der Engel der Erde und zweiter Schutzengel des Jüngers Johannes (s. d.). – III: 472, 477, 479, 501, 516, 522.

9,2 f.; Lk. 9,28 ff.; 2. Petr. 1,18), wird mit dem Berg Tabor identifiziert. – II: 478, 483, 485. – III: 230.

Thomas, NT: Jünger Jesu und späterer Apostel. Seit seinem Zweifel an der Auferstehung Jesu auch als der »ungläubige Th.« bekannt (Joh. 20,24). – III: 264.

Todtes Meer, 400 m unter dem Meeresspiegel gelegenes Binnenmeer im Jordanbruch. Wegen seines hohen Salzgehaltes ohne pflanzliches oder tierisches Leben. – II: 249, [354], [355], 406.

Umbiel, Seraph aus der Ordnung der Engel der Erde und Schutzengel des Jüngers Thomas (s. d.). – III: 263.

Uriel, Seraph, Engel der Sonne, auch in Miltons Epos *Paradise Lost*. – I: 462, 698. – III: 74, 88.

Urim, Cherub. – I: 369, 379, 383, 393.

Zebedäide, Sohn des Zebedäus. – NT: Söhne des Zebedäus waren die Jünger Jesu Johannes (s. d.) und Jakobus der Ältere (s. d.). – III: 221, 599.

Zophiel, Herold der Hölle. – II: 292, 302.

Verszahlenkonkordanz
der Textfassungen von 1748 und 1799

Die Varianz der fünf zwischen 1748 und 1799 gedruckten Fassungen der ersten drei Gesänge des *Messias* besteht nicht zuletzt in ergänzten und weggelassenen Versen. Infolgedessen stimmen die Zahlen der unveränderten oder der veränderten, jedoch syntaktisch beziehbaren Verse der jeweils durchgezählten Fassungen nicht überein. Mit Hilfe der Konkordanz kann für jeden Vers der ersten Fassung die Zahl des Entsprechungsverses der letzten Fassung errechnet werden. Es sind alle Textstellen verzeichnet, an denen sich die Verszählung der Fassung von 1799 (nach der auch die Synopse aller Fassungen in der »Hamburger Klopstock-Ausgabe« [Werke IV, Bd. 4] eingerichtet ist) durch Plus- oder Minusverse gegenüber der Fassung von 1748 verschiebt; die Differenz, die dabei für den jeweils anschließenden Text entsteht, ist beziffert.

Erster Gesang

1748	Differenz	1799
1		1
2–16		2–16
–		17
17		18
18–124	+ 1	19–125
–		126
125		127
126–156	+ 2	128–158
–		159–162
157		163
158–183	+ 6	164–189
–		190
184		191
185–195	+ 7	192–202
196–202		–
203		203
204–206		204–206
–		207
207		208
208–233	+ 1	209–234
234		–
235		235
236–354		236–354
–		355–357
355		358
356–380	+ 3	359–383
381		–
382		384
383/384	+ 2	385/386
385		–
386		387
387–398	+ 1	388–399
–		400–407
399		408
400–457	+ 9	409–466
458		–
459		467
460–468	+ 8	468–476
–		477
469		478
470–492	+ 9	479–501
–		502
493		503
494–523	+ 10	504–533
524		–
525		534
526–576	+ 9	535–585
–		586
577		587
578–628	+ 10	588–638
–		639–646
629		647

630–687	+ 18	648–705
688/689		–
690		706
691–705	+ 16	707–721

Zweiter Gesang

1748	Differenz	1799
1		1
2–236		2–236
237–247		–
248		237
249–255	– 11	238–244
256		–
257–273	– 12	245–261
274		–
275		262
276–287	– 13	263–274
288		–
289		275
290–301	– 14	276–287
–		288
302		289
303–347	– 13	290–334
–		335
348/349		–
350		336
–		337
351		–
352		338
353/354	– 14	339/340
–		341
355		342
356–359	– 13	343–346
360–363		–
–		347–349
364		350
365–422	– 14	351–408
–		409
423		410
424–496	– 13	411–483
–		484/485
497		486
498–566	– 11	487–555
–		556
567		557
568–585	– 10	558–575
586		–
587		576
–		577
588		578
589–612	– 10	579–602
613/614		–
–		603
615		–
616–620	– 12	604–608
621/622		–
623		609
624/625	– 14	610/611
–		612
626		613
627–631	– 13	614–618
–		619–626
632		627
633–677	– 5	628–672
–		673/674
678		675
679–681	– 3	676–678
–		679
682		680
683–699	– 2	681–697
–		698
700		699
701–848	– 1	700–847
849		–
850		848
851–853	– 2	849–851
854–856		–
857		852
858–875	– 5	853–870
876		–
877		871
878–881	– 6	872–875
–		876
882		877
883–886	– 5	878–881
887–895		–
896		882
897–910	– 14	883–896

Dritter Gesang

1748	Differenz	1799
1		1
2–363		2–363
364/365		–
366		364
367–424	– 2	365–422
425		–
426		423
427–466	– 3	424–463
467/468		–
469		464
470–537	– 5	465–532
538–540		–
541		533
542–584	– 8	534–576
585/586		–
587		577
588–642	– 10	578–632
643/644		–
645		633
646–659	– 12	634–647
660		–
661		648
662–676	– 13	649–663
–		664
677–679		–
680		665
681–733	– 15	666–718
734		–
735		719
736–738		–
739		720
740–764	– 19	721–745

Literaturhinweise

Historisch-kritische Gesamtausgabe

Friedrich Gottlieb Klopstock: Werke und Briefe. Hist.-krit. Ausg. Begr. von Adolf Beck, Karl Ludwig Schneider, Hermann Tiemann. Hrsg. von Horst Gronemeyer, Elisabeth Höpker-Herberg, Klaus Hurlebusch, Rose-Maria Hurlebusch. Berlin / New York. (Hamburger Klopstock-Ausgabe.) [Zit. als: HKA.]

»Messias«-Ausgaben

Der Messias. In: Neue Beyträge zum Vergnügen des Verstandes und Witzes. Bd. 4. Stück 4/5. Bremen/Leipzig 1748. S. 243–378. [Gesang I–III.]

Der Messias. Halle 1751. [Gesang I–V.]

Der Messias. Bd. 1–3. Kop(p)enhagen 1755. [1756.] 1768. [Bd. 1: Gesang I–V, Bd. 2: Gesang VI–X, Bd. 3: Gesang XI–XV.]

Der Messias. Bd. 1–4. Halle 1760. 1756. 1769. 1773. [Bd. 1: Gesang I–V, Bd. 2: Gesang VI–X, Bd. 3: Gesang XI–XV, Bd. 4: Gesang XVI–XX.]

Der Messias. Altona 1780 [1781]. [Gesang I–XX.]

Klopstocks Werke. Bd. 3–6: Der Messias. Bd. 1–4. Leipzig 1799/1800. [Bd. 3: Gesang I–V, Bd. 4: Gesang VI–X, Bd. 5: Gesang XI–XV, Bd. 6: Gesang XVI–XX.]

Der Messias. Erster, zweiter und dritter Gesang. Hrsg. von Franz Muncker. Heilbronn 1883. (Deutsche Litteraturdenkmale des 18. Jahrhunderts. 11.) [Fassung von 1748.]

Der Messias. Hrsg. von Richard Hamel. 2 Bde. Stuttgart 1884. (Deutsche National-Litteratur. 46/47.) [Fassung von 1799.]

Der Messias. In: Klopstock: Ausgewählte Werke. Hrsg. von Karl August Schleiden. München 1962. [Fassung von 1780.]

Der Messias, Gesang I–V. Hrsg. von Eberhard Haufe. Berlin 1975. [Fassung von 1751.]

Der Messias. Hrsg. von Elisabeth Höpker-Herberg. (HKA, Abt. Werke IV.) Berlin / New York 1974–86. Bd. 1/2: Text. [Fassung von 1799/1800.] – Bd. 4/5: Apparat (Synopse der textgenetisch relevanten Zeugen von Gesang I–V. / Variantenverzeichnis zu Gesang VI–XX).

Bibliographien

Klopstock-Bibliographie. Bd. 1. Hrsg. von Gerhard Burkhardt und Heinz Nicolai. Berlin / New York 1975. (HKA. Abt. Addenda I.)

Die zeitgenössischen Drucke von Klopstocks Werken. Eine deskriptive Bibliographie. Bd. 1/2. Hrsg. von Christiane Boghardt, Martin Boghardt und Rainer Schmidt. Berlin / New York 1981. (HKA. Abt. Addenda III.)

Zeugnisse

Briefe 1738–1750. Hrsg. von Horst Gronemeyer. Berlin / New York 1979. (HKA. Abt. Briefe I.)

Briefe 1751/1752. Hrsg. von Rainer Schmidt. Berlin / New York 1984. (HKA. Abt. Briefe II.)

Briefe 1753–1758. Hrsg. von Helmut Riege. (HKA. Abt. Briefe III.) [Erscheint 1987.]

Briefe 1768–1772. Hrsg. von Klaus Hurlebusch. (HKA. Abt. Briefe V.) [Erscheint 1988.]

Briefe 1776–1782. Hrsg. von Helmut Riege. Berlin / New York 1982. (HKA. Abt. Briefe VII.)

Paul Grosser: Der junge Klopstock im Urteil seiner Zeit. Ein Beitrag zur Geschichte des deutschen Geistes im 18. Jahrhundert. Würzburg 1937.

Ausgewählte Forschungsliteratur

Dräger, Jörn: Typologie und Emblematik in Klopstocks »Messias«. Diss. Göttingen 1971.

Grimm, Reinhold: Marginalien zu Klopstocks »Messias«. In: Germanisch-Romanische Monatsschrift 42 (1961) S. 274–295.

Hamel, Richard: Klopstock-Studien. 3 Hefte. Rostock 1879–80.

Hellmuth, Hans-Heinrich: Metrische Erfindung und metrische Theorie bei Klopstock. München 1973. (Studien und Quellen zur Versgeschichte. Hrsg. von Karl Bertau und Werner Schröder. 4.)

Höpker-Herberg, Elisabeth: Möglichkeiten der Verifizierung eines textgenetischen Befundes. In: Edition und Interpretation. [. . .]. Akten des [. . .] deutsch-französischen Editorenkolloquiums Berlin 1979. Hrsg. von Louis Hay und Winfried Woesler. Bern 1981. S. 213–223. (Jahrbuch für Internationale Germanistik. Reihe A. Kongreßberichte. 11.)

Kaiser, Gerhard: Klopstock. Religion und Dichtung. Kronberg (Ts.) [2]1975.

Krummacher, Hans-Henrik: Bibelwort und hymnisches Sprechen bei Klopstock. In: Jahrbuch der Deutschen Schillergesellschaft 13 (1969) S. 155–179.

Maiworm, Heinrich: Epos der Neuzeit. In: Deutsche Philologie im Aufriß. Unter Mitarb. zahlreicher Fachgelehrter hrsg. von Wolfgang Stammler. Bd. 2. Berlin 1954. Sp. 711–774. 2., überarb. Aufl. 1960. Sp. 685–748.

Muncker, Franz: Friedrich Gottlieb Klopstock. Geschichte seines Lebens und seiner Schriften. Stuttgart 1888.

Schmidt, Erich: Beiträge zur Kenntniß der Klopstockschen Jugendlyrik. Aus Drucken und Handschriften nebst ungedruckten Oden Wielands gesammelt. Straßburg 1880. (Quellen und Forschungen zur Sprach- und Culturgeschichte der germanischen Völker. 39.)

Schneider, Karl Ludwig: Klopstock und die Erneuerung der deutschen Dichtersprache im 18. Jahrhundert. Heidelberg 1960. [2]1965.

Schröder, Christel Matthias: Die »Bremer Beiträge«. Vorgeschichte und Geschichte einer Zeitschrift des achtzehnten Jahrhunderts. Bremen 1956. (Schriften der Wittheit zu Bremen. Reihe D: Abhandlungen und Vorträge. 21,2.)

Thayer, Terence K.: Klopstock and the literary afterlife. In: Literaturwissenschaftliches Jahrbuch N. F. 14 (1973) S. 183–208.

Weimar, Klaus: Theologische Metrik. Überlegungen zu Klopstocks Arbeit am »Messias«. In: Hölderlin-Jahrbuch 16 (1969/70) S. 142–157.

Zeittafel

1724 2. Juli: Friedrich Gottlieb Klopstock geboren in Quedlinburg.

1739–45 Aufenthalt in der Landesschule Pforta bei Naumburg. Konzeption des Epos *Der Messias*. September 1745: Abschiedsrede über die epischen Dichter und das Erfordernis eines deutschen Epos, *Declamatio, qua poetas epopoeiae auctores recenset F. G. Klopstockius*. – Immatrikulation an der theologischen Fakultät der Universität Jena. Erste Arbeiten am *Messias* (nicht überliefert).

1746/47 Studium an der Universität Leipzig. Bekanntschaft mit den »Bremer Beiträgern«. Plan einer Veröffentlichung von Gesang I, später von Gesang I–III in den *Bremer Beiträgen*. 1747: Durch die »Beiträger« Kontakt mit Bodmer und Hagedorn.

1748/49 Druck von Gesang I–III des *Messias* in den *Bremer Beiträgen*, Bd. 4 (1748). – Übersiedlung nach Langensalza, Hauslehrertätigkeit bis Mai 1750. Liebe zu Maria Sophia Schmidt (»Fanny« der Oden, »Cidli« in Gesang IV des *Messias*). – Auseinandersetzung mit der Fortsetzung der Abbadona-Episode (Gesang V und XIX), Überlegungen zu der Auferstehung der Väter und Heiligen (Gesang XI) sowie Rechtfertigung des Hexameters in deutscher Sprache. Arbeit an Gesang IV und V. Überarbeitung von Gesang I–III, Abschluß einer veränderten Fassung.

1750/51 Nach Zwischenaufenthalten in Halberstadt (Begegnung mit Gleim) und Quedlinburg sowie Besuchen in Braunschweig (Collegium Carolinum) und Magdeburg (Bekanntschaft mit dem Berliner Hofprediger Sack) am 13. Juli Abreise in die Schweiz mit Sulzer und Schultheß. Juli 1750 bis Februar 1751: Aufenthalt in Zürich, zunächst bei Bodmer. Berufung nach Kopenhagen, wo Johann Hartwig Ernst von Bernstorff bei König Friedrich V. von Dänemark eine Pension zur unbehinderten Arbeit am *Messias* und zu dessen Vollendung erwirkte. – Dezember 1750 Abschluß von Gesang IV und V, nochmalige Überarbeitung von Gesang I–III. Frühjahr 1751: Druck von Gesang I–V mit der Friedrich V. von Dänemark gewidmeten *Ode* (späterer Titel: *Friedrich der Fünfte*) in Halle bei Hemmerde (Ausgabe

»Halle 1751«). – Reise von Zürich mit Zwischenaufenthalten in Quedlinburg, Braunschweig und Hamburg nach Kopenhagen. In Hamburg Begegnung mit Hagedorn und Bekanntschaft mit Meta Moller (»Cidli« der Oden und in Gesang XV des *Messias*). Aufenthalt in Kopenhagen und Friedensburg, dem Sommersitz König Friedrichs V. Besondere Förderung durch A. G. von Moltke und J. H. E. von Bernstorff, zu diesem freundschaftliche Verbindungen. – Arbeit an der Episode vom Weltgericht (Gesang XVIII und XIX), dazu die Oden *Friedrich der Fünfte. An Bernstorff, und Moltke*, *Friedensburg* und *Dem Erlöser*.

1752/53 Sommer 1752: Reise nach Hamburg und Quedlinburg. Verlobung mit Meta Moller. – Arbeit an der Episode vom Weltgericht (Gesang XVIII und XIX) und Gesang VI–VIII. Überarbeitung von Gesang I–V. Plan einer neuen Ausgabe des *Messias* (Gesang I–VIII).

1754–56 Sommer 1754: Reise nach Hamburg und Quedlinburg. Verheiratung mit Meta Moller. Ab Oktober Aufenthalt in Kopenhagen und Lyngby. – Ausarbeitung von Gesang VI–X, Überarbeitung von Gesang I–V, Abfassung der Abhandlungen *Von der heiligen Poesie* und *Von der Nachahmung des griechischen Sylbenmasses im Deutschen* für Band 1 und 2 der neuen Ausgabe des *Messias*. 1755 Druck von Gesang I–V in Band 1, 1756 von Gesang VI–X in Band 2 der »Kopenhagener Ausgabe« sowie der Nachdruck von Band 2 in Halle bei Hemmerde (»Hallesche Ausgabe«, Bd. 2). – Sommer 1756: Reise nach Hamburg. Bekanntschaft mit Lessing. – Arbeit an Gesang XI des *Messias*.

1757–59 Arbeit an Gesang XI, XII und XIII. – August 1757 bis Juli 1758: Aufenthalt in Hamburg. Aufenthalt in Kopenhagen und Bernstorff, dem Gut J. H. E. von Bernstorffs. Ende September 1758 Rückkehr nach Hamburg. 28. November: Meta Klopstock in Hamburg gestorben. Juli 1759: Nach einer Reise nach Quedlinburg Rückkehr nach Kopenhagen. – Arbeit an Gesang XII.

1760 Längerer Aufenthalt in Deutschland. – Nachdruck von Band 1 der »Kopenhagener Ausgabe« des *Messias* in Halle bei Hemmerde (»Hallesche Ausgabe«, Bd 1). Verschiebung der Herausgabe von Gesang XI–XV auf unbestimmte Zeit.

1762–64 Aufenthalt in Deutschland, überwiegend in Quedlinburg. Hoffnung auf eine eheliche Verbindung mit Sidonie Diederich aus Blankenburg. – 1762/63: Arbeit an Gesang XI–XV, Fertigstellung von Gesang XIV. 1763/64: Ausarbeitung lyrischer Silbenmaße und Strophenformen u. a. für Gesang XX. März 1764: Druck der *Fragmente aus dem XXten Ges. des Mess. als M. S. für Freunde [. . .] zum Triumphgesang bey der Himmelfahrt*. – Juli 1764: Rückkehr nach Kopenhagen. – Auseinandersetzung mit metrischen Problemen, Arbeit an Gesang XX, außerdem an Gesang XI–XV.

1766 Tod Friedrichs V. von Dänemark. – Mai: Druck einer erweiterten Fassung der *Fragmente aus dem XXten Ges.* bzw. des *Triumphgesangs* von 1764.

1767 Juni: Aufenthalt in Hamburg. – Vorbereitung von Gesang XI–XV für den Druck. Arbeit an einer *Abhandlung vom Sylbenmaasse*, davon für Band 3 des *Messias*: *Vom deutschen Hexameter*.

1768/69 Druck von Gesang XI–XV in Band 3 der »Kopenhagener Ausgabe« des *Messias*, abgeschlossen 1768, nachgedruckt in Halle bei Hemmerde (»Hallesche Ausgabe«, Bd. 3), abgeschlossen 1769. – Überarbeitung von Gesang I–X. Überlegungen zu einer neuen Ausgabe des *Messias*.

1770/71 Mit J. H. E. von Bernstorff nach dessen Sturz durch Struensee Übersiedlung nach Hamburg. – Arbeit an Gesang XVI, XVII und XIX.

1772 Verhinderung der Rückkehr nach Kopenhagen durch den Tod Bernstorffs. – Spätsommer: Vollendung des *Messias*.

1773 Druck von Gesang XVI–XX in Band 4 der »Halleschen Ausgabe«; dazu *Aus einer Abhandlung vom Sylbenmaaße. Vom gleichen Verse* sowie die Ode *An den Erlöser*.

1774–79 Reise über Göttingen (Besuch bei den im »Hainbund« zusammengeschlossenen jungen Dichtern) und Frankfurt (Begegnung mit dem jungen Goethe) nach Karlsruhe. Bis 1775 Aufenthalt am Hofe des Markgrafen Karl Friedrich von Baden. In Hamburg 1776 Übersiedlung in das Haus der Familie von Winthem zu Meta Klopstocks Nichte Johanna Elisabeth, geb. Dimpfel. – Überarbeitung von Gesang I–XX. Übertragung ausgewählter Bruchstücke des *Messias* ins Lateinische. 1779: Druck der Fragmente *Über Sprache und Dichtkunst*: *Fon einer lateinischen Uebersezung des Messias. Zäntes Fragment* mit Textbeispielen. Aufforderung zur Subskription einer »Ausgabe der letzten Hand« des *Messias*. Überarbeitung von Gesang I–XX.

1780/81 Druck von Gesang I–XX mit drei Ausführungen des Satzes in Altona im Selbstverlag.

1790–92 Klopstock stimmt den republikanischen Ideen der Französischen Revolution begeistert zu. 9. September 1792: Verleihung des Bürgerdiploms durch die französische Nationalversammlung. – 1791: Verheiratung mit Johanna Elisabeth von Winthem.

1793–98 Abkehr von der Französischen Revolution aufgrund der Widersprüche zu den ursprünglichen Ideen in der französischen Innen- und Außenpolitik. – Überarbeitung von Gesang I–XX des *Messias*. 1798 Vorbereitung einer letzten Drucklegung des *Messias* im Rahmen der Gesamtausgabe der Werke in Leipzig bei Göschen.

1799/1800 Druck von Gesang I–XX in veränderter Fassung, Band 3–6 der »Göschenausgabe«.

1803 14. März: Klopstock in Hamburg gestorben.

Nachwort

I

Friedrich Gottlieb Klopstock war noch Gymnasiast, als er sich vornahm, ein Epos *Der Messias* zu schreiben. Er hatte 1739 einen Platz an der bekannten Landesschule Pforta bei Naumburg bekommen, wurde dort vorzüglich in den alten Sprachen und den Autoren der Antike unterrichtet, erhielt aber auch Einblicke in die zeitgenössischen Literaturen und lernte den fragwürdigen Rang erkennen, den unter diesen die deutschsprachige einnahm. Das ging nicht zuletzt aus dem langwierigen Literaturstreit zwischen Gottsched und seinen Anhängern auf der einen, Bodmer und Breitinger auf der andern Seite hervor, in dem die Frage immer noch unentschieden war, welcher Vorbilder und Formen sich die deutschen Dichter befleißigen müßten, um in ihrer Sprache große Dichtung zu verwirklichen; daß sie die Gattung des Epos überhaupt erfüllen könnten, blieb weitgehend außerhalb der Erwartung. Der Schüler Klopstock nahm die Herausforderung an. Größten Vorbildern folgend, darunter Vergil und Homer, durchforschte er die nationale Geschichte nach einem geeigneten Stoff und meinte schon, einen solchen mit Heinrich dem Vogler gefunden zu haben, bis ihm klar wurde, daß selbst das größte historische Ereignis von der Erlösungstat Jesu Christi übertroffen würde. Dem literarischen Ansporn, ein Epos in deutscher Sprache zu schaffen, wuchs der religiöse Impetus zu, mit dem Nationalepos auch der »Verherrlichung unsrer grossen u ganz göttlichen Religion«[1] zu dienen. Diese Umbesinnung kennzeichnet bei späteren Reflexionen das hohe Amt des christlich-religiösen Epikers, der »Kühn und erhaben, nicht modernde Trümmern der Vorwelt besinget, / Sondern den Bürgern der göttlichen

1 Siehe Brief Nr. 13.

Erde dein Heiligthum aufthut« (I, 575 f.). Im veränderten Wortlaut der letzten Fassung der Verse von 1799 wird es noch deutlicher ausgesprochen: »O so hör' ihn, Eloa, wenn er, wie die Jugend des Himmels, / Kühn und erhaben, nicht singt verschwundene Größe des Menschen, / Sondern des Todes Geweihte, der Auferstehung Geweihte / Zu der Versammlung der Himmlischen führt, zu dem Rathe der Wächter« (I, 583–586). Als ein Leitbild des christlichen Weltalters tritt das Vorbild John Miltons neben die Epiker der Antike.

Das Doppelkonzept eines deutschsprachigen religiösen Epos sollte zur entscheidenden Voraussetzung der Werk- und Wirkungsgeschichte des *Messias* werden; in Umrissen läßt sich das etwa so beschreiben: Vom Vorhaben her wurde das Werk gezielt in den historischen Prozeß eingeschaltet, durch den es, während es entstand, getragen und hochgehalten wurde. Es förderte seinerseits die literarische Entwicklung, weil sich Klopstock der Ästhetik der Schweizer angeschlossen hatte, so daß im herrschenden Literaturstreit ihrer Seite das Gewicht seiner dichterischen Leistung zugute kam und die Zukunft mit entschied. Der langfristig wirksame Impuls ging dabei von Klopstocks Sprache aus und von der Erneuerung der deutschen Dichtersprache durch ihn. Klopstocks Zeitgenossen aber fanden seine Sprache und den neuen Stil höchst befremdlich; sie nahmen das Epos in erster Linie an, weil sie für eine Messiade aufgeschlossen waren. So muß die religiöse Komponente als der bestimmende Faktor der weiteren Wirkungsgeschichte angesehen werden, obgleich das Werk eben durch sie bereits zu Klopstocks Lebzeiten veraltete und zunehmend an Bedeutung verlor.

II

Nach seiner eigenen Aussage schloß Klopstock die Konzeption des *Messias* noch während seiner Schulzeit ab. Als er sich 1745 mit einer lateinischen Rede von den Lehrern und Mitschülern verabschiedete, wählte er die umstrittene Gattung des Epos zum Thema und erklärte sich über sein Vorhaben – allerdings ohne dieses bekanntzugeben – hauptsächlich in zwei Punkten: Er nahm Stellung gegen die an der französischen Klassik orientierten Tendenzen der Schule Gottscheds, indem er den englischen Dichter Milton und dessen religiöses Epos *Paradise Lost* rühmte; und er zeichnete ein Bild von dem erhofften zukünftigen deutschen Epiker mit dem Schluß und Höhepunkt: »Möge das ganze Feld der Natur ihm sich eröfnen, und die ganze, Andren unzugängliche Größe der anbetungswürdigen Religion! Selbst die Reihe der künftigen Jahrhunderte bleibe ihm nicht gänzlich in Dunkel verhült; und von diesen Lehrern werd' er gebildet, des menschlichen Geschlechtes, der Unsterblichkeit, und Gottes selbst, den er vornehmlich preisen wird, werth!«[2]

Dieses kann man anhand des vollendeten *Messias* besser verstehen und auch präzisieren: Der Dichter vermittelt aus umfassender Anschauung und tiefem Wissen den Lesern die Gesamtheit seiner religiösen Weltvorstellung. Er ist dabei hauptsächlich Gott verpflichtet; doch bürdet ihm das Amt der Vermittlung auch große Verantwortung den Menschen gegenüber auf. Er hat nicht nur die Historie zu erschöpfen, er muß die Schöpfung ganz begreifen, denn diese ist vollkommen vom Heilsgeschehen betroffen. Vermag der Dichter das zu leisten, so vergegenwärtigt er die Ewigkeit in der Zeit. Dann macht das Werk ihn selbst unsterblich. Klopstock bekannte sich durchaus zum Ehrgeiz nach solcher Unsterblichkeit, doch galt sie ihm nur als eine »kurze« Ewigkeit;[3] ewiges Leben hielt er für eine Gabe Gottes allein. Den *Messias* zu schreiben erklärte er zu seinem ersten »Beruf«.[4]

2 C. F. Cramer, *Klopstock. Er; und über ihn*, Tl. 1: *1724–1747*, Hamburg 1780, S. 89.
3 Vgl. die Ode »Dem Erlöser«, V. 53 f. (Anhang, S. 111–113).
4 Als »meinen zweiten Beruf« bezeichnete er die Abfassung der geistlichen Lieder (Brief an seinen Vater, 8. 11. 1756, HKA, Briefe III).

Wirklich geriet das Epos zu seinem Lebenswerk. Mehr als 25 Jahre gingen über die Abfassung der zwanzig Gesänge hin; weitere 25 Jahre wandte er auf wiederholte Revisionen des Textes. Die Publikationsdaten geben einen groben Überblick: 1748 veröffentlichte Klopstock erstmals die ersten drei Gesänge; 1751 legte er sie mit verändertem Text und ergänzt um Gesang IV und V erneut vor. Diese fünf Gesänge wurden, wiederum verändert, 1755 neu gedruckt und erschienen 1756 zusammen mit den anschließenden Gesängen VI–X. 1768 brachte Klopstock Gesang XI–XV heraus, 1773 schließlich die letzten fünf Gesänge, XVI–XX. 1780 veranstaltete er im Selbstverlag die, wie er damals glaubte, »Ausgabe der letzten Hand« des ganzen Epos; 1799/1800, wenige Jahre vor seinem Tod, ließ er jedoch im Rahmen der Gesamtausgabe seiner Werke noch eine weitere veränderte Textfassung erscheinen. In den ersten 25 Jahren dieser imposanten Werkgeschichte, 1748–1773, wurde er nicht wenig von einem erwartungsvollen Publikum zur Fortsetzung und Vollendung des Epos gedrängt; später verlangte er die Arbeit zunehmend allein von sich, denn weder die religiöse Dichtung noch die Gattung des Epos standen mehr im Mittelpunkt des Interesses. Es zeichnete sich ab, daß dem Lyriker Klopstock mehr Zukunft beschieden sein würde als dem *Messias*-Dichter.

Daß Klopstocks Messiade etwa drei Jahrzehnte lang weit verbreitet war und ehrfurchtsvoll bewundert wurde, hängt nicht allein mit ihrer ausgezeichneten Bewertung durch die zuständigen Kritiker der »schönen Wissenschaften« und der Theologie zusammen, sondern auch mit dem Gebrauch, den die Menschen von ihr machten zu der Zeit, die nach ihren Hauptströmungen mit Aufklärung und Empfindsamkeit zu bezeichnen ist. Ein Beispiel dafür gibt der Brief, den Auguste Stolberg Klopstock am 27. März 1777, dem Gründonnerstag dieses Jahres, schrieb: »Eben lege ich den Meßias aus der Hand, u habe die lezte Hälfte des 5t: Gesanges gelesen [. . .] Gott wie Sie einem das Herz in der Hand nehmen und zu sich, zu Ihren Empfindungen hinauf heben! Kan man wohl diesen Tag beßer feyern als den Gesang zu lesen! so wie den morgenden [Karfreitag] wenn man den 10t: ließt – [. . .] Gottlob es ist mir nichts unbekanntes darin, aber alles ist doch jedesmal so neu, so als noch nie empfundenes wenn man's wieder ließt. immer denke ich, daß ich ihn ganz fühle, u jedesmal ist's doch als entdekte ich neue Schönheiten darin –«.[5] Viele Leser feierten mit der Messiade die Karwoche und Ostern. Ihrem Bedürfnis nach einem subjektiv erfüllten religiösen Erlebnis, das sie sich nicht selbst bereiten oder im trockenen protestantischen Gottesdienst verschaffen konnten, wurde Klopstocks Dichtung gerecht; und sie genügte auch den übrigen Erfordernissen: Die Darstellung von Passion und Auferstehung Jesu Christi vertrat die Evangelienberichte, die dichterische Ausgestaltung dieses göttlichen Geschehens bot reicher als jede Predigt die theologische Exegese, und die immer wieder eingeschalteten liturgischen Formen von Gebet, Klagelied und Preisgesang rissen das Gefühl zu einem Aufschwung in die Gewißheit des Heiles hin. Hier gab es weder geistliche Bevormundung noch die Schranken der Gelehrsamkeit; so kam das Werk dem Bildungsstreben um die Mitte des Jahrhunderts unmittelbar entgegen. Das schilderte 1776 auch Christian Friedrich Daniel Schubart, der zeitweilig als Rhapsode des *Messias* durch Süddeutschland zog: »In Ludwigsburg sind Handwerksleute, die den Messias statt eines Erbauungsbuches brauchen, und nach der Bibel (wie's denn auch wahr ist) kein göttlicheres Buch kennen, als dieß. [. . .] Die erstgedachte grosse und weite Erfahrung in Absicht auf Ihre Messiade hat mich gelehrt, daß je frömmer, je unverdorbener, je einfältiger das Herz des Menschen ist, desto mehr wirkte meine Deklamation auf ihn. Ich habe Fürsten, Ministern, Kriegsleuten, Hofdamen, Priestern, Rechtsgelehrten, Aerzten, Virtuosen, Handwerkern, Bauern, Weibern, Mädchen an der Kunkel und am Nähpulte Ihre Messiade ganz oder stellenweise vorgelesen, und allemal

5 HKA, Briefe VII, S. 70.

fand ich, daß der der beste Mensch war, auf den sie den tiefsten Eindruck machte. Und das wird immer so seyn, und sollte allen Kunstrichtern dieser und der spätern Zeit auf ewig Zunge und Hand lähmen.«[6] Auch die überkonfessionelle Wirkung, die Schubart feststellte – »Hohe und Niedre, Geistliche und Weltliche, Katholische und Lutherische kamen mit Messiaden unterm Arm in die Vorlesung« –, trug zu der breiten Rezeption bei; sie entsprach übrigens Klopstocks Wunsch und lohnte sein Bestreben, die Gefühle möglicher katholischer Leser nicht durch zugespitzt protestantische Auffassungen vom gemeinsamen Glaubensgute zu verletzen.[7]

III

Die ersten drei Gesänge, wie sie 1748 veröffentlicht wurden und hier vorgelegt werden, stellten als die Exposition des Epos Klopstocks Absichten von Anfang an klar: Diese Messiade sollte nicht eine Darstellung des Lebens Jesu werden, auch nicht eine moralische Aufschlüsselung der Evangelienberichte sein. Die epische Handlung ist vielmehr »der sündigen Menschen Erlösung« (I 1), das Heilsgeschehen, das sich in der Zeit und in der Ewigkeit abspielt und zwischen Himmel und Hölle wie auf der Erde vorgeführt wird. Je einem dieser Räume sind die Gesänge gewidmet, der erste dem Himmel. Vor aller Zeit ist hier die Erlösung der Menschen beschlossen worden; deren Verwirklichung nun auf der Erde zu verfolgen, sammeln sich Scharen der Engel und die Seelen der Väter des Messias. Im zweiten Gesang wird die Gegenwelt dargestellt, zunächst in einer Konfrontation Satans mit Jesus auf dem Schauplatz der Erlösung, der Erde, und im Kampf um einen Menschen, Samma, der von Satan besessen ist und den Jesus heilt; dann wird die Hölle geschil-

6 HKA, Briefe VII, S. 30/31.
7 Vgl. z. B. HKA, Briefe I, S. 30f.; HKA, Werke IV,5, zu XVIII 655–706 A5.

dert und eine Versammlung der Höllengeister, die unter Satans Vorsitz beschließt, den physischen Untergang Jesu herbeizuführen, um die Erlösung der Menschen durch Christi Tod und Auferstehung zu verhindern. Der dritte Gesang spielt auf der Erde, dem Weltenteil der Menschen und Wirkungsfeld des Messias; Jesus erscheint, umgeben von elf Jüngern, die im Schutze ihrer Engel sind, und dem zwölften, Judas Ischariot, über den Satan Gewalt gewinnt und der Jesus an die feindlich gesonnenen Priester verraten wird.

Die Passionsgeschichte greift Klopstock erst im vierten Gesang auf und führt sie mit zunehmenden Retardierungen bis zum zehnten Gesang auf den Höhepunkt des Kreuzestodes Jesu. Die Leiden des Messias werden, je schwerer sie lasten und je schleppender sie den Gang der Ereignisse in und um Jerusalem voranbringen, desto mehr in ihren Auswirkungen dargestellt. Jede davon ist der Keim einer Handlung, eine Bewegung auf die Erlösung zu. Bei den Menschen sind sie meist dunkel und von Nichtwissen bestimmt. Mehr als die Nahen sind die Fernen von hoffnungsvollen Ahnungen ergriffen – Portia, die Römerin und Heidin, als sie der Mutter Jesu begegnet (VII, 314–497), oder der mitgekreuzigte Übeltäter, der sich in seiner letzten Stunde zu dem Messias wendet (X/XI). Wissend nehmen die Seelen, die schon jenseits oder noch vor ihrer leiblichen Existenz um das Kreuz versammelt werden, die Passion auf: Adam und Eva, die ersten Menschen, die Väter und die Propheten des Alten Bundes mit Gott, aber auch die zukünftigen Märtyrer, welche die Lehre und die Wahrheit Jesu Christi in die Welt bringen sollen; ihre Seelen sind auf Golgatha Zeugen des Todes, dessen imitatio ihr Ziel im irdischen Leben und ihr Zeugnis für den Messias sein wird. Unterdessen erfährt die Hölle die ersten Zeichen des großen Gerichts, während die Himmlischen die Passion Jesu in Trauer und Triumph feiern. Das Geschehen, das auf der einen Seite immer tiefer in die Schauer von Sonnenfinsternis und Erdbeben versinkt – denn die Erlösung der Menschen ist auch ein kosmisches Ereignis –, klärt sich auf der andern Seite zum Heilsgeschehen, durch das am Ende die Erde erneut werden wird.

Die zweite Hälfte des Epos schildert die Zeiträume zwischen Grablegung, Auferstehung und Himmelfahrt des Messias, die mit eschatologischen Erwartungen und mit Wundern angefüllt sind. Jerusalem, der Berg Tabor, Galiläa sind die Schauplätze, doch ist alles, was geschieht, durchwirkt von der jenseitigen Welt; denn nicht nur der auferstandene Messias verweilt noch auf der Erde, auch die von ihm auferweckten Väter und Heiligen erscheinen den Menschen und bereiten die Auserwählten auf das ewige Leben vor. Mit Visionen vom Weltgericht am Ende aller Zeit, die der Messias dem Vater der Menschen, Adam, zuteil werden läßt, überholt die Ewigkeit die irdischen Vorgänge, die in den Triumphzug Christi und aller Erlösten zum himmlischen Thron bei der Himmelfahrt einmünden. An Vielfalt der Episoden und Fülle der Gestalten übertreffen diese zehn Gesänge die ersten, ebenso an Vielschichtigkeit der religiösen Aussage und an feiner Verknüpfung aller Bezüge, auch zum ersten Teil. Trotzdem mögen Leser bei der Lektüre einen Unterschied feststellen, den Klopstock selbst auf die Formel brachte: »Es ist viel schwerer die Freude als den Schmerz auszudrücken.«[8]

Um aus dem relativ kurzen und handlungsarmen Geschehen den Gesamtentwurf entfalten zu können, griff Klopstock zu dem Mittel, die Ereignisse immer wieder im Bewußtsein der sterblichen und unsterblichen Geschöpfe zu spiegeln. Indem diese ihre Gedanken und Gefühle unmittelbar aussprechen oder indem sie mit Gesang und Gebet darauf reagieren, vermitteln oder erzeugen sie innere Bewegung beim Leser.

8 Brief an Cäcilie Ambrosius, Oktober 1767 (HKA, Briefe V).

IV

Das Bewegende, das in Klopstocks Absicht lag, das »Rührende«, entsprach den ästhetischen Kategorien, die gleichzeitig auf dem Theater im bürgerlichen Trauerspiel und zuvor schon im empfindsamen Roman erfolgreich angewandt worden waren. An den ersten Gesängen ist auch ganz zeitgenössisch, daß die Motive des Freundschaftskultes Sprache und Gestik bestimmen und daß gerade sie das Miteinander der Menschen im Umkreis des Messias beleben und die Irrealität der gegenseitigen Zuwendung von Menschen und Engeln begreiflich machen.

Aber auch der intellektuelle Mitvollzug wird gefordert. Dies ist heute nicht leicht zu erkennen, weil die Grundlagen der religiösen Bildung, die Klopstock bei seinen Lesern voraussetzen konnte, fehlen, insbesondere eine genaue Kenntnis der Bibel. Meta Klopstock fand ihre recht belesenen Schwestern schon unzureichend auf die Lektüre des *Messias* vorbereitet, als sie diese einmal bei einem geringfügigen Mißverständnis ertappte: »Wenn ihr überhaupt die Bibel so wenig kennt, wie gehts euch da beym Messias? Es sind so viel kleine Sachen, die man nicht *ganz* versteht, wenn man nicht ihre Allusion auf die Bibel weis.«[9]

Tatsächlich reizten seinerzeit die Anspielungen auf Einzelheiten des Neuen Testaments und die zahlreichen, nicht unkomplizierten Vergleiche aus dem Alten Testament den Leser intellektuell an und vermochten ihn zu fesseln. Klopstock konnte sicher sein, daß der knappe, rückblickend geäußerte Hinweis auf Jesu Einzug in Jerusalem – »Zwar lagen hier Palmen / Des ihm begegnenden Volks; zwar klang dort ihr lautes Hosanna« (I, 30 f.) – jede Einzelheit der Evangelienberichte in der Vorstellung des Lesers wachrief: Wie der von den Leuten geliebte wundertätige Heiland, den die privi-

9 Brief vom 26. 3. 1757 (*Meta Klopstock geborene Moller. Briefwechsel mit Klopstock, ihren Verwandten und Freunden*, hrsg. von Hermann Tiemann, 3 Bde., Hamburg 1956, S. 603).

legierte Priesterschaft fürchten mußte, auf einem Esel reitend in die Tempelstadt kam, um mit unzähligen Pilgern das Passahfest zu feiern – ein Gegenbild priesterlichen Gebarens und darum vom Volk bejubelt. Der dichterische Text zog selbst Lebendigkeit aus dem solchermaßen Evozierten; denn dieses stellt meistens auch einen erläuternden Zusammenhang her.

Das wird bei den Gleichnissen aus dem Alten Testament noch deutlicher, denn bei diesen reflektierte Klopstock zusätzlich auf ein exegetisches Verfahren, das auf der Feststellung von Präfigurationen des Messias und der messianischen Taten in alttestamentlicher Zeit beruht. Um einen solchen Deutungsakt handelt es sich im zweiten Gesang, wenn das, was mit Samma vorging, als Jesus ihn von Satan befreite (II, 198–205), durch die Erfahrung König Nebukadnezars zum Ausdruck kommt. Im Buch Daniel heißt es darüber: »Nach dieser Zeit« des Wahnsinns und des Verstoßenseins aus der Gemeinschaft der Menschen »hob ich, Nebukadnezar, meine Augen auf gen Himmel und kam wieder zur Vernunft und lobte den Höchsten. Ich pries und ehrte den, der ewiglich lebt, des Gewalt ewig ist und des Reich für und für währt« (4,31). Wenn man das im Kopf hat, ist die Bemerkung »*Also* kam Samma zu Jesu herab« nicht belanglos. Nun wird aber innerhalb des Vergleichs auch noch der Unterschied zwischen Nebukadnezars und Sammas Rettung hervorgehoben, der durch die Zeitwende und die Herabkunft des Messias begründete Unterschied: »Durch Mosen gab Gott die Gesetze, / Aber durch den Gesalbten des Herrn kömmt Wahrheit und Gnade« (II, 573 f.). Auf diese Weise gelingen Klopstock außerordentliche Verdichtungen. Die Forderung nach packenden Vergleichen und nach Bilderreichtum im Epos erfüllt er mit einer exemplarischen theologischen Durchdringung seines Stoffes.

Klopstock setzt sich auch durch wörtliche Anspielungen auf die Bibel mit seinem Leser ins Einvernehmen. Eine besonders komplexe Stelle ist in Satans fulminanter Rede gegen

Jesus enthalten. In fünf Versen (II, 607–611) klingen mindestens drei Bibelworte an, deren jedes eine satanische Sinnverkehrung erfährt: Mit Hesekiels Vision der auferstehenden Toten – »und siehe, da rauschte es, [. . .] und siehe, es regte sich, und die Gebeine kamen wieder zusammen, ein jegliches zu seinem Gebein« (Hes. 37,7) – will Satan den von ihm getöteten Messias verhöhnen, denn er sagt dies zu einem, dessen Augen vermeintlich nicht sehen und dessen Ohren vermeintlich nicht hören. Die Attribute der Blindheit und der Taubheit spricht der Psalmist den Götzen zu: »sie haben Augen, und sehen nicht; sie haben Ohren und hören nicht« (Ps. 115,4–6). Indem Satan aber den Messias als Götzen zu entlarven versucht, unterläuft ihm verneinend die Formel, mit der Jesus zu reden begann, als er die Ankündigung des Messias durch Johannes den Täufer auslegte: »Wer Ohren hat, zu hören, der höre!« (Mt. 11,15).

Heutigentags realisiert man diese Verständigungsmittel eher mit Mühe als mit Spannung oder gar Genuß. Um 1750 hatten die Leser dagegen Schwierigkeiten mit der Sprache. Sie waren auf die vom gewöhnlichen Sprechen abgewandte Sprachhaltung einfach nicht vorbereitet. Gewöhnt an eine rationalistische, übersichtliche Syntax, trafen sie hier auf komplizierte Satzgefüge. Der leicht eingehende Wohlklang des Reims entfällt; dafür sind die Verse in sich melodisch. Statt mit der Mechanik des Alexandriners geht der Dichter mit dem rhythmisch differenzierten Instrument des Hexameters um. Die Metaphern und Vergleiche verbinden nicht Naheliegendes miteinander, sie stellen vielmehr ungewöhnliche Zusammenhänge heraus. Der Unterschied zwischen der Sprache der Poesie und der Prosa, den Klopstock wieder einführte, war verpönt, er überforderte das Verständnis und erzeugte Widerstand. Daß sich Klopstocks Sprache dennoch durchsetzte, war zunächst nur mittels der Begeisterung für den *Messias* möglich. Als sie schon zu einer Selbstverständlichkeit geworden war, spielte Herder auf diesen Vorgang, den es so ähnlich schon einmal gegeben hatte, an: Er fand, daß

»nächst Luthers Bibelübersetzung« Klopstocks *Messias* das »erste klassische Buch« der deutschen Sprache sei.

Den Vorwürfen über die Dunkelheit seiner Sprache und die Unlesbarkeit der Hexameter gegenüber verhielt sich Klopstock in der ihm eigenen Weise kompromißlos. Die Nichtverstehenden fertigte er mit der Aufforderung ab, seine Sprache zu lernen, und denen, die mit dem Metrum nicht zurechtkamen, empfahl er, die Verse wie Prosa zu lesen. Indessen war doch sein Augenmerk und Ehrgeiz auf die Prosodie gerichtet. Er verteidigte die Möglichkeit, den Hexameter im Deutschen zu bilden, die Gesetzlichkeit des Metrums unbeschadet der Eigengesetzlichkeit der zeitgenössischen Sprache zu erfüllen, unermüdlich. Ebenso feilte er unentwegt an den Versen seines Epos, dessen erster vollständigen Ausgabe er zwei Abhandlungen beigab, *Von der Nachahmung des griechischen Sylbenmasses im Deutschen* (1755)[10] und *Vom deutschen Hexameter, aus einer Abhandlung vom Sylbenmaasse* (1768). An erster Stelle hatte er allerdings die Freiheit des Dichters, geoffenbarte Religionsinhalte zum Gegenstand seines Werkes zu wählen, in der Abhandlung *Von der heiligen Poesie*[11] gerechtfertigt.

V

Ebensogroß, wie man rückblickend die Bedeutung der Messiade Klopstocks einschätzen muß, war seinerzeit das Wagnis, das der junge Dichter damit in literarischer wie auch in theologischer Hinsicht einging; denn er setzte sich über die Schranken hinweg, die der dichterischen Erfindung vor dem Kernbestand des christlichen Glaubens sowie der sprachlichen Kunstübung vor den geoffenbarten Worten des Testaments gesetzt waren. Es konnte nicht ausbleiben, daß Klopstock die gottschedianischen Literaturkritiker und auch die

10 Vgl. Anhang, S. 127–138.
11 Vgl. Anhang, S. 114–127.

orthodoxe Geistlichkeit gegen sich aufbrachte. Befürworter seines Vorhabens fanden sich erst allmählich im Umkreis von Bodmer, nicht zuletzt auf dessen hartnäckiges Betreiben, und unter den fortschrittlichen Theologen, die gleichzeitig mit gewagten Schriften hervortraten und die in der zweiten Jahrhunderthälfte bestimmend werdende Neologie begründeten. Sie traten in der Öffentlichkeit als »Evangelisten« und »Apostel« des neuen Epos auf oder versuchten, die wirtschaftliche Existenz Klopstocks abzusichern, was, drei Jahre nach Erscheinen der ersten Gesänge, 1751 durch Friedrich V. von Dänemark geschah.

Klopstock arbeitete anfangs ganz für sich und war auch entschlossen, einstweilen nichts vom *Messias* zu veröffentlichen. Aber dann brachte seine studentische Umgebung in Leipzig ihn in ein literarisches Kraftfeld, dem er sich nicht entziehen konnte: Er traf auf den Kreis der »Bremer Beiträger« – so genannt nach dem Verlagsort ihrer Zeitschrift *Neue Beyträge zum Vergnügen des Verstandes und Witzes*, die sie nach ihrer Absonderung von Gottsched gegründet hatten. Sie traten darin als Gruppe auf und ließen ihre Texte anonym erscheinen; jeder Beitrag mußte, bevor er gedruckt wurde, die Zustimmung aller Beteiligten gefunden haben. Die »Beiträger« boten Klopstock ein aufgeschlossenes und kritikfähiges Forum, während er sie an Genie weit übertraf. Auch hatten sie gute Beziehungen zur prominenten literarischen Öffentlichkeit, waren mit Hagedorn in Hamburg befreundet und mit Bodmer in Zürich durch ähnliche literarische Zielsetzungen verbunden. Beider Urteil holten sie ein, bevor sie sich endgültig zur Veröffentlichung der ersten *Messias*-Gesänge in ihrer Zeitschrift entschlossen, versorgten sie Anfang 1747 mit Textausschnitten und erhielten darauf von Hagedorn eine positive, wenn auch zurückhaltende, von Bodmer eine begeisterte Antwort. Etwa gleichzeitig müssen sie Klopstock umgestimmt und zur Publikation überredet haben.

Diese umfassende interne Kritik war das erste, was von der Seite der Wirkung für das Epos fruchtbar wurde; Rückwirkung der Kritik bleibt dann lange ein Merkmal der Textgeschichte des *Messias*. Beispielsweise wurde Klopstock 1749 durch Albrecht von Haller darauf aufmerksam,[12] daß die Denkmäler von Melchisedek und Hesekiel nicht gut zu Jesu Zeiten auf Friedhöfen stehen konnten, wie im *Messias* dargestellt (II, 237–246; III, 538–540), weil den Juden die Abbildung der Menschen verboten sei: Klopstock strich beide Textstellen. Wie durchschlagend Kritik auf ihn wirken konnte, zeigt sich am Beispiel eines Einwandes von Pastor Johann Caspar Heß aus Altstetten bei Zürich. Am 13. September bestätigte Klopstock, daß er Hessens Kritik in Händen habe.[13] Ende des Monats wußte Heß bereits, wie aus seinem Brief an Klopstock vom 30. September 1749[14] hervorgeht, daß seine Bedenken, man wisse nichts vom Vater des Judas Ischariot und könne rechtens nicht behaupten, dieser sei habgierig und überhaupt kein guter Mensch gewesen, zur Streichung der Verse III, 585 f. geführt hatten.

Die Beispiele ließen sich mehren. Bei vielen handelt es sich um kritisch betrachtete Glaubensfragen, und es war wohl eine Konsequenz, die der *Messias*-Dichter aus seinem selbstgewählten Amte zog, wenn er darauf empfindlich und änderungsbereit reagierte: Weil er es vermochte, brachte er zur Sprache, was seinen Zeitgenossen undeutlich vorschwebte; was er aber verdeutlichte, blieb nach seinem Willen in der Botmäßigkeit der Gemeinschaft, die es anging.

Welche Änderungen in der Zeit vor der ersten Veröffentlichung durch Kritik herbeigeführt wurden, ist nicht belegt; bezeugt ist nur, daß einige »Beiträger« Streichungen und Verwerfungen von Text veranlaßt haben.[15] Textveränderungen sind nur im zweiten Gesang feststellbar, soweit dieser in einer früheren als der gedruckten Fassung überliefert ist, und zwar in dem Manuskript, das die »Beiträger« 1747 Bodmer schick-

12 Vgl. Brief Nr. 22.
13 Siehe Brief Nr. 27.
14 Siehe Brief Nr. 30.
15 Vgl. Brief Nr. 22.

ten. Eine Variante dürfte in die Reihe der vorgeführten Beispiele gehören; sie betrifft die Verse II 826–831, den Schluß der Abbadona-Episode.

Der rührende und reuige Teufel Abbadona (oder wie Klopstock anfangs schrieb: Abbadonaa) war gewiß die stärkste Provokation, die die Leser von 1748 im *Messias* fanden. Milton hatte Satan wohl auch Anflüge von Reue und Verzweiflung zugestanden – »jezo plaget ihn der Gedanke von der verlohrnen Glückseligkeit und der immerwährenden Pein«, heißt es in Bodmers Prosaübersetzung, und »inwendig ward er von einer tiefen Verzweifelung gepfetzet«.[16] Aber sein Stolz, sein Haß auf die Himmlischen und der Wunsch nach Rache behalten doch die Oberhand und er bleibt der Böse, trotz der versteckten andern Regungen. Abbadona dagegen wird von solchen beherrscht. In seinem Wesen unverändert, ist er ein gefallener Seraph, der durch seine Reue sowie durch seine Weigerung, sich am Anschlag der Hölle auf den Messias zu beteiligen, eine Anwartschaft auf Gnade im Gericht erwirbt. Hieran läßt der Schluß der frühesten überlieferten Handschrift keinen Zweifel: Über Abbadona, der sich, wie er meint, dem Gericht übergibt, erscheint ein Regenbogen, das Zeichen der Versöhnlichkeit Gottes nach dem Gericht über die Erde durch die Sündflut. Für dieses Bild steht in der veröffentlichten Fassung von 1748 das unheilvolle, düstere des »gebeinvollen Berges«. Klopstock wollte also die Prognose des Abbadona-Schicksals vorerst im ungewissen lassen, vielleicht um das literarische Wagnis seines Epos nicht zusätzlich dadurch zu gefährden, daß er unwiderlegbare Gründe für den Vorwurf der Ketzerei lieferte. Denn eine Begnadigung Abbadonas verstieß gegen das Dogma von der Ewigkeit der Höllenstrafen, und die Glaubensmeinungen mußten sich an Abbadona scheiden – zur Begeisterung bei denen, die vom neuen Geiste des Jahrhunderts beeinflußt und aufgeschlossen für die Wiederbringungslehre, nach der jedes Geschöpf end-

16 *Johann Miltons Episches Gedichte von dem Verlohrenen Paradiese*, Buch I.

zeitlich in den Zustand seiner ursprünglichen Seligkeit zurückkehrt, waren; zu völliger Ablehnung bei den Orthodoxen, denen die Wiederbringungslehre nach wie vor als Ketzerei galt. Das Maß an Unduldsamkeit, auf das man gefaßt sein mußte, ist dem ironischen Brief des Pfarrers Heinrich Waser aus Winterthur zu entnehmen, der durch Bodmer die Handschrift vom zweiten Gesang erhalten hattc.[17] Daß Klopstock dieses Urteil kennenlernte und zum Anlaß seiner Änderung am Text nahm, ist nicht bezeugt und kaum wahrscheinlich; indessen mußte die Provokation jedem theologisch Gebildeten – und das waren die »Bremer Beiträger« alle – klar sein, so daß jeder von ihnen die Änderung angeregt haben kann. Diese verhinderte nicht die absehbaren extremen Reaktionen auf die Erfindung Abbadonas. Während die Diskussion darüber anhielt und Klopstock sich in der Öffentlichkeit über die Absichten, die er Abbadona betreffend hegte, ausschwieg, stand für ihn die Begnadigung des gefallenen Seraphs im großen Weltgericht schon fest. 1750 oder 1751 schrieb er die Episode nieder. Als sie 1768 in einem Vorabdruck zuerst dem Publikum zu Gesicht kam, waren die orthodoxen Standpunkte längst überwunden; aus Abbadonas Schicksal ergab sich kein Streitpunkt mehr.

VI

Am Ende des Jahrhunderts fanden die Christen, die der theologischen Entwicklung gefolgt oder in der Neologie aufgewachsen waren, Klopstocks *Messias* altmodisch, die vermeintliche Ketzerei der Jahrhundertmitte zu strenggläubig, »der Lage der Theologie, wie sie vor 30 Jahren war«, entsprechend – so bekannte es August Hermann Niemeyer, der doch ein großer Verehrer Klopstocks war. Wem aber die Messiade durch die Glaubensvorstellungen nicht nahekam, der fühlte

17 Siehe Brief Nr. 9.

sich von den Oden stärker angezogen. Die Rezeption des *Messias* war von da an gespalten, und dies scheint dem Bruch der christlichen Kultur im 18. Jahrhundert, auf deren Höhepunkt Klopstocks *Messias* stand, zu entsprechen. »Sein Lob ist allgemein«, so lautete ein anderes Urteil, »nur mit dem Unterschied, daß die Christen ihn im Geist und in der Wahrheit, die Unchristen aber als bloßes Kunstwerk auffassen.«